Wolfgang Sréter

Herzogs Höhenflüge

edition lichtung

Wir brauchen Retter,
die uns helfen,
die Reise zu überstehen

Jim Morrison

Slawische Tänze

Herzog war zufrieden. Gerade war er aus der U-Bahn am Odeonsplatz gestiegen. Die Rolltreppe brachte ihn einen Stock höher. Bevor er die nächste Treppe nahm, ging er auf das Schaufenster eines Möbelgeschäfts zu, in dem ein Spiegel hing. Er betrachtete sich.

Können Sie den Mann beschreiben? – Naja. – Das Alter? – Etwa um die dreißig? … vielleicht auch jünger … oder nein, doch ein wenig älter. – Größe? – Ich würde sagen eins fünfundsiebzig … er kann aber auch kleiner sein. – So groß wie Sie? – (zögernd) Ja. – Dick oder dünn? – So mittel. – Haarfarbe? Blond, schwarz, brünett? Grün? – Also ich bitte Sie, grün! Schwarz auf keinen Fall, aber blond auch nicht! Er könnte dunkelblond gewesen sein. – Wie war er denn gekleidet? – Jacke, Hose, unauffällig, ja auf jeden Fall unauffällig! Gedeckte Farben. – Würden Sie den Mann bei einer Gegenüberstellung wiedererkennen? – Ich hoffe. – (mit Ungeduld in der Stimme) Und Sie sind sicher, dass es sich um ein männliches Wesen gehandelt hat? – Meinen Sie, es könnte auch eine Frau mit kurzen Haaren gewesen sein? – Ich war nicht dabei!

So muss man sein, dachte Herzog im Weitergehen, wenn man bei seiner Tätigkeit erfolgreich sein will. Unauffällig! So unauffällig wie nur irgend möglich. Es war ihm gelungen, eine Eigenschaft, unter der er als Teenager gelitten hatte, in seinen Vorteil zu wenden. Er betrat den Hofgarten und ging mit anderen Besucherinnen und Besuchern auf den Herkulessaal zu. Vor dem Eingang unter den Arkaden spielte ein Petersburger Bläserquintett. Herzog ließ wie immer zwei Euro in einen offenen Instrumentenkasten fallen. Er war überzeugt, es würde Glück bringen. Einer der Musiker unterbrach sein Spiel und trat auf ihn zu. Er flüsterte mit einem starken Akzent: „Ich wünsche, dass Ihnen der Tod so fern ist wie die Armut, mein Herr!"

Am Buffet im Foyer der Münchner Residenz holte er sich zwei mit Lachs belegte Brötchen, stellte sich an einen der Bistrotische am Fenster und beobachtete die Menschen. Durchwegs ältere Semester, wie sein Onkel Eugen gesagt hätte, in aufgeräumter Stimmung. Dazwischen Studentinnen der nahen Musikakademie und eine Gruppe Kritiker mit zerfurchter Stirn und ernster Miene. Wahrscheinlich hatten sie Dvořáks Slawische Tänze schon oft gehört und kamen nur wegen der Prager Philharmoniker, die in München selten gastierten. Und wehe, der Dirigent hatte einen schlechten Tag oder erlaubte sich ungewöhnliche Interpretationen. Vernichtende Strenge der Herren mit den Schreibblocks und den Kugelschreibern würde ihn treffen. Herzog las manchmal am nächsten Tag die Kritiken und wunderte sich, was er alles nicht gehört hatte.

Plötzlich wurde seine ganze Aufmerksamkeit von einem Paar angezogen, das mit großem Auftritt angerauscht kam. Der Mann, einen Kopf kleiner als seine Begleiterin und um einige Jahre älter, versuchte mit ihren ausladenden Schritten mitzuhalten. Das war nicht leicht, denn er trug zwei große Tüten mit der Aufschrift einer italienischen Modefirma, die für ihren Hang zu Glamour, Gier und letztlich auch Mord bekannt war. Die Tüten mussten Wertvolles enthalten, da man sie nicht in der Garderobe lassen wollte. Offensichtlich kamen die beiden direkt aus der Maximilianstraße, wo sie sich der schwierigen Aufgabe gestellt hatten, Neues aus der Winterkollektion zu erstehen und, gemäß dem Slogan der Firma, Schönes in die Welt zu bringen. Eine Schönheit, die einzig und allein in der Brieftasche des Betrachters lag. Am Eingang zum Konzertsaal kam es zu einem Disput mit den Ordnern, die Tüten einer solchen Größe in einem Klavierkonzert nicht akzeptieren wollten. Die Dame, mit den Eintrittskarten wedelnd, setzte sich durch, und triumphierend steuerte sie ihren Sitzplatz im Parkett an. „Kreditkartentypen“ dachte Herzog. Uninteressant für einen wie ihn. Er sollte sich täuschen.

Beim zweiten Läuten nahm auch Herzog seinen Platz auf der Empore ein. Diese Plätze hatten den Vorteil, dass man das Parkett beobachten und bei vielen Konzerten ein oder zwei Sitze vom Nachbarn abrücken konnte. Er kam an diesem Abend natürlich nicht wegen der Slawischen Tänze, aber er konnte durchaus die Konzerte genießen, die er besuchte. Schon der erste Tanz riss ihn mit fort. Warum war man im Musikunterricht mit der Schwere Beethovens traktiert worden, wenn es klassische Musik gab, aus der Lebensfreude, Leichtigkeit und Zartheit geradezu heraussprangen? Der Schwung der Komposition schien auch in den Dirigenten in seinem Frack gefahren zu sein, denn er ruderte vor seinem Orchester herum, als müsste er die Geigen, Oboen, Querflöten, Trompeten und Posaunen geradezu vor sich hertreiben. Der zweite Tanz war zunächst schwermütig und getragen, ging aber am Ende in eine hüpfende Walzermelodie über. Der dritte Tanz begann mit den Bläsern, fast wie auf einem der Volksfeste, die Onkel Eugen gern mit ihm besucht hatte und auf denen er ein begehrter Polkatänzer gewesen war.

Das Publikum nahm die Beschwingtheit mit in die Pause. Selbst das Gedränge am Buffet kam Herzog weniger aufgeladen vor als an anderen Abenden. Wie durch Zufall wurde er hinter den Herrn geschoben, der noch immer die beiden Tüten zu bewachen hatte. Seine Begleiterin bestellte gerade. Der Herr ließ die beiden Tüten sinken und holte ein Bündel Banknoten in einer Geldklammer aus der Jackentasche. Herzog hörte:

„Nix da, Schatz! Du hast die Karten bezahlt, der Prosecco geht auf meine Rechnung", dann um einige Grade schärfer, „und stell mir nix auf den Boden!"

Sofort verschwand das Geld in der Jackentasche und der Schatz nahm die beiden Tüten wieder auf. Er hielt sie vorsichtig ein wenig vom Körper ab, als hätte er Angst, es könnte etwas zerbrechen. Aufgesetzte Jackentaschen ohne Klappen, schon ein wenig ausgebeult, waren wie geeignet für einen schnellen Erfolg. Herzog stellt sich ganz nah an den Mann und hatte im Bruchteil einer Sekunde die Scheine verdeckt in seiner Hand. Freundlich ließ er dem hinter ihm Stehenden den Vortritt und ging auf die Toilette. Er hatte sich wirklich getäuscht, denn er war um siebenhundertdreißig Euro reicher, ohne dass er es darauf angelegt hatte. Er verstaute das Geld in einer versteckten Jackentasche. Nicht nur die Musik war an diesem Abend ausgezeichnet!

Solches Glück hatte er nicht immer. Nun hätte Herzog das Konzert verlassen können. Es wäre allerdings unvorsichtig gewesen, in der Pause an den Garderobenfrauen vorbeizugehen. Nicht aufzufallen war das Wichtigste. Er blieb auch im zweiten Teil des Konzerts auf seinem geschützten Platz auf der Empore und verließ am Schluss das Gebäude durch den Hintereingang, Richtung Residenzstraße. Man musste seine Einnahmequellen schützen. Er wäre nicht erfreut gewesen, wenn er eines Tages am Eingang ein Schild gesehen hätte: Achten Sie bitte auf Ihre Wertsachen!

Herzog zahlte das Geld noch am selben Abend an einem Bankautomaten ein. Er besaß drei Konten. Ein offizielles, von dem auch seine Krankenkasse und die Miete abgebucht wurden, ein zweites, von dem er jeden Monat einen bestimmten Geldbetrag auf das offizielle überwies, als würde er ein Gehalt beziehen, und ein drittes, das seine Reserve darstellte und das er nur anrührte, wenn es eine Durststrecke gab. Kontenmäßig war er ein junger Mann mit bürgerlichem Anstrich.

Das Tor zum Himmlischen Frieden

Am nächsten Tag ging Herzog die Treppe zur Wohnung eines ehemaligen Schulkameraden hinauf, vorbei an den vergitterten Fenstern, die ihn an eine Polizeistation erinnerten. Solch ungemütliche Orte erschienen ihm ab und zu, wenn er schlechte Träume hatte. Herzog nahm immer zwei Stufen auf einmal. Er war spät aufgestanden. Sehr spät sogar. Er hatte unter der Dusche das Telefon nicht hören können, aber kurz darauf meldete ihm der Anrufbeantworter, Fliege erwarte ihn zu einem Spaziergang. Was für eine Überraschung! Sie hatten sich lange nicht gesehen. Etwas außer Atem kam er im dritten Stock an. Die Tür zu dem Einzimmerappartement war angelehnt, trotzdem klingelte er, denn Herzog war ein zurückhaltender Mensch.

Nichts rührte sich. Er klingelte noch einmal. Als er die Tür öffnete, spürte er, wie sein Gehirn von einem Moment auf den anderen auf Flucht schaltete. Fliege hing an dem starken Haken, an dem normalerweise sein Punchingball baumelte. Herzog schloss kurz die Augen. Er hatte immer gedacht, nichts könnte ihn aus der Fassung bringen. Allerdings war er noch nie einem Erhängten begegnet. Er sah seinen Schulkameraden von schräg unten. Mit einer schiefen Stellung des Kopfes blickte Fliege auf den entsetzten Besucher herab. Die aufgequollenen Augen hatten in diesem Moment etwas zudringlich Unsympathisches.

Wenn jemand den Kopf in der Schlinge hat, denkt man immer zuerst an ein freiwilliges Ableben. Aber Fliege musste regelrecht liquidiert worden sein. Er schien bis zum letzten Atemzug gekämpft zu haben. Das Hemd war bis zum Gürtel aufgerissen und der Oberkörper war übersät mit lila Flecken. Eine solche Behandlung kannte man normalerweise nur von Geheimdiensten autokratischer Staaten. Ein Gerichtsmediziner würde die Verletzungen bei der Obduktion mit dem neutralen Ausdruck „stumpfe Verletzungen, flächenhaft eingeblutet“ bezeichnen. Fliege hatte offensichtlich versucht, sich mit dem schweren Ledersack, der in einer Ecke lag, zu verteidigen. Soweit Herzog dies von der Tür aus beurteilen konnte, glich die Wohnung dem Zustand nach einem Polterabend, der aus dem Ruder gelaufen war. Kleidung lag vor dem Schrank, die Matratze hatte man aus dem Bett gerissen, Computer und Fernsehapparat lagen auf dem Boden. Sogar Lebensmittel waren verstreut.

Nur keine Polizei, dachte er. Nur jetzt keine Polizei!

Obwohl er am liebsten sofort verschwunden wäre, stand er wie angewurzelt. Er konnte das Missverhältnis von erforderlicher und tatsächlicher Blutversorgung, das durch einen Schock entsteht, spüren. Herzogs Herz raste praktisch im Leerlauf. Seine Gehirnzellen bekamen keinen Treibstoff. Das einzige, was sie zustande brachten, war: Vorsicht Ohnmacht!

Es gibt Momente, in denen einen die Angst geradezu anfällt, in denen Kraftlosigkeit und Übelkeit zunehmen. Diese Angst beeinträchtigt die Beobachtungsgabe und das Reaktionsvermögen und führt geradewegs ins Unglück. Man sendet Signale aus, die das Schicksal einladen zuzuschlagen, und tut gut daran diesen gefährlichen Zustand möglichst schnell in Kälte umzuwandeln. Es hilft, den Thermostat auf schnelles Einfrieren zu stellen. Kälte sichert in diesem Fall das Überleben.

Irgendwann reagierte er instinktiv. Er ging ein paar Schritte rückwärts, tastete mit der Hand nach dem Geländer, drehte sich um und tapste vorsichtig wie ein alter Mann eine Stufe nach der anderen dem Ausgang zu. Am ersten Treppenabsatz blieb er stehen, fuhr sich mit der Hand über das Gesicht und atmete tief durch. Durch das vergitterte Fenster sah er ratlos hinunter auf die geparkten Autos. Als er ein Geräusch hörte, schaute er unwillkürlich nach oben. Flieges Wohnungstür wurde gerade von innen geschlossen. Herzog spürte seine Nackenhaare und war überzeugt, er würde von der Seite aussehen wie ein Igel.

Auf der Straße lehnte er sich an die Hauswand. Eine Frau blieb in einiger Entfernung stehen und beobachtete ihn, als wäre sie bereit, ihn aufzufangen, wenn er in sich zusammensackte. Als er die Straße überquerte, um zur Trambahnstation zu kommen, übersah er ein Auto. Der Kotflügel streifte seine Hose, aber Herzog reagierte nicht. Er ging einfach weiter, ohne auf den brüllenden Fahrer zu achten, der sich mit dem Zeigefinger an die Stirn tippte. Er ließ drei Trambahnen vorüberfahren. Bei der dritten kam ein Mann angelaufen, als sich gerade die Türen schlossen. „So ein verdammter Scheißtag", rief er. „Das können Sie laut sagen", antwortete Herzog. Der Mann sah ihn erstaunt an.

Zuhause sperrte Herzog die Wohnungstür zwei Mal von innen ab und setzt sich vor den Anrufbeantworter. War Flieges Stimme beunruhigt? Eigentlich nicht. Die Stimme war ein wenig gedämpft. „Ein Spaziergang würde mir guttun." Dieser Meinung konnte man allerdings auch sein, wenn man die ganze Nacht durchgesoffen oder bei Föhn Kopfweh hatte. Der lapidare Anruf eines alten Freundes, der einen alltäglichen Vorschlag macht. Aber da gab es noch etwas. Herzog hörte es erst, als er die Meldung bis zum Ende laufen ließ. Das Klingeln an der Wohnungstür war seiner Aufmerksamkeit entgangen. Es war fast unhörbar, aber deutlich, je öfter Herzog die Nachricht abhörte. Ganz gewöhnliche Töne, die sich wiederholten. Ding dong. Und noch einmal ding dong. Genauso hätte der Junge läuten können, der immer mit der Werbung unterwegs war. Hätte Fliege das Telefon zur Seite gelegt und aufs Band gesprochen „Moment, es klingelt", wäre Herzog Zeuge des Überfalls geworden, zumindest akustisch. Offensichtlich hatte keiner der Nachbarn den anschließenden Lärm gehört. Eigenartig, denn als Fliege kurz vor der Scheidung oft lauthals mit seiner Frau gestritten hatte, war immer sofort ein vorwurfsvolles Klopfen zu hören gewesen. Öffnete er immer, ohne durch den Türspion zu sehen? Kannte Fliege diejenigen, die vor der Tür standen, oder hatte er niemanden gesehen und einfach geöffnet?

„Vergessen“, sagte Herzog zu sich selbst, „ich muss das Ganze so schnell wie möglich vergessen!“ Er beschloss, erst einmal schwimmen zu gehen. Nein, er beschloss nicht, er flüchtete, obwohl er sich nur sehr langsam bewegen konnte, langsamer noch als gewöhnlich. Auch die beiden Worte „erst einmal“ waren nicht zutreffend, denn damit schloss er alles Übrige aus. Er konnte nicht nach Verlassen des Schwimmbads einen Rechtsanwalt um Rat fragen oder vielleicht doch die Polizei rufen. Damit war es dann vorbei.

Am meisten schätzte Herzog ein Freibad, das auch im Winter geöffnet hatte. Ein leichter Dunst lag über dem Wasser und verschluckte die neonfarbenen Bademützen. Das Wasser war von unten beleuchtet und das Becken sah aus, als wäre es am Boden mit Schnee bedeckt. Schwimmer tauchten aus Dampfwolken auf und wie immer erinnerten ihn ihre runden dunklen Brillen an Fotos von Kampffliegern aus dem Ersten Weltkrieg.

Er zog seine üblichen Bahnen, aber das beruhigte ihn nicht. Der Flow, den er so liebte, der ihn oft über zweitausend Meter hinaustrug und die Zeit vergessen ließ, wollte und wollte sich nicht einstellen. Er brachte die Atmung nicht unter Kontrolle. Es gelang ihm nicht, Widerstand unter die Hände zu bringen, und er zog sich nicht vorwärts. Die Schultern verkrampften. Er schlug das Wasser mehr, als dass er darin geglitten wäre. Ab und zu pflügten Frauen in dünnen Trikots, die weniger Haut verdeckten als freigaben, an ihm vorüber. In der Spur der Luftblasen, die ihre Füße im Wasser hinterließen, sah er die Augen dieses am Haken hängenden Menschen:

Axel Steigenberger, bis zur zehnten Klasse sein Banknachbar im Comenius-Gymnasium in Deggendorf. Nach der Mittleren Reife Beginn einer Karriere als Boxer im Fliegengewicht. Ein aufstrebendes Talent mit schnellen Beinen, runden, festen Schultern und lockerem Mundwerk. Ein erklärter Liebling der

Boulevardpresse, der sich selbst gern mit einem zugeschwollenen Auge in der Zeitung sah. Viel Schweiß und Arbeit am Sandsack, denn Boxen hieß nicht nur Draufhauen. Vor allem musste man lernen, Schläge einzustecken, und zwar so, dass sie einen nicht aus der Bahn warfen. Eine mehrmals gebrochene Nase, zwei zertrümmerte Schlüsselbeine, ein Milzriss und eine Leberquetschung. Ein gewiefter Taktiker. Als Profi ungeschlagen, trotzdem keine Chance gegen die Amerikaner, die den Markt mit allen legalen und illegalen Mitteln beherrschten. Mut und Wut alleine reichten nicht. Der Traum vom großen Geld verflüchtigte sich.

Nach drei Jahren Aufnahmeprüfung bei der Polizei. Vergeblicher Versuch, in einer Sondereinheit, wie der GSG 9, aufgenommen zu werden. Vergeblicher Versuch, wenigstens in der Zentralen Unterstützungsgruppe Zoll zu landen, in der Fitness, Reaktionsschnelligkeit und gute Nerven ein abwechslungsreiches Berufsleben versprachen. Schließlich ein stinknormaler Zollfahnder, mit Schwerpunkt Autobahn Salzburg-München. Geschieden, weil nichts mehr zusammenpasste, wie er sagte. Vater eines Sohnes.

Der Boxer, den sie Fliege nannten, erhängt im Alter von einunddreißig Jahren.

Wenn man aus einer Boxfabrik kommt, muss man an die eigene Kraft glauben, sonst wird das Leben unerträglich, das Training zur Hölle und jeder Schlag sinnlos. Wird man hingegen in diesem Land Polizist, muss man nicht unbedingt von der Existenz Gottes überzeugt sein, obwohl man bei der Vereidigung die rechte Hand auf die Bibel legt. Wahrscheinlich war es sogar hinderlich, zu viele Grundsätze zu haben, wenn man mit der täglichen Arbeit und den Vorgesetzten fertig werden wollte. Herzog hatte nie herausgefunden, wie Fliege mit diesen Widersprüchen zurechtkam.

Es war für Herzog völlig klar, dass mehrere Angreifer über ihn hergefallen sein mussten. Einer alleine hätte keine Chance gehabt. Einen einzelnen Angreifer hätte der platt gemacht, obwohl er längst nicht mehr regelmäßig trainierte.

Im wohltemperierten Wasser des Schwimmbades legte sich Herzog Folgendes zurecht: Er hätte bei den Ermittlungen in keiner Weise hilfreich sein können. Was wusste er letztlich schon von Flieges Leben? Kannte er ihn überhaupt? Kennt man jemanden, nur weil man ihn bei seinem Spitznamen nennen darf und mit ihm lange Zeit die Schulbank in einer Kleinstadt gedrückt hat? Weil es irgendwann einmal in der Oberstufe des Gymnasiums eine gemeinsame Geliebte gegeben hatte, die man im Eiscafé Venezia auf dem Luitpoldplatz traf? Weil man später unter anderem Spaziergänge im Englischen Garten unternahm und sich anschließend am Chinesischen Turm mit einem schlecht eingeschenkten Bier zuprostete? Weil man wusste, dass einer nicht nur Legastheniker, sondern auch Rechtsausleger war, der zwar als Erwachsener noch mit der Rechtschreibung kämpfte, dafür aber blitzschnelle Aufwärtshaken punktgenau auf das Kinn des Gegners setzen konnte?

Herzog war einige Male am Ring gestanden, wenn Fliege kämpfte. Er war hart im Nehmen, und Herzog wurde regelmäßig schlecht. Trotzdem faszinierte ihn dieser konzentrierte Blick des Boxers. In Sekundenbruchteilen konnte er eine Schwäche des Gegners erkennen und in ihn hineingehen. So nannte er es. Nicht selten kam es dann zu dem entscheidenden Punch, der den Kampf beendete und den Kontrahenten zu Boden streckte. Die Gier der Zuschauer ekelte Herzog genauso an wie die entstellten Gesichter. Wenn die Augen zuschwollen und die Haut im Gesicht riss. Wenn sich das Blut der Boxer mit Schweiß mischte und dünnflüssig wurde. Was sein Freund für die große Welt hielt, war für Herzog nicht mehr als Vorstadt. Für Fliege und seinen Anhang erschien glamourös, was für ihn schmierig, bisweilen sogar erbärmlich erschien. Sein bestickter Seidenumhang, mit dem er in den

Ring stieg, erinnerte an billige Nylonblousons, denen man einen chinesischen Drachen verpasst hatte. Und Frauen, die bei einem Knockout vor Begeisterung kreischten, konnte Herzog nichts abgewinnen.

Er stieg aus dem Wasser und hastete den Gang entlang zu den heißen Duschen. In Abständen drehte er sich um. Selbst beim Hin- und Herschwimmen hatte er dies getan. Völlig blödsinnig! In der Dusche fühlte er sich eingesperrt. Er vermied es, beim Haarewaschen die Augen zu schließen, und behielt die Tür im Auge.

Während er versuchte, den Geruch des Chlorwassers loszuwerden, sah er den Toten vor sich wie eines jener Opfer aus unzähligen Fernsehserien, die man heute selbst in Kneipen auf Großleinwänden überträgt. In denen gerichtsmedizinische Untersuchungsräume immer in kaltes Blau- oder Grünlicht getaucht werden, damit die Schauspieler aussehen, als würden sie sich vor der offenen Leiche übergeben müssen.

Jeder Ermordete, das weiß heute jedes Kind, wird in der Gerichtsmedizin auf seiner Bahre zunächst von außen besichtigt: Ohren, Nase, Mund. Sogar die Augenlider werden mit einer Pinzette angehoben, damit die gelblichen Bindehäute der toten Augen in Großaufnahme noch einmal zum Vorschein kommen. Dann Brust, Rücken, Arme und Beine. Zur inneren Begutachtung setzt man mit dem Skalpell einen Schnitt vom Schambein bis unters Kinn. Wenn das Brustbein entfernt ist, liegen Lunge und Herz offen da. Das Gedärm wird entnommen und auf einem Tisch ausgebreitet. Weist die Leber eine krankhafte Vergrößerung auf, wird ihr besondere Beachtung geschenkt. Damit war allerdings bei Fliege nicht zu rechnen.

Am Ende kommt der Kopf dran. Ein Schnitt von einem Ohr zum anderen quer über den Schädel. Die Kopfhaut, dick wie eine Schwarte, wird nach vorne und nach hinten abgeschoben, das Schädeldach mit der Handsäge entfernt und das Empfindlichste eines Menschen, das Gehirn, herausgelöst. Dort würden die Ärzte bei dem Boxer Blutungen und blauschwarze Verfärbungen finden, die durch gezielte Schläge verursacht worden waren. Wahrscheinlich aber auch alte Verletzungen, die von den vielen Kopftreffern herrührten. Nach getaner Arbeit würde ein Mitarbeiter ein Kühlfach öffnen und Fliege bis zur offiziellen Freigabe der Leiche und der anschließenden Beerdigung in einem der stillen Aquarien des Todes verschwinden lassen, in guter Nachbarschaft mit aufgeblähten Wasserleichen, Teilen von Verkehrstoten und zufriedenen Selbstmördern.

So wie er sich vor etwa einer Stunde nach Wasser gesehnt hatte, in das er eintauchen konnte, als würde es darin eine Möglichkeit geben, die Zeit zurückzudrehen, so sehnte sich Herzog nun nach Wärme. Nach einer möglichst großen Entfernung zwischen Flieges Wohnung und einem Ort, an dem er mit leichtem Gepäck an einem Strand ankommen würde. Er machte sich auf den Heimweg, überquerte die Straße und ging an einer Lottoannahmestelle vorbei. Sechzehn Millionen lockten im Jackpot. Zumindest für die, die den Zufall für einen Freund hielten und an das Glück glaubten. Er beobachtete einen Mann, der vor einem Bankautomaten lässig ein paar Geldscheine zählte und dann achtlos in die Jackentasche stopfte. Er überlegte. Offene Jackentaschen waren für ihn immer eine Einladung. Ein paar Wartende an einer roten Ampel, ein kleines Gedränge und die Scheine hatten den Besitzer gewechselt. Der Mann verschwand im Eingang einer Pension. Die Sache hatte sich also von selbst erledigt.

Herzog war von Natur aus mit flinken Fingern und scharfen Augen ausgestattet. Es wäre seiner Meinung nach eine Schande gewesen, diese Gabe nicht zu vervollkommnen. Schon als kleiner Junge konnte er vom Tisch der Erwachsenen unbemerkt Schokoladestückchen verschwinden lassen. Später dann Zigaretten und die begehrten Virginiazigarren seines Onkels

Eugen, bei dem er aufwuchs. Er rauchte sie zusammen mit seinen Freunden, bis ihnen schlecht wurde.

Im Alter von fünf Jahren wünschte er sich zu Weihnachten Handschellen. Er liebte es, wenn sie mit einem Geräusch, das von einer riesigen Grille zu kommen schien, zugeschlossen wurden. Gleichzeitig forderte es ihn heraus. Um sich von Handschellen zu befreien, musste man die Fingerknöchel einer Hand so schmal machen können wie das Handgelenk. Er begann schon unter dem Weihnachtsbaum und später dann vor dem Einschlafen zu trainieren, seine Hände in Längsrichtung einzurollen. Zunächst knetete er seine Hände weich, dann drückte er seinen Daumen so stark in die Handfläche, bis seine Hand aussah wie eine Klopapierrolle. Es dauerte zwei Wochen, bis er sich aus den Handschellen befreien konnte. Er stellte den Trick seinen Freunden vor, die unsinnigerweise vor allem die Handschellen untersuchten. Zur Sicherheit hatte er allerdings immer eine Heftklammer dabei, mit der sich die einfachen Schlösser leicht öffnen ließen.

Dann begann er zu zaubern und trainierte damit nicht nur seine Hände, sondern schärfte auch den Beobachtungssinn. Er wäre allerdings nie auf die Idee gekommen, anderen Menschen das Geld aus der Tasche zu ziehen, wenn er nicht einmal selbst auf primitive Weise bestohlen worden wäre: Gegen drei Uhr morgens war er nicht ganz nüchtern auf dem Heimweg aus einem Club gewesen. In seinem Kopf dröhnten noch die Bässe. Er hüpfte ein wenig, als würde er „Ein Hut, ein Stock, ein Regenschirm" spielen. Für ein paar Stunden hatte er seine Seele losgelassen, hatte das wechselnde Licht genossen, die zuckenden Bewegungen der Tänzerinnen. An einer Bushaltestelle kam eine junge Frau auf ihn zu, gut gekleidet, mit einem Lächeln auf dem Gesicht. Sie fasste entschlossen in seinen Schritt und bot sich für einen lächerlichen Betrag an. Während er immer wieder versuchte, die unangenehme Berührung loszuwerden, wanderte sie unverfroren mit der anderen Hand zuerst in seine

Gesäßtasche und dann in die rechte Vordertasche. Nicht die vierzig Euro schmerzten ihn, die er dabei einbüßte, sondern die Dreistigkeit, mit der die Frau vorgegangen war und ihm immer wieder das Wort „Ficken“ ins Ohr geflüstert hatte. Es klang für Herzog keineswegs verführerisch, sondern zudringlich und ekelhaft. Seit dieser Nacht interessierte ihn, wie die Menschen mit ihrem Geld umgingen. Ziemlich sorglos, wie er fand, und eines Tages war es soweit. Seine Fingerfertigkeit wurde zu einer einträglichen Tätigkeit, die seine finanziellen Sorgen nach dem Tod Onkel Eugens auf ein Minimum reduzierten.

Am Abend nach Flieges Ermordung ging Herzog früh zu Bett. Er träumte, er würde in dem chinesischen Restaurant „Tor zum Himmlischen Frieden“ essen. In seinem Traum gab es keine weiteren Gäste. Man kannte ihn und seine Eigenheiten und respektierte sie mit chinesischer Diskretion. Es mochte für andere Menschen befremdlich sein, allein in ein Restaurant zu gehen, aber nach mehreren Jahren in einem Internat, in dem man weder in seinem Zimmer noch beim Essen, nicht einmal unter der Dusche seine Ruhe hatte, stand ihm dieser Tick zu. Vor ihm stand im Traum eine Flasche Wein, die er vom ersten bis zum letzten Glas alleine trinken würde.

Er bestellte Fisch mit frischem Ingwer, dazu Reis und Gemüse. Es passierte, als er fast mit seiner Portion fertig war. Der Kopf des Fisches wurde plötzlich größer und wechselte die Farbe. Rote Streifen schossen in das blasse Grau, quer über die weißlich toten Augen, die zu glänzen begannen. Grün schillernde Punkte verteilten sich über jene Hautfetzen, die er fein säuberlich vom Fisch getrennt und auf einem separaten Teller abgelegt hatte. Der Kopf schnappte nach seiner Hand. Er versuchte, den Fisch mit der Gabel zu bändigen, aber es gelang ihm nicht.

Der Kopf mit dem aufgerissenen Maul, in dem die Zähne immer länger wurden, sprang zurück auf die blauweiße

Porzellanplatte, auf der ein lächelnder Ober das Gericht serviert hatte. Der Schwanz kroch langsam über den Tellerrand auf ihn zu. Er hielt sein Messer wie ein Schwert, nein, er hielt sein Messer für ein Schwert, das ihn retten konnte. Sein Magen krampfte und gab den Schmerz an die umliegenden Organe weiter.

Die Ober bliesen ihre Köpfe auf und begannen an die Decke zu schweben. Ihre schmächtigen Körper in den schwarzen Tang-Suits unterschieden sich nicht von den Quasten der chinesischen Lampions. Herzog hätte lachen können, aber der Atem fehlte ihm. Er brachte nur ein Ziehen zustande wie jemand, der an Asthma leidet. Er presste die Hände gegen die Tischplatte. Nicht nur die Hose, sein ganzer Körper klebte am Stuhl. Wenn er es nicht schaffte sofort zu verschwinden, würde er an diesem unheimlichen Fischkopf zugrunde gehen. In sitzender Haltung hüpfte er zum Ausgang des Restaurants.

Vor dem „Tor zum Himmlischen Frieden“ hielt er ein Taxi an. Rote Streifen und grüne Punkte verfolgten ihn. Aufgeblasene Kellnerköpfe wackelten vor der Windschutzscheibe. Der Fahrer gab Gas, er wurde in den Rücksitz gedrückt. Das Taxi raste mit quietschenden Reifen durch Flieges Treppenhaus mit den vergitterten Fenstern und prallte gegen die geschlossene Wohnungstür.

In einem Zustand zwischen Schlaf und Erwachen versuchte er den Traum loszuwerden. Es gelang ihm nicht. Er saß immer noch eingeklemmt im Auto und spürte, der Traum würde sich fortsetzen, sobald der Schlaf zurückkam. Schließlich erwachte er in der Küche. Zwei leere Milchflaschen lagen auf dem Boden. Seine Zunge klebte am Gaumen und der Geschmack in seinem Mund erinnerte ihn sofort wieder an den Fisch, den er im Traum bestellt hatte.

Unter der Dusche flackerten die Bilder der Nacht in seinem Kopf. Auch mit eiskaltem Wasser waren sie nicht zu vertreiben. Der Fisch, die Kellner, das Taxi, die Milchflaschen, das

Treppenhaus. Alles ging durcheinander. Dazwischen der tote Fliege. Normalerweise war sein Leben unkompliziert, es sei denn, er war unterwegs, um Geld zu verdienen. Und natürlich ausgenommen seine Treffen mit Margret, aber das war etwas völlig anderes. Eine Leidenschaft ist kein Albtraum, auch wenn manche Menschen das Gegenteil behaupten.

Wenn er alles heil überstanden hatte und die Erinnerung an den erhängten Fliege langsam blasser geworden war, würde er das „ Tor zum Himmlischen Frieden", in dem er tatsächlich manchmal zu Gast war, wieder einmal aufsuchen. Niemand würde den Satz und seine entschiedene Handbewegung verstehen: „Heute keinen Fisch!"

Zwei Tage später läutete das Telefon. Er hoffte auf einen Anruf von Margret, aber das Display zeigte eine unbekannte Nummer. Er zögerte kurz, dann nahm er das Gespräch an. Er erkannte die Stimme, wusste aber nicht sofort, wem sie gehörte.

„Hier Alina. Ich muss mit dir reden."

Herzog war völlig überrumpelt. „Ich bin im Moment …"

Sie ließ ihn nicht ausreden. „Ich stehe vor deiner Haustür."

Es war Flieges geschiedene Frau. Herzog hatte ihr gegenüber ein schlechtes Gewissen. Sie waren früher oft am Wochenende zusammen unterwegs gewesen, aber seit der Trennung war der Kontakt abgebrochen. Eigentlich schon seit der Schwangerschaft, die für sie in einem schwarzen Loch geendet hatte, mit dem ihr Mann absolut nichts hatte anfangen können. Er war völlig aus dem Häuschen über seinen Sohn gewesen und hatte nicht verstehen können, warum die Frau das Kind abgelehnt hatte.

Wie sollte er sich nun in dieser Situation verhalten? Er konnte ihr schlecht sagen, dass er Fliege gefunden hatte und vor dessen Mördern geflüchtet war, ohne die Polizei zu verständigen.

Alina trat entschlossen in seine Wohnung, als Herzog öffnete. Sie hatte ihre Krise entweder gut im Griff oder überwunden.

„Axel ist tot. Hast du schon davon erfahren?“

Er versuchte, sie entsetzt anzusehen. „Um Gottes Willen, seit wann?“

„Vorgestern. Er ist umgebracht worden, aber sie wollen einen Selbstmord daraus machen.“

Sollte er ihr Auskunft geben? Er entschloss sich abzuwarten.

„Ich musste ihn heute Morgen identifizieren. Sie haben ihn gut wieder hergerichtet, aber mich können sie nicht täuschen. Ich hab den Gerichtsmediziner gebeten, mich kurz mit meinem Mann alleine zu lassen.“

Herzog stellte sich die Situation vor. Ihn gruselte. Sie sah ihm aufmerksam ins Gesicht.

„Du weißt, dass ich als Arzthelferin gearbeitet habe, bevor das Kind kam. In dem Bericht, den sie mir zeigten, stand nichts von Blutungen in der Schädelschwarte, in den Augenbindehäuten, in der Gesichtshaut und in den Lymphknoten. Alles das wären Folgen eines Selbstmordes durch Erhängen gewesen.“

„Wer sollte so etwas machen?“

„Meinst du umbringen oder vertuschen?

„Vielleicht beides.“

„Ich weiß es nicht.“

Sie öffnete ihre Handtasche und legte ein schwarzes Notizbuch auf den Tisch.

„Vor einer Woche war Axel bei mir, um mir das zu bringen. Ich sollte es eine Weile für ihn aufbewahren. Er sagte: ‚Steck es ins Kühlfach, da ist es sicher.‘ Er machte einen fahrigen Eindruck und seine Hände zitterten. Weißt du, was los war?“

„Wir haben uns länger nicht gesehen“, wich Herzog aus.

„Er hat zu mir gesagt, er würde dich anrufen.“

Nun musste er sich entscheiden: Lüge oder Wahrheit. „Hat er aber nicht.“

Sie dachte nach. „Ein Selbstmord hat meist eine private Geschichte. Das wirbelt keinen Staub auf. Oder höchstens ein paar Tage. Aber einen Polizistenmord, das können sie vielleicht im Moment nicht brauchen."

„Du meinst, er war in irgendetwas verwickelt?"

„Jeder von denen macht Geschäfte nebenher. Dafür ist der Zoll zu verführerisch. Warum sollte ein Polizist einen besseren Charakter haben als andere Menschen? Geschmuggelte Ware, Rauschgift, Menschenhandel. Bevor das Kind kam ..."

Ihr Leben ist eingeteilt in vor der Geburt und nach der Geburt, schoss es Herzog durch den Kopf. Nach der Geburt war anscheinend alles anders.

„... bevor das Kind kam, sind wir oft am Wochenende losgezogen und haben vorher etwas eingeworfen. Harmlose Sachen, ein paar Pillen, die gute Laune machten. Etwas anderes wollte ich nicht. Axel nannte sie im Spaß immer *Mother's little helpers.*"

Herzog erinnerte sich. Er hatte das Zeug nie vertragen, vor allem wenn Alkohol dazukam. Es machte ihn nervös und völlig hibbelig. Und er mochte es nicht, wenn er die Übersicht verlor. Die Mischung aus Speed und Wodka ruinierte zudem meist auch noch den nächsten Tag.

„Ein Kollege hat damit sein Gehalt aufgebessert."

„Und du meinst, Axel ..."

„Nein, wegen ein paar Pillen, die man heute auf jedem Schulhof bekommt, veranstaltet man keinen solchen Zirkus."

Herzog musste schlucken. Sie sagte tatsächlich Zirkus.

„Er war in letzter Zeit oft in Vietnam. Ich finde, zu oft. Hat er dir nie davon erzählt?"

Nein, Fliege hatte tatsächlich nicht davon erzählt.

„Männer", sagte sie und zog dabei die Mundwinkel nach unten, „ihr wart doch befreundet, verdammt noch mal."

Na ja, dachte Herzog, befreundet nicht gerade, aber offensichtlich lagen sie in ihren Tätigkeiten nicht weit auseinander.

„Es ist nicht zu glauben. Über was redet ihr eigentlich, wenn ihr zusammen seid?“ Dann verächtlich: „Weiber, Autos und Fußball! Wahrscheinlich in dieser Reihenfolge.“

„Du meinst Boxen.“

„Red keinen Blödsinn. Du weißt genau, was ich meine.“ Sie nahm seine Hand. „Du musst mir helfen.“

Herzog war so überrascht, dass ihm keine Antwort einfiel und er nicht einmal seine Hand zurückzog. Sie entwickelte einen detaillierten Plan, wie er ihr bei der Aufklärung des Mordes helfen sollte. Am Ende sah sie sich um und fragte:

„Hast du was zu trinken? Ein kleiner Schluck würde mir guttun.“ Sie stand auf, ging zum Kühlschrank, holte eine angebrochene Flasche Weißwein heraus, nahm zwei Gläser aus dem Regal, schenkte ein und sagte: „Cin cin!“

„Auf dein Wohl“, antwortete Herzog und hob zögernd sein Glas. Dann fügte er zweifelnd hinzu, „... ich weiß nicht.“

„Sei kein Frosch! Axel würde es dir danken. Da bin ich sicher!“ Sie tätschelte ihm die Wange.

Ihr Telefon läutete. „Ja? Ich kann jetzt nicht. Nein, wirklich nicht.“ Sie hängte an den letzten Satz noch einen Namen, den Herzog nicht richtig verstand, und legte auf. Es klang so ähnlich wie Oldie.

„Kann ich heute Nacht bei dir bleiben?“

„Nein!“ Die Abfuhr kam so schnell, dass es Herzog peinlich war.

„Feigling.“

An der Tür drehte sich Alina noch einmal zu ihm um.

„Vielleicht hilft dir das bei deiner Entscheidung: Axel hatte eine gute Nase. Er ahnte, womit du dein Geld verdienst. Seit Langem! Ich ruf dich an! Morgen um sechs Uhr.“ Mit diesem Satz war sie im Treppenhaus.

Herzog starrte auf den Abdruck, den Alinas Lippenstift am Glas hinterlassen hatte. Das Wort Feigling brannte wie ein Streichholz an der Fingerkuppe. Es beunruhigte ihn, dass der Zollfahnder ihn verdächtigt hatte. War er von ihm beobachtet worden? Oder gar verfolgt? Er konnte sich an keine Situation erinnern, die ihn verraten hätte. Auch wenn Fliege vielleicht nur Andeutungen gemacht hatte, Alina war sicher nicht grundlos gerade zu ihm gekommen. Sie war durchaus in der Lage, ihn zu erpressen, wenn er nicht zusagte, und er fürchtete nach ihrem forschen Auftreten, dass sie bereit war, Daumenschrauben bis zur Schmerzgrenze einzusetzen.

In dieser Nacht lief er ruhelos in seiner Wohnung auf und ab und traf alle zehn Minuten eine andere Entscheidung. Autos auf der Straße erschreckten ihn, der Kneipenlärm von gegenüber machte ihn nervös und in seinem Bauch krochen Millionen von Würmern durcheinander.

Auf die Minute genau kam der Anruf am nächsten Tag.

„Hallo?“

„Lass die Formalitäten. Sie sind unnötig. Hast du dich entschieden?“

Herzog sagte zu. Er fühlte sich gedemütigt und es gab nicht nur eine warnende Stimme in seinem Inneren.

„Du findest Geld in deinem Briefkasten. Denk daran, was wir ausgemacht haben: Nicht du erreichst mich, ich erreiche dich.“

„Ich wollte dir noch etwas sagen …“ Weiter kam er nicht.

„Später, wenn alles erledigt ist.“

Damit war das Gespräch beendet.

Bar oder Karte

Wäre Margret da gewesen, er hätte sich bei ihr verkrochen, sich von ihr zudecken lassen und ihr vielleicht alles erzählt. Vielleicht umständlich, weil er selbst nicht alles auf die Reihe brachte, aber er hätte sicher einen Rat bekommen. Nur, mit der jungen Frau aus New York hatte es eine besondere Bewandtnis. Sie hatte einen festen Partner, bei dem sie nicht lebte, einen Seitensprung, von dem sie sich ab und zu höchst dramatisch trennte, und mit ihm war sie eine – sie benützte dafür das altmodische Wort – Affäre eingegangen.

Sie nannte ihn nie bei seinem Vornamen. Er war sogar überzeugt, dass sie ihn nicht einmal kannte. Sie sagte einfach Buddy, als wäre er mit dieser Bezeichnung auf die Welt gekommen.

Seit ihrem ersten Zusammentreffen vor einer Bäckerei am Marienplatz nannte sie ihn so. An jenem Tag hatte es geregnet. Es war kurz vor elf gewesen. Touristen warteten auf das Glockenspiel und wollten schnell an der zum Platz hin offenen Theke einer Bäckerei eine Breze oder ein Stück Kuchen kaufen. Die ersten betrunkenen Fußballfans waren mit ihren kindischen Schals unterwegs. Natogegner demonstrierten gegen irgendeinen Krieg. Afghanistan, Irak, Gaza, er konnte sich nicht mehr erinnern. Es gab ein Gedränge wie auf dem Oktoberfest, vor allem auch deshalb, weil Sondereinsatzkräfte der Polizei versuchten, einer Gruppe von Punks in schwarzen Springerstiefeln, grün-roten Haaren und silbernen Ketten das Laufen beizubringen. In einem solchen Durcheinander waren die Menschen unaufmerksam und verhakten sich ineinander mit ihren Schirmen in der unwirtlichen Innenstadt.

Margret, die er zu diesem Zeitpunkt noch nicht kannte, fischte nach ihrer Kreditkarte und steckte den Geldbeutel zurück in die rechte Außentasche ihrer Windjacke. Der Reißverschluss blieb offen. Herzog stand direkt hinter ihr. Gerade als er sie anrempeln wollte, drehte sie sich um. Er sah in ein Gesicht mit tausend Sommersprossen, das zwei senkrechte

Falten über der Nase hatte. Irgendwelche Erlebnisse mussten diese Spuren hinterlassen haben. Das Gesicht erinnerte ihn an einen Satz aus einem Roman: „Ein Gesicht, für das man seine Jugend verlieren, von dem man im Alter träumen möchte und …“ Es gab noch eine dritte Eigenschaft, die ihm in dem Moment nicht einfallen wollte. Margrets Haut war wie durchscheinendes Wachs. Später stellte er fest, dass sie weich wie Seide war. Sie hat schöne Augen, dachte er und sah ihr ins Gesicht, hätte aber nie gewagt auszusprechen, was er in diesem Moment dachte. Später hatte er damit keine Probleme mehr, ja, er besuchte sogar mit seinen Lippen alle Stellen, die er besonders schön fand. Er zog seine Hand zurück, blieb aber hinter ihr stehen.

Als sie sich ein viertes Mal umsah und ihn anlächelte, nahm er allen Mut zusammen und lud sie auf eine Tasse Kaffee ein. Margret war erfreut, einen echten Münchner getroffen zu haben. Sie schauten vom Café Glockenspiel auf die nassen Demonstranten und sie ließ sich von ihm bayerische Redewendungen erklären. Warum sagten die Bayern Knödel statt Kloß zu einem Dumpling? Warum war eine Maß auf dem Oktoberfest das Maß aller Dinge? Für das Wort Obatzter konnte er eine fachgerechte Erklärung liefern, kannte sogar das Rezept dieser Speise, zu der unbedingt Brezn und Bier gehörten, aber warum das Wort „Kruzifix“ auch als Fluch verwendet wurde, wusste er nicht. Er versprach sich kundig zu machen. Natürlich mit dem Hintergedanken an ein neuerliches Treffen.

Am Ende sagte sie: „Heute ist ein Glückstag! Ich lade dich ein. Ist das klar, Buddy?“

So nannten Taucher ihre Partner, von denen sie sich in gefährlichen Situationen absolute Zuverlässigkeit erhofften. Auch wenn ein Hai mit aufgerissenem Maul auf einen zuschwamm, der Buddy musste Ruhe bewahren. Der Buddy musste die Flasche mit einem teilen, wenn der eigene Sauerstoff verbraucht war und musste einen bei der Hand nehmen, wenn das Meer einstürzte.

Wäre Margret erreichbar gewesen, hätte sich vielleicht alles anders entwickelt, aber wenn sie mit ihren Männern zu tun hatte, war ihr Telefon ausgeschaltet.

Nachdem er das Geld aus dem Briefkasten genommen hatte, buchte er in einem Reisebüro einen Flug nach Hué. Eine Anweisung Alinas, denn Kreditkarten und Internet waren leicht zu überprüfen und damit verräterisch. Außerdem sollte er im *Green Hotel* ein Zimmer reservieren lassen. Dort würde ihn Alina erreichen, wenn es nötig war.

Das Schaufenster des Reisebüros war gepflastert mit Last-Minute-Glücksversprechen aus der Südsee. Ein blaues, glitzerndes Meer, weiße leere Strände, Kokospalmen und Hütten aus Palmwedeln, die dem Kunden suggerieren, dort und nur dort wird dein Glück jeden Morgen hinter dir am reichhaltigen Frühstücksbuffet stehen und dich in einen traumhaften Tag entführen. Perfekte Illusionen für gestresste Großstadtmenschen. Eifrig und ungefragt gab der junge Mann hinter dem Schreibtisch Auskunft. Er sprach ein wenig zu laut, wie jemand, der sich in der Kindheit immer durchsetzen hatte müssen.

Der Angestellte selbst war vor Kurzem drei Tage in Rio gewesen, fand die Brasilianerinnen, offensichtlich in Anspielung auf den Zuckerhut, zuckersüß, erhob sich dafür extra von seinem Bürostuhl und wackelte mit dem Hintern. Super! In seiner gelben Weste mit dem Firmenlogo erinnerte er Herzog an eine dieser XXL-Popcorntüten, die hippe junge Menschen in den Foyers von Filmtheatern verkaufen, damit man im Kino nicht nur sehen, sondern auch riechen kann. Herzog stellte sich die jungen Mädchen vor, wie sie an der Copacabana vor Lachen umfielen. Acapulco kannte eine Kollegin, plapperte der junge Mann weiter, die dort einmal im Jahr zum Relaxen hinflog, für fünf Tage. Total genial! Madagaskar war seiner Meinung nach zwar etwas weit vom Schuss, aber mit den langen Stränden und seinen Ökotouris relativ sexy. Außerdem waren die Beaches, wie er sie nannte, voll leer. Er sah Herzog aufmunternd an wie einen Patienten, der vor allem Ruhe braucht.

„Wenn man auf so was abfährt …"

„Einen Flug nach Hué, morgen", unterbrach ihn Herzog, bevor der Traumstrandverkäufer vielleicht noch die Gewürzinseln anbot.

„Hué? Okay. Ausgezeichnet, Vietnam ist schwer im Kommen."

Es dauerte eine Weile, bis er die verschiedenen Fluggesellschaften auf seinem Computer aufgerufen hatte.

„Außerdem eine Zimmerreservierung im *Green Hotel.*"

„Ah, vier Sterne plus. Sehr gut. Ich sage immer, darunter sollte man es heute einfach nicht mehr machen. Gebongt. Oh shit, das darf nicht wahr sein! Ich sehe gerade, kein Weiterflug von Bangkok nach Hué an diesem Tag!"

Die Popcorntüte machte ein betrübtes Gesicht.

„Geben Sie mir drei Sekunden und ich mache Sie glücklich! Da haben wir's: Drei für zwei. *Mandarin Oriental* zu einem unschlagbaren Preis. Sie zahlen zwei Nächte und bleiben drei, im puren Luxus. Und ich besorge Ihnen einen Fahrer vom Flughafen und zurück. Geht aufs Haus. Okay?"

Was sollte Herzog machen? Später fliegen und dann vielleicht trotzdem hängen bleiben? Er war froh, wenn er abreisen konnte.

„Also gut."

„Ich sehe gerade, in der Maschine ist noch ein Platz frei. Wenn Sie also einen Kumpel haben …"

Herzogs Gesicht sagte ihm: Kein Kumpel!

Der Angestellte begann die Unterlagen zusammenzusuchen. „Bar oder Karte?"

Herzog blätterte die Scheine auf den Tresen und ging.

Als er am nächsten Tag gegen Abend seine Wohnung verließ, drehte er den Schlüssel zwei Mal im Schloss. Sollte irgendjemand seinem Zuhause in seiner Abwesenheit einen Besuch abstatten und seine geliebte Ordnung durcheinanderbringen, er würde nichts finden.

In seinem Rückzugsgebiet gab es einen Schrank mit guter, aber unauffälliger Kleidung, zehn Paar Schuhe, da er viel zu Fuß unterwegs war, ein Bett, einen Tisch und, seit er Margret kannte, zwei Stühle. Es gab einen Laptop, aber weder eine Stereoanlage noch einen Fernseher, auch kein Regal oder ein Buch. Wenn er lesen wollte, ging er um die Ecke in die Stadtbibliothek. Er wählte dicke Bücher, damit er nicht so oft gehen musste. Sein Lieblingsbuch war „Der Mann ohne Eigenschaften", denn es hatte über tausendzweihundert Seiten. Auch die „Hundert Jahre Einsamkeit" von Márquez kamen nahe an den „Mann ohne Eigenschaften" heran. Wollte er Musik hören oder einen Film ansehen, benutzte er seinen Computer.

In seiner Kochnische stand seit einiger Zeit eine Flasche Whiskey. Ein Geschenk von Margret, das aber aus irgendeinem Grund ungeöffnet blieb. Den einzigen Blumentopf, den er jemals besaß, hatte ihm eine Nachbarin zum Einzug überreicht. Er war am selben Nachmittag in einem Mülleimer gelandet.

Zum ersten Mal fiel ihm beim Gang durchs Treppenhaus auf, dass die anderen Wohnungen zwei Sicherheitsschlösser hatten.

Von seiner Straße aus konnte Herzog in fünfundvierzig Minuten den Flughafen erreichen. Innerhalb einer weiteren Viertelstunde war er im Besitz einer Bordkarte. Er entschied sich, die Reisetasche mit an Bord zu nehmen. Eine Mitarbeiterin von *Thai Air* lächelte ihn an und wünschte ihm einen angenehmen Flug.

Bei der Passkontrolle wurden seine Handflächen feucht. Wenn ihn jemand vor Flieges Wohnungstür beobachtet hatte, war der Ausflug zu Ende, bevor er begann. Der Beamte fixierte ihn über seiner halben Brille. Es fiel ihm leicht, dem Blick standzuhalten. Halbe Brillen geben den Menschen ein freundliches, unter Umständen sogar ein einfältiges Aussehen, besonders wenn ihnen dabei der Mund offen steht und sie die Augen zusammenkneifen, als hätte sich unvermittelt die Dioptrienzahl ihrer Brillengläser verringert. Der Beamte legte mit einer ruhigen Handbewegung den Ausweis auf das Lesegerät. Nach ein paar Sekunden teilte es ihm mit, dass der deutsche Staatsbürger Konstantin Herzog, im Gegensatz zu vielen anderen, unbescholten war und mit einer weißen Weste durchs Leben ging. Er ließ ihn mit einem Kopfnicken ziehen.

Heute musste jeder seinen Geldbeutel, Mobiltelefone, Schmuck und den Gürtel abgeben, um den Metalldetektor passieren zu können, auch wenn dabei die Hose rutschte. Dies gehörte seit Nine Eleven zu den Pflichten eines jeden Reisenden. Außerdem musste man die Schuhe ausziehen. Herzog beobachtete, dass ungeputzte Stiefel in Kombination mit dunkler Haut offensichtlich besonders verdächtig waren. Auch lange Haare erregten immer noch Aufmerksamkeit. Es war nicht zu glauben! Als er den Apparat sah, der das Innere des Handgepäcks für neugierige Augen sichtbar machte und in verschiedene Farben einteilte, wusste er, er hatte den Fotoapparat vergessen. Er konnte also die Bilder dieser Reise in kein Album kleben, sondern musste ihnen einen festen Platz in seiner Erinnerung zuweisen. Er konnte sich allerdings in Bangkok eine Kamera besorgen oder einfach sein Mobiltelefon benützen.

Im Flugzeug sah er sich die Menschen an, die zusammen mit ihm den ersten Teil dieser unfreiwilligen Reise antraten. Der Airbus war bis auf den letzten Platz besetzt mit Urlaubern, Geschäftsleuten und deutsch-thailändischen Familien, die zusammen mit den Kindern die Heimat der Frauen besuchten. Dazu eine Anzahl testosterongeladener Männer mit eindeutigem Ziel. Bei den Männern vor allem Übergewicht.

Manchmal wunderte man sich, dass die Passagiere in den zugeteilten Sitzen überhaupt noch Platz nehmen konnten und die Maschinen in der Lage waren abzuheben.

Jedes Mal, wenn Herzog in einem Flugzeug saß, verursachte ihm die Beschleunigung beim Start und die weite Schleife, die der Pilot über die angrenzenden Wohngebiete zog, ein ungutes Gefühl im Magen. Die Erde war noch zu nah. Er sah zum Fenster hinaus. Unter ihm lagen die Speicherseen des Münchner Nordens, aber bald darauf war die Maschine in einer Höhe angekommen, in der es nur noch schönes Wetter gab. Reiseflughöhe bei strahlender Sonne, minus fünfundfünfzig Grad Außentemperatur und einem tiefblauen Himmel, in den Fliege nun eingegangen war. Wahrscheinlich wartete er gerade auf seine Klassifizierung. Soweit Herzog sich erinnern konnte, war sein Schulkamerad katholisch gewesen. Für ihn hieß es also Himmel, Fegefeuer oder Hölle. Vielleicht hatte er Glück und es gab eine spezielle Abteilung für Boxer, dort konnte er zusammen mit Max Schmeling und Bubi Scholz auf sein großes Vorbild Muhammad Ali warten.

Herzogs Sitznachbar blätterte im Bordmagazin. Auf dem Klapptisch standen drei Dosen *Carlsberg*. Eine zum Trinken, zwei als Reserve. Er gehörte zu einer Männergruppe, die ihm durch ihre Rudelbildung und das bellende Lachen schon in der Abflughalle aufgefallen war. Ein großer Geldbeutel, wie ihn Kellner benützen, blitzte aus der Innentasche seiner Lederweste, die ein speckiger Kragen als Lieblingskleidungsstück auswies.

Nach den vergangenen Tagen fühlte sich Herzog wie zerschlagen. Er schloss die Augen. Er hatte mehr als acht Stunden Zeit. Das Geld seines Nachbarn, der gerade eine Dose Bier nachbestellte, würde ihm irgendwann während des Fluges oder nach der Landung in die Hände fallen, wenn das Gedränge im Flugzeug wie immer am größten war.

Er versorgte sich mit Ohropax, um dem quäkenden Ton der Ansagen zu entkommen. Vielleicht konnte er, entgegen ihrer Abmachung, von Bangkok aus Kontakt mit Margret aufnehmen. Sie musste ihn über die Ermittlungen, vor allem aber über Zeitungsartikel auf dem Laufenden halten. In diesem Moment machte sich in den hinteren Reihen der Maschine unter den Passagieren die typische Unruhe breit, die entsteht, wenn kostenloses Essen ausgeteilt wird. Sein Nachbar drückte die leeren Bierdosen mit einer Hand und einem hellen Knacken flach. Er ließ sie unter dem Sitz verschwinden. Herzog beschloss, ihm seine Glasnudeln mit Huhn und asiatischem Gemüse anzubieten. Er nahm es mit einem Brummen zur Kenntnis. Von beiden Portionen waren nach kurzer Zeit nur noch leere Plastikbehälter übrig.

Noch während die Stewardessen in ihren lila Kostümen Kaffee und Tee anboten, fiel Herzog in einen unruhigen Schlaf und unterschied sich darin wahrscheinlich von anderen männlichen Passagieren, die der reichliche Bierkonsum hinübergeschwemmt hatte in Träume, in denen zierliche Mädchen im Rotlichtmilieu Bangkoks die Hauptrolle spielten. In seinem Unterbewusstsein brodelte es wie in einer Hexenküche und sein Körper suchte in Abständen vergeblich eine halbwegs annehmbare Stellung. Sein Nacken schmerzte nach kurzer Zeit und ein scharfer Ton im rechten Ohr machte sich bemerkbar.

Dankbar registrierte er, dass die Nachtbeleuchtung eingeschaltet wurde, aber kurz darauf flimmerte ein Film des Bordprogramms über die Bildschirme und löste selbst hinter geschlossenen Augenlidern unangenehme Reize aus. Ein unbeholfener Polizist, der einem gerupften Hühnchen gleichsah, jagte gerissene Ganoven, die offensichtlich nur mit Sonnenbrillen scharf sehen konnten. Natürlich war der Gesetzeshüter nach gut eineinhalb Stunden und vielen Niederlagen erfolgreich. Damit hatte er nicht nur gegen das Böse gewonnen, sondern auch das Gute, in Gestalt einer Blondine mit tiefem Dekolleté, auf seine Seite gezogen.

Fliege war aus einem anderen Holz geschnitzt gewesen, aber sein Lebensende war kein Happyend à la Hollywood. Seine Frau hatte mit ihrer Annahme seiner Ermordung sehr wohl den richtigen Riecher, und er, Herzog, hätte mit drei oder vier Sätzen ihre Vermutungen bestätigen können. Was trieb sie, die Wahrheit ans Licht zu bringen? Ging es ihr um die Wahrheit allein oder steckte noch etwas anderes dahinter? Wer hatte sie angerufen und warum wollte sie in seinem Beisein nicht mit demjenigen sprechen?

Sie schien Geld zu haben, sonst hätte sie seine Reise nicht so großzügig bezahlen können. Und sie hoffte, er würde in Hué etwas über den Mord erfahren und damit zur Aufklärung der Todesumstände beitragen.

Der Nachbar hatte sich in seinem Sessel so weit wie möglich zurückgelehnt. Der Geldbeutel bot sich förmlich an. Herzog sah sich um. Die meisten Passagiere hatten inzwischen die Augen geschlossen und die Münder offen. Manche wickelten sich in lila Decken, die Farbe der Fluggesellschaft.

Auch bei Herzogs Nachbar hatte der Alkohol seine Wirkung getan. Er begann zu schnarchen. Man meint immer, Betrunkene hätten ab einer bestimmten Anzahl von Promille einen todesähnlichen Schlaf. Herzog wusste allerdings, dass sie absolut panisch reagieren konnten, wenn etwas Unvorhergesehenes passierte und sie sich bedroht fühlten. Ein Flugzeug war dann wie eine Falle, in die eine zu gefräßige Ratte geraten war. Deshalb ließ er die Finger von seinem Nachbarn, auch als der aufwachte, seine Lederweste in die Ablage über den Sitzen stopfte und der Geldbeutel auf den Boden fiel. Herzog hob ihn auf. Seiner Erfahrung nach war es gut, zunächst Vertrauen aufzubauen.

Eine Nacht in einem Flugzeug ist kein Vergnügen und wird gegen Morgen, wenn der Nacken völlig steif ist, die Beine taub werden und die Füße beginnen in den Schuhen anzuschwellen, zur Tortur, selbst wenn die Fluggesellschaft mit dem

Slogan wirbt: „Smooth as Silk“. Auch das Frühstück ging an den Nachbarn. Diesmal grinste er kurz und Herzog sah, dass ihm rechts oben ein Zahn fehlte. Er war offenbar aus einem gesunden Schlaf erwacht und aß mit gutem Appetit.

Nach der Landung fiel Herzog der Geldbeutel dann wirklich so gut wie in die Hände. Kurz hintereinander waren drei Maschinen gelandet. Die Passagiere, übernächtig, aufgeregt und ungeduldig, stauten sich vor der Passkontrolle. Nachdem er seinen Ausweis aus dem Handgepäck genommen hatte, warf Herzogs Sitznachbar sein speckiges Lederteil lässig über die Schulter.

Ein Griff genügte. Im Fußball hieß so etwas Standardsituation! Man konnte es auch ein Geschenk nennen. Herzog wechselte zu einem Schalter, an dem weniger Menschen warteten. Plötzlich waren seine Bedenken, irgendjemand könnte bei der Passkontrolle Probleme machen, wie weggeblasen, und tatsächlich stand er kurze Zeit später mit seiner Reisetasche im Suvarnabhumi Flughafen, der mit seinen Boutiquen jede amerikanische Mall in den Schatten gestellt hätte. Die ankommenden Gäste wurden von einem goldenen, dreiköpfigen Drachen begrüßt, getragen von acht bunten Fabelwesen. Direkt am Ausgang stand ein Mann mit einem Schild, „Constantin Herzog, Munich“. Auch wenn sein Name falsch geschrieben war, nur er konnte gemeint sein. Bravo!

Mandarin Oriental

Der Mann nahm ihm das Gepäck ab und brachte ihn zu einer Limousine. Er öffnete für Herzog die hintere Tür. Der Fahrer blickte in den Rückspiegel und fragte:

„*Mandarin Oriental?*“

Herzog nickte und dachte: Fast wie im Märchen. Nach kurzer Zeit reihte sich das Auto in den höllischen Verkehr ein.

Der Fahrer schlich geschickt von einer Lücke in die andere, fuhr über den Seitenstreifen am rechten Fahrbahnrand, stand bei Rot in der ersten Reihe, noch vor den Lastwagen, Bussen und Pick-ups. Schon bevor die Ampel umschaltete, erhob sich ein unbeschreiblicher Lärm. Die auf der Kreuzung übrig gebliebenen Fahrzeuge wurden umfahren, eingekeilt, und es hätte Herzog nicht gewundert, wenn der Strom sie bis zur nächsten Ampel mit fortgerissen hätte. Am Hotel angekommen nahm der Fahrer eine Visitenkarte zwischen Zeige- und Mittelfinger und gab sie an seinen Gast weiter. Mit einem Zwinkern sagte er:

„If you need something. Ladies, boys to boys“, er rieb dabei die beiden Zeigefinger aneinander, „and other things for good vibration. Everything cheap price.“

Herzog dankte und war schon in der Obhut des Concierge mit einer grauen Schirmmütze und goldenem Abzeichen. Im Zimmer bediente er sich an einem Korb mit frischem Obst. Nach dem Duschen widmete er sich seinem Geschenk. Er zog grundsätzlich nur Geld. In diesem Fall waren es tausendzweihundert US-Dollar. Er wunderte sich immer wieder, wie viele Scheine die Leute mit sich herumtrugen. Sie schienen in der Krise dem bargeldlosen Zahlungsverkehr, der von den Banken mit Hochglanzwerbung angepriesen wurde, zu misstrauen. Sein Sitznachbar hatte also einiges in seinem Urlaub vor. Damit und mit großzügigen Lokalrunden, während halbwüchsige Mädchen ihre Haut zu Markte tragen mussten, war es nun vorbei. Er würde das Missgeschick nicht vor seinen Kumpanen geheim halten können und sie würden ihre Spottkübel über ihm ausschütten. Im schlimmsten Fall war ihm so etwas schon einmal passiert und er festigte damit seinen Ruf als Trottel.

In den dafür vorgesehenen Fächern des Geldbeutels sah Herzog außerdem zwei Scheck- und drei Kreditkarten. Ein Zeichen, dass der Inhaber über seine Verhältnisse lebte. Karten standen nicht im Mittelpunkt seiner Aufmerksamkeit. Zu diesem Schluss war er irgendwann am Anfang seiner Karriere gekommen. Wenn man von Scheck- und Kreditkarten leben wollte, musste man technisch immer auf dem neuesten Stand sein, benötigte Mitarbeiter im Ausland und ging das Risiko ein, beim Gebrauch erwischt zu werden. Außerdem fehlten Herzog dafür die Geräte und das notwendige Know-how.

Ganz gleich, ob die gezogene Ware nun aus Schlangenleder oder nur aus Plastik bestand, ob sie das Geschenk eines Geliebten war, der hoffte, in einem versteckten Winkel möge sein Konterfei aufgehoben und ab und zu mit einem Kuss bedacht werden, ob es sich um ein Geschenk zur Silbernen Hochzeit handelte oder um ein gutes Stück aus dem Familienbesitz, für jemanden, der sich in der Nachfolge von Rinaldo Rinaldini sah, war all dies uninteressant. Sie hatte für ihn absolut keinen Wert. Er beschäftigte sich weder mit dem Gegenstand noch mit der dazugehörigen Person. Auch die war ihm egal, inklusive Ausweis, Führerschein und Impfpass. Ein Zahnarzt interessierte sich auch nicht für seinen Patienten als Mensch, sondern lediglich für schadhafte Stellen im Gebiss oder die Einzelteile einer Zahnspange. Herzog ging seiner Arbeit nach und wenn er fleißig war, verdiente er ganz ordentlich. Wie in jedem anderen Beruf auch, vorausgesetzt man arbeitete nicht als Krankenschwester.

Seine durchaus kunstvolle Tätigkeit beschränkte sich auf das Wesentliche in unserer Gesellschaft – das Geld. Manager machten nichts anderes. Er unterschied sich allerdings von jenen Männern, die ein hilfloser Kritiker einmal Kapitalverbrecher genannt hatte: Sie verdienten in einem Jahr mehr, als sie je im Leben für ihre Anzüge aus feinem Tuch, ihre schnittigen Sportwägen und gestylten Geliebten ausgeben konnten, ganz gleich, ob sie nun ihre Arbeit gut oder miserabel verrichteten. Und noch einen Unterschied gab es, durch ihn wurden keine Kündigungen ausgesprochen und es gingen keine Arbeitsplätze verloren. Manchmal schaute er morgens in den Spiegel und fragte sich, ob ihm ein Rinaldo aus den Augen schaute. Wenn man in diesem Beruf arbeitete, war es durchaus von Vorteil, sein eigenes Leben mit einer gewissen Distanz zu betrachten. Je größer diese Distanz war, desto geringer die Gefahr, in kniffligen Situationen den Kopf zu verlieren.

Im Übrigen war ein Kunstzieher vor allem ein Techniker und kein Draufgänger. Er musste eine gewisse Begabung mitbringen und er war gut beraten, diese Begabung, betraf sie nun seine Fingerfertigkeit, seine Konzentration oder seine Beobachtungsgabe, täglich zu trainieren. Er war nicht mutiger als andere Menschen, nicht leichtlebiger und nicht verschwenderischer. Begegnete er einem Verbrechen, war er genauso entsetzt und hilflos wie die Nachbarin, die den ganzen Tag nur aus dem Fenster sah.

Normalerweise ließ Herzog Gezogenes so schnell wie möglich verschwinden. Man musste das Risiko dieser Tätigkeit gering halten. Er hatte immer ein Stofftaschentuch bei sich, um gründlich die Fingerabdrücke abzuwischen, und mehrere Plastiktüten, in denen er die Geldbeutel oder Brieftaschen in einen öffentlichen Papierkorb fallen ließ. Wenn ihn jemand beobachten sollte, war er ein gewissenhafter Bürger, der gerade eine Banane gegessen hatte und die Schale in einer Tüte ordnungsgemäß in einem dafür vorgesehenen Behälter entsorgte. Sollte diese Tüte von einem der vielen Menschen, die heute auf Abfall angewiesen waren, entdeckt werden, hatte der Glückliche eine Chance, sein Eigentum zurückzubekommen, vorausgesetzt, es fand sich eine Adresse. Von Kunstziehern, die Gegenstände an die Eigentümer zurückschickten, weil ein schlechtes Gewissen sie plagte, las man zwar immer wieder, aber in Wirklichkeit waren sie eine Erfindung von Journalisten, die mit solchen Artikeln die Sommerlöcher stopften. Es gab sie genauso wenig wie Priester, die sich schämten, wenn sie mit Hilfe eines Opferstocks die Gläubigen um ihr Geld erleichterten.

Herzog würde irgendwann das Hotel verlassen, um die Wundertüte seiner tausendzweihundert Dollar loszuwerden. In diesem Fall hatte er allerdings keine Eile, denn Männer, die in Bangkok den Merkwürdigkeiten ihrer Sexualität nachgingen, bevorzugten kein Luxushotel, sondern Absteigen, die nahe am Strich und den dafür bekannten Clubs lagen. Seinem Nachbarn, da war er sicher, würde er nicht mehr über den Weg laufen.

Schon an der Rezeption hatte Herzog feststellen müssen, in seiner Reisetasche fand sich keine Kleidung, die für dieses Hotel geeignet gewesen wäre. Er kaufte also in einer der Boutiquen, die um die Eingangshalle angeordnet waren, einen leichten taubenblauen Anzug, helle Leinenschuhe, dazu drei Hemden. Damit war ein Großteil der tausendzweihundert Dollar elegant angelegt. In seiner neuen Ausstattung nahm er auf einem der vielen Sofas in der Lobby Platz. Es roch nach Luxus und Leder. Er betrachtete die Frauen mit ihren Juwelen, die Inder mit ihren Turbanen, die amerikanischen Millionäre mit ihren goldenen Armkettchen und die lautlos beflissenen Bediensteten. Er hörte fasziniert den verständlichen und unverständlichen Lauten zu, die an sein Ohr getragen wurden.

Als ein leichter Wind aufkam, ging er in den Garten des Hotels, den man in diese im Chaos versinkende Stadt gezaubert hatte. Er versuchte die innere und äußere Zeit zusammenzubringen. In seinem Inneren war es fünf Uhr morgens, um ihn herum zehn Uhr, ein Vormittag inmitten von Hibiskusblüten,

Orchideen, Bananenstauden und einem gepflegten Rasen. Pro Stunde Zeitverschiebung, das hatte er einmal gelesen, brauchte der Körper einen Tag, um sich anzupassen. Er war also schon fast wieder zuhause, wenn seine innere Uhr auf Bangkokzeit umgestellt war. Außerdem konnte er nicht glauben, dass derselbe Himmel ein paar Straßen weiter über einer Kreuzung leuchtete, auf der kein Durchkommen war und auf der wahrscheinlich nur für wenige Stunden nach Mitternacht die Autoschlange dünner wurde, vielleicht, wenn man Glück hatte, für Minuten sogar abriss.

Er blätterte in einer Broschüre, die er an der Rezeption des Hotels bekommen hatte. Sie warnte ihn eindringlich vor Drogen und Prostitution. Er sollte, falls er das, was die thailändische Touristeninformation als Vergnügungsviertel dieser Stadt der Superlative bezeichnet, wirklich besuchen wollte, nicht alleine auf Entdeckungsreise gehen und nur eine ausreichende Menge an Geld mitführen, was immer das auch hieß. Allerdings hatte er kein Verlangen nach Striptease und Live-Shows, bei denen die Gäste aufgefordert werden, tatkräftig Hand anzulegen.

Im Schatten der Hoteleinfahrt lauerten sicherlich finstere Schlepper auf farbigen Tuk-Tuks, die von der Rezeption einen dezenten Wink bekamen, sobald man zu erkennen gab, das Hotel verlassen zu wollen. Sie zerrten einen schon am frühen Morgen in modrige Lasterhöhlen und, bevor man sich richtig der Sünde hingeben konnte, schütteten mandeläugige Hexen flaschenweise KO-Tropfen ins Glas. Eine halbe Stunde später fand man sich benommen auf dem Gehsteig wieder, und wenn die mitgeführte Geldmenge nicht ausreichend war, hatte man auch noch den neuen Anzug, die Schuhe, Armbanduhr und unter Umständen sogar Goldzähne und Socken verloren. Bangkok schien eine brandgefährliche Stadt zu sein. Im Gegensatz dazu war der Garten des Hotels ein Hain kontemplativer Beschaulichkeit.

Die Wärme und das Nachdenken über die vergangenen Ereignisse machten ihn müde. Ein paar Stunden Schlaf in seinem kühlen Zimmer würden die verschiedenen Zeitdimensionen näher zusammenbringen. Er schlief tatsächlich sofort ein. Im Traum erschien ihm noch einmal der Fahrer mit der Visitenkarte: Er hüpfte durch das Hotel und verschwand grinsend mit dem schwarzen Notizbuch.

Als Herzog erwachte, war es nach acht Uhr. Er war sofort hellwach und fror am ganzen Körper. Er beschloss, nicht in einem der klimatisierten Restaurants, sondern auf der Terrasse am Flussufer zu essen. Auf dem Wasser war reger Betrieb. Bunt geschmückte und reichlich illuminierte Touristenboote fuhren in beide Richtungen. Hausboote, auf denen offensichtlich ganze Großfamilien wohnten, waren an beiden Ufern festgemacht. Frauen nahmen immer wieder Wäsche aus dem Wasser, wenn einer der dickbauchigen Lastkähne vorbeifuhr oder ein Expressboot, schräg im Wasser liegend, schnittig, mit roten Sitzreihen, vorüberschoss. Ein Ober mit weißen Handschuhen brachte die Speisekarte und nannte die Empfehlungen des Küchenchefs. Er blieb am Tisch stehen, bis Herzog gewählt hatte, den linken Arm abgewinkelt mit einer Stoffserviette darüber, den rechten Arm hinter dem Rücken. Herzog entschied sich für eine der Empfehlungen und bestellte ein thailändisches Tigerbier – nur des Namens wegen.

Schon am Nachmittag war ihm ein Mann aufgefallen, der in der Eingangshalle stand. Später, im Garten, hatte er mit einem der Arbeiter gesprochen. An seiner Kleidung war nicht zu erkennen, ob er zum Hotelpersonal gehörte. Er versuchte wie ein Gast zu wirken, der gerade seine Freude daran entdeckt hat untätig herumzustehen. Nun lehnte er wie zufällig am Eingang zur Terrasse. Jedes gute Hotel hatte einen eigenen Detektiv, dessen Aufgabe es war, so unauffällig wie möglich seine Augen offen zu halten, denn der Luxus zog Hochstapler und Gauner an, die am Reichtum der Gäste teilhaben wollten. Der Detektiv schien Herzog im Blick zu haben. Vielleicht war ihm der junge Mann verdächtig, weil er sich von den übrigen, meist älteren Gästen abhob. Wer kam schon verschwitzt und verschlafen, eine Reisetasche über der Schulter, in ein Fünf-Sterne-Hotel und kaufte als erstes in einer überteuerten Boutique ein? Sie würden sich also gegenseitig beobachten, denn auch Herzog hielt, schon aus Gewohnheit, die Augen offen.

Zurück im Zimmer nahm er das schwarze Notizbuch aus der Reisetasche und begann es durchzublättern. Es war ordentlich geführt. Fliege hatte eine akkurate, fast altmodische Handschrift. Auf der ersten Seite standen Name, Adresse und Telefonnummer. Neben jedem eingetragenen Datum auf den folgenden Seiten war eine Zahl vermerkt. Etwa jedes Vierteljahr hatte Fliege eine Eintragung vorgenommen. Das Notizbuch begann an einem willkürlichen Datum. Es gab also vermutlich einen oder mehrere Vorläufer. Die letzten Seiten waren leer. Den Gedanken, dass ein Zollfahnder auch dem Taschendiebstahl nachgehen könnte, fand der Kunstzieher Herzog abwegig.

Er überlegte, warum das Notizbuch im Tiefkühlfach des Eisschranks verwahrt gewesen war. Um es zu verstecken? Oder gab es einen anderen Grund? Er legte das Heft in das Eisfach des Kühlschranks, der in einer Ecke des Zimmers stand, und wartete zehn Minuten. So sehr er sich anschließend auch bemühte, er konnte keine Veränderung an den Eintragungen feststellen. Vielleicht dauerte es länger, bis zusätzliche Informationen sichtbar wurden. Er hatte Zeit.

Nur Menschen mit Alzheimer legen ihren Autoschlüssel in die Waschmaschine und nur Künstler beschmieren eine Badewanne mit einer zentimeterdicken Fettschicht. Kein vernünftiger Mensch würde ein Notizbuch in ein Eisfach legen. Andererseits würde auch niemand ein Notizbuch, das lebenswichtige Geheimnisse verbarg, in einem Kühlschrank vermuten. In einem Schreibtisch schon, unter einem Leintuch, zwischen frisch gebügelten Hemden, im Schuhregal, vielleicht sogar im Abfalleimer oder im Handschuhfach eines Autos. Aber sicher nicht in einem Eisfach. Auf jeden Fall hatten es die Mörder Flieges nicht gefunden, denn zu diesem Zeitpunkt war es schon bei Alina gelandet.

Er hatte die Verbrecher mit seinem Besuch gestört. Die offene Eingangstür ließ darauf schließen, dass jemand gerade im Begriff war, den Tatort zu verlassen. Vielleicht war Herzogs Klingeln eine Warnung gewesen. Die Täter hatten gerade noch Zeit gehabt, sich hinter der Tür oder irgendwo anders zu verstecken. Oder war die offene Eingangstür eine Falle gewesen, die man ihm gestellt hatte? Eine tödliche Einladung!

Was sollte er mit dem Notizbuch anfangen? Er konnte es nicht im Kühlschrank lassen, wenn er in die Lobby ging. Das kam ihm unvorsichtig vor. In jedem Hotel der Welt gab es mehrere Generalschlüssel, die vom Personal benützt wurden, und zu jedem Zimmer ein oder zwei Ersatzschlüssel. Außerdem wurde die Minibar regelmäßig aufgefüllt. Er wusste noch nicht, welche Informationen das „kleine Schwarze", wie er es inzwischen nannte, enthielt, aber er ahnte, dass es wertvoll für ihn sein konnte. Er würde es, wenn er unterwegs war, am Körper tragen.

Herzog versuchte Margret zu erreichen. Er hatte kein Glück. Die SMS wurden nicht beantwortet, und wenn er anrief, sagte ihm eine künstliche Stimme mit nervösem Einschlag, der Teilnehmer sei derzeit nicht erreichbar. Er versuchte es immer wieder, aber die Stimme blieb gleich künstlich und auf eine beunruhigende Art unbeteiligt. Er nahm sich ein Bier aus der Minibar und blickte aus dem vierten Stock auf den Fluss hinunter. Er konnte nichts anderes tun als zu schlafen.

Am nächsten Morgen stand der Beobachter im Frühstücksraum bei den Kellnern. Herzog grüßte freundlich und bekam ein geschmeidiges Lächeln zurück. Dabei sah er in der Hand des Mannes eine Karte, die den Karten ähnelte, die als Zimmerschlüssel verwendet wurden. Er schien also tatsächlich der Hausdetektiv zu sein, der ein „Sesam öffne dich" zu allen Zimmern besaß. Als er den Gast sah, steckte er das wertvolle Teil in die linke Westentasche. So unvorsichtig durfte man als jemand mit Erfahrung nicht sein, wenn man nicht einen Denkzettel riskieren wollte. Für Herzog nicht mehr als ein leichtes Training, das er sich nicht entgehen lassen würde.

Die Gelegenheit bot sich gleich nach dem Frühstück. Zwei arabische Großfamilien waren angekommen. Verschleierte Frauen, halbwüchsige Dandys und in ihrer Mitte zwei Patriarchen, gekleidet wie Beduinen. Eine große Anzahl ausladender Koffer mit vielen Aufklebern. Insgesamt eine Explosion an Leben mit einer gehörigen Portion Unübersichtlichkeit. Der Detektiv, der offensichtlich noch andere Aufgaben zu übernehmen hatte, sammelte die Pässe ein und brachte sie an die Rezeption. Während er mit einem Angestellten sprach, stellte sich Herzog schräg neben ihn. Damit war er gegen die hinter ihm Stehenden abgeschirmt und vor ihm schützte ihn der Tresen. Er fischte mit der linken Hand die Karte aus der Weste. Die Diskussionen, die sich offensichtlich um die Zimmerverteilung drehten, nahmen so viel Aufmerksamkeit in Anspruch, dass niemand auf ihn achtete.

Nachdem die letzten Familienmitglieder mitsamt dem Aufpasser im Lift verschwunden waren, gab Herzog die Karte an der Rezeption ab. Gleich mehrere Mitarbeiter liefen zusammen und dankten ihm. Einer fragte nach seiner Zimmernummer, ein anderer telefonierte und ein Dritter überprüfte die Karte an einem Computer. Herzog setzte sich in eines der Sofas und blätterte in einem deutschsprachigen Magazin für Urlauber und Residenten, das sich *Der Farang* nannte. Gleich in dem ersten Artikel ging es um Pattaya und die dortigen Unterhaltungslokale. Ein Foto zeigte eine Bar, in der fast nackte Poledancerinnen zu sehen waren. Ein „Swisshai“ kommentierte: „Früher war alles besser.“

Keine fünf Minuten später stürzte der Detektiv aus dem Lift und verschwand in einem Büro hinter der Rezeption.

Ein älterer Angestellter kam auf Herzog zu. Er fragte in gutem Deutsch, wo der Gast die Karte gefunden habe und schüttelte besorgt den Kopf über den Fundort zwischen Foyer und Terrasse, ein Platz, den Herzog ausgesucht hatte, weil er im toten Winkel der Videokameras lag. Er bat, Herzog auf eine Tasse Tee einladen zu dürfen. Die Einladung zum Tee ging über in ein Abendessen. Herr Supanam, mit diesem Namen hatte er sich vorgestellt, konnte vor Jahren, „als die Mauer noch stand“, in Berlin mit einem Stipendium Archäologie studieren.

„Wir haben zwar in Thailand viele Kunstschätze, aber als Archäologe kann man hier nicht ... wie heißt es? ... überleben. Ja, überleben. Ein Studium, auch wenn es interessant ist, ändert nichts an den Tatsachen.“ Deshalb war er im Hotelfach gelandet.

Herzog dachte an sein eigenes BWL-Studium. Da war es genau umgekehrt. Das Studium fand er todlangweilig, aber die Berufsaussichten wären glänzend gewesen.

Der Angestellte freute sich, mit dem Gast deutsch sprechen zu können. Seine Augen glänzten, wenn er von Berlin sprach: Mit seinem internationalen Pass war es kein Problem gewesen, nach Ostberlin ins Theater oder eine Ausstellung zu gehen. Er hatte Tage im Pergamonmuseum vollbracht, voll Bewunderung für den berühmten Altar mit seinen nackten muskelbepackten Kriegern. Er hatte im *Leo Wright Club* neben der Bühne gesessen und Chet Baker gehört. Und wenn ihm das Geld ausgegangen war, war er einfach den Kurfürstendamm auf und ab gegangen. Er hatte das Weltstadtflair genossen, er hatte alles mitgenommen, bei Tag und bei Nacht, und manchmal war er erschöpft von all den Eindrücken in der Bibliothek über seiner Diplomarbeit eingeschlafen.

„Wahrscheinlich", sagte er wehmütig, „würde ich Berlin heute nicht wiedererkennen. Ich lese oft in der Zeitung, wie sich alles verändert hat. Ich habe damals in der Nähe des Checkpoint Charlie zur Untermiete gewohnt, bei einer Witwe, Frau Krawuttke. Ich kann Sie versichern … nein", er dachte kurz nach, „ich kann Ihnen versichern, ich habe lange gebraucht, bis ich diesen Namen aussprechen konnte. Krawuttke. Manchmal gehe ich hier in ein deutsches Restaurant. Dort bekomme ich alles, was ich will, der Besitzer ist sehr freundlich, aber es ist nicht dasselbe wie an einem Currywurststand am Bahnhof Zoo. Selbst wenn es null Grad hat und ein Thailänder erbärmlich friert, weil er für Kälte nicht gemacht wurde."

Irgendwann entschuldigte sich Herr Supanam. Falls er nicht im Hotel übernachten wollte, brauchte er nach Dienstschluss noch eineinhalb Stunden, bis er seine Familie erreichte. Er bot Herzog an, mit ihm am nächsten Vormittag über den Fluss zu fahren.

„Das alte Hotel, das Sie sicher schon im Garten gesehen haben, lohnt keine Besichtigung. Das antike Mobiliar wurde vor Jahren ausgewechselt", bemerkte er abschätzig wie ein enttäuschter Archäologe. „Man hat den Tea Room mit weißen Rattanmöbeln von einem Händler bestückt, der seine Rechnung nicht zahlen konnte."

Als Herr Supanam gegangen war, versuchte Herzog wieder vergeblich Margret zu erreichen. Dann meldete sich sein schlechtes Gewissen. War er mit dem Detektiv zu weit gegangen? Vielleicht hatte der Mann durch ihn seine Arbeit verloren und war fristlos entlassen worden. Sicher konnte er sich nicht erklären, wie es zu diesem Vorfall gekommen war, stand außerhalb des Hotels im Schatten der gegenüberliegenden Gebäude und verfluchte alle buddhistischen Götter.

An seinem dritten Vormittag in Bangkok stand Herzog, das Notizbuch in der Hosentasche, neben einem hölzernen

Kassenhäuschen am Fluss der Könige. Herr Supanam und er warteten auf eine der Fähren. Herzog genoss die Fahrt den Fluss hinab, vorbei an den weißen Mauern des königlichen Palastes und dem ältesten Tempel der Stadt, Wat Po. Sein Begleiter erzählte, auf dem Chao Phraya seien früher riesige Barken unterwegs gewesen, fernöstlich-goldene Varianten venezianischer Gondeln, mit hochgezogenen Bugdrachen. Zu jener Zeit hatte der Fluss noch eine andere Farbe. Zumindest die träge dahinschwimmenden Öllachen gab es damals nicht.

Am gegenüberliegenden Ufer stiegen Herzog und Herr Supanam zum Tempel der Morgenröte hinauf. Vorbei an Steinwächtern und mit Stöcken bewaffneten Fabeltieren gingen sie durch den Vorhof des Tempels. Der Hotelangestellte sprach mit den Mönchen. Wenn das Wort Allemania fiel, grüßten sie den jungen Mann aus Deutschland mit einer leichten Verbeugung. Sie stiegen zusammen auf den mittleren Turm, der mit Tausenden von Porzellanscherben geschmückt war. Der Blick zurück über den Fluss …

Herzog hätte Stunden stehen bleiben können. Einfach stehen bleiben und schauen. Vielleicht musste man Monate in dieser Stadt leben, um dann erst weiter zu ziehen, Richtung Norden, auf das Goldene Dreieck zu. Vielleicht musste man, wie die jungen Mönche in ihren orangenen Umhängen und den glatt rasierten Köpfen an den warmen Mauern lehnend, das Leben nicht nur aus einer gewissen Distanz, sondern wirklich von außen betrachten. Vielleicht konnte er dann noch nachträglich die angelehnte Wohnungstür des Ermordeten zuziehen und so tun, als hätte es in der Wohnung weder eine Leiche noch Mörder gegeben und als sei nichts geschehen. Er würde darauf hinarbeiten, gleichzeitig jedoch ahnte er, Tote konnten einen über Jahre hinweg wie Schatten begleiten, vor allem dann, wenn sie ihr Leben nicht zu Ende gelebt hatten, und immer dann auftauchen, wenn man es nicht erwartete und dementsprechend ungeschützt war. Er ärgerte sich darüber, dass er dem Drängen Alinas nachgegeben hatte.

Herr Supanam holte ihn aus seinen Gedanken. „Darf ich mir eine Frage erlauben? Kommen Sie aus einer adeligen Familie?“

„Nein, Herzog ist in meinem Fall kein Titel. Das ist mein Familienname.“

Herr Supanam schien diese Frage nur gestellt zu haben, um andere anzuschließen.

„Bleiben Sie länger in Thailand?“

„Ich reise weiter nach Hué.“

„Ah, wo wohnen Sie dort?“

„Im *Green Hotel.*“

„Sie hätten gegenüber im *La Residence* ein Zimmer nehmen sollen. Ein Hotel aus der französischen Kolonialzeit mit einem ausgezeichneten Restaurant und herrlichem Garten am Ufer des Parfümflusses. Ein Bekannter von mir arbeitet dort. Soll ich für Sie umbuchen?“

„Danke für Ihre Mühe, aber ich bin verabredet.“

„Darf ich noch eine Frage stellen?“ Er wartete kurz auf eine Reaktion. „Welchen Beruf haben Sie?“

Herzog lachte: „Ich bin von Beruf Sohn“, gab er zurück, obwohl er gar keine Familie mehr hatte. Dies sollte bedeuten, er musste weder arbeiten noch Geld verdienen. Für diese Antwort war irgendwann die Entscheidung gefallen, als er nicht mehr glaubhaft machen konnte, noch zu studieren. Es gab darauf entweder ein überraschtes „Oh!“, ein unentschiedenes „Aha“, ein missbilligendes „So, so“ oder ein erstauntes „Na sowas!“ Herr Supanam nickte nur und Herzog konnte nicht herausfinden, was der Beruf „Sohn“ in ihm auslöste. Auf jeden Fall hielt sich der Kunstzieher mit dieser Aussage die meisten Menschen vom Leib. Das war das Wichtigste.

Am Nachmittag setzte er sich noch einmal in den Garten und sah auf den Fluss. Er hatte sich über den Angestellten im Reisebüro geärgert, weil er den Verdacht haben musste, mit drei Tagen in einem Luxushotel übers Ohr gehauen worden zu sein. Nun musste er zugeben, er wäre gerne länger hier geblieben. Die Weiterreise nach Hué beunruhigte ihn. Hier war er geschützt, es kümmerte sich jemand um ihn, dem er mit einem Gespräch in deutscher Sprache eine Freude machen konnte, außerdem gab es noch viel zu sehen.

Auf dem Weg ins Zimmer teilte ihm eine Rezeptionistin mit, der Fahrer würde ihn morgen drei Stunden vor seinem Flug abholen, denn am Vormittag sei der Verkehr auf der Stadtautobahn am Schlimmsten.

Eldorado

Wenn Herzog später über den Flug nach Hué nachdachte, kam es ihm vor, als hätte man ihn geradezu aus einer Traumwelt in Bangkok nach Vietnam geschossen oder gebeamt. Einige Stunden später befand er sich tatsächlich fast tausend Kilometer weiter nördlich der thailändischen Hauptstadt. Eine freundliche Flughafenangestellte besorgte ihm ein Taxi und schrieb ihm den Wechselkurs auf. Für einen Euro bekam man etwa 30.000 Dong. Mit hundert Euro war er also hier mehrfacher Millionär. Vielleicht war Eldorado deswegen nach Vietnam gegangen.

Auch hier blieb der Wagen immer wieder im chaotischen Verkehr stecken. In dieser Stadt musste es Zehntausende von Mopeds und Motorrädern geben, die sich zudem an keine Verkehrsregeln hielten. Dazwischen schwere Limousinen mit abgedunkelten Scheiben, denen von wild gestikulierenden Polizisten der Weg frei geräumt wurde.

Das Wort „Eldorado" hatte Herzogs Neugier im Gespräch mit Alina sofort geweckt. Der Gastwirtssohn aus Niederbayern hatte, im Gegensatz zu Fliege, bis zum Abitur durchgehalten. Anschließend Ausbildung in einer Münchner Bank. Aber schon im zweiten Jahr kündigte er seine Stelle und verabschiedete sich von den Freunden in ein neues Leben voller Abenteuer und Erfolg, wie er damals behauptete. Er ging nach Hué zu einem Zeitpunkt, als keiner von ihnen wusste, wo diese Stadt überhaupt lag. Unter Umständen würde er dort den Schatz finden, nach dem er schon als Fünfzehnjähriger fieberhaft auf der Suche war. Von einem Mitschüler bekam er für die hochfliegenden Pläne und Fantastereien den Spitznamen Eldorado verpasst. Fliege hatte ihn mehrmals eher beiläufig erwähnt, aber über ein „Kannst du dich noch erinnern" war das Gespräch nie hinausgekommen.

„Ich kenn mich aus!" war jedes Mal die abschließende Bemerkung gewesen, wenn Eldorado seine Weltsicht entwickelte hatte. Alina erhoffte sich von dem Mann in Hué Informationen. Deswegen hatte sie diese Reise finanziert. Herzog zweifelte, ob der Plan funktionieren würde.

Im Hotel erwartete ihn eine unangenehme Überraschung. Eldorado, dessen Adresse ihm Alina notiert hatte, war unter der angegebenen Nummer nicht telefonisch erreichbar. Damit hatte Herzog nicht gerechnet. Der Angestellte an der Rezeption beruhigte ihn: „Don't worry, I am specialist", und versprach zu helfen.

In seinem Zimmer stellte sich Herzog ans Fenster und blickte auf den Fluss, den Herr Supanam Parfümfluss genannt hatte. Ein bunt bemaltes Boot mit der Aufschrift „Tourist" zog langsam vorbei. Der Bug war geformt wie ein Drachenkopf. Am Heck stand eine Frau und steuerte mit einem langen Ruder. Über ihr flatterte an einer Bambusstange eine rote Fahne mit gelbem Stern. Herzog freute sich auf eine Dusche. Zuvor aber würde er sich kurz aufs Bett legen. Er fühlte einen leichten Schwindel, der offensichtlich von der Hitze kam. Als er erwachte, war es vier Uhr morgens. Er hatte nicht nur den Rest des Tages, sondern auch die halbe Nacht verschlafen. Bevor er wieder einmal versuchte Margret zu erreichen, musste er sich den Text zurechtlegen. Er konnte nicht einfach sagen: „Hör zu, ich sitze in einem Hotelzimmer in der alten Kaiserstadt Hué, weil Fliege nicht mehr ist."

Selbst wenn Margret den Zollfahnder gekannt hätte, sie hätte sich Sorgen um Herzogs Geisteszustand gemacht. Vielleicht sollte er doch auf die SMS von ihr mit dem immer gleichen Text „Alles klar, Buddy?!" warten. Er konnte sie auch raten lassen. Aber nicht einmal jemand, der in New York geboren war, hätte dieses Spiel witzig gefunden und wäre auf die Wahrheit gekommen. Er stellte die Klimaanlage ab und öffnete das Fenster. Er beschloss, den Geräuschen der Nacht zu lauschen und erst am späten Vormittag zu telefonieren.

Nach dem Frühstück brachte Herzog sein Anliegen noch einmal an der Rezeption vor, die von zwei Elefantenstoßzähnen bewacht wurde. Das Lächeln des jungen Hotelangestellten in seinem blütenweißen Hemd mit grüner Jacke war freundlich und beruhigend.

„Please, give me another day“, und dann fügte er noch einmal an: „I'm specialist.“ Darauf musste sich Herzog verlassen.

Er legte sich an den Swimmingpool. Jede halbe Stunde tauchte er unter, schwamm einige Male im Kreis um einen steinernen Elefanten herum und konnte sich nicht vorstellen, dass derselbe Himmel in München wahrscheinlich undurchdringlich grau war.

Neben dem Becken liegend blätterte er in einer Hochglanzbroschüre. Das Hotel bot „Tailor-Made Tours“ an, also auf individuelle Wünsche abgestimmte Ausflüge. Er wollte gerade an der Rezeption einen halben Tag für den alten Kaiserpalast buchen, als es von einem Moment auf den anderen zu regnen begann. Die Welt schien plötzlich unterzugehen. Er bekam den Rat, im April wiederzukommen, denn um diese Zeit sei das herrlichste Wetter. Ein gut gemeinter Rat, den er sicher nicht befolgen würde. Im Hintergrund hörte er drei Franzosen, die nicht Englisch sprachen und offensichtlich, der Lautstärke ihrer Vulkanausbrüche nach zu urteilen, mit irgendetwas unzufrieden waren. Vielleicht ärgerten sie sich, dass in einer ehemaligen französischen Kolonie ihre Muttersprache inzwischen unbekannt war.

Als er wieder an seinem Fenster stand und auf den Fluss starrte, der nun eine bleigraue Farbe angenommen hatte und dessen anderes Ufer in der dichten Regenwand verschwand, dachte er, was mache ich hier eigentlich?

Für Herzog völlig überraschend legten sich verschiedene Bilder übereinander: Das Foto einer Tempeltänzerin, das er im Bordmagazin gesehen, das ernste Gesicht des Beamten, der bei der Einreise seinen Pass gestempelt hatte, und das ewige Lächeln der Stewardessen. Er sah die junge Frau seines

Schulkameraden Eldorado in ihrem Kleid aus Goldbrokat mitten auf der Fraueninsel im Chiemsee wie eine Erscheinung. Diese wunderliche Hochzeit vor etwa zehn Jahren in einer bayerischen Gastwirtschaft. Die Männer in Trachtenanzügen oder Lederhosen mit Hüten, auf denen Gamsbärte zitterten, die Frauen im weit ausgeschnittenen Dirndl, die Busen angehoben, als würde es sich um schmucke Blumenkästen an einem Balkon handeln. Der Bräutigam, der seine Braut auf den Armen unter dem Jubel der Gäste zum Hochzeitswalzer auf die Tanzfläche getragen hatte, die Prinzessin aus einem fernen Märchenland, zauberhaft – und für Herzog beunruhigend schön.

Er hatte die Bilder genau vor Augen: Den Zug von München nach Prien, die Anlegestelle und das Schiff, das ihn auf die Insel brachte. Durch die offenen Fenster des Saales beobachtete er die Feier: der gut gelaunte Eldorado und seine vietnamesische Braut, der die Gäste in einer Mischung aus Englisch und dem örtlichen, schwerfälligen Dialekt Glückwünsche aussprachen, obwohl sie perfekt deutsch sprach. Wenn er sich recht erinnerte, war eine Tuba zu hören gewesen und jemand quetschte das unvermeidliche Schifferklavier, das man in dieser Gegend Ziehharmonika oder kurz Ziach nannte. Er spürte das Misstrauen der Eltern des Bräutigams hinter ihrer zur Schau getragenen satten Bürgerlichkeit. Eine handfeste bayerische Braut wäre ihnen lieber gewesen und hätte ihrem Stolz gut getan.

„Na, was sagst du?“ Eldorado empfing ihn mit offenen Armen. Er antwortete nichts und staunte nur.

„Orient meets Occident!“ hörte er an einem der Tische und gleich darauf einen schmetternden Tusch. Dann wieder „Orient meets Occident!“

Diese immerwährende Leier eines Herrn mit einer Birkhahnfeder am Hut kreiste nun nach Jahren von neuem in seinen Ohren. Es war ein ungewöhnliches Zusammentreffen gewesen. Man hatte die fernöstliche Prinzessin in ihrem fremdländischen Gewand wie eine Trophäe gefeiert.

Herzog erinnerte sich eines unangenehmen Zwischenfalls. Am späten Abend war ein ehemaliger Klassenkamerad unerwartet, vor allem aber uneingeladen mitten im Raum gestanden und wollte der Braut ein Lebkuchenherz mit der Aufschrift „I mog di" überreichen. Niemand wusste so recht, wo Klaus Lustig hergekommen war. Er hatte den Spitznamen Emma, verkürzt von seinem zweiten Vornamen Emmerich. Sogar die Lehrer benützten diesen Namen. Emma hatte in der Klasse kein lustiges Leben. In einen Schrank gesperrt zu werden war noch das Angenehmste, was dem armen Kerl passieren konnte. Irgendwann war er aus der Klasse verschwunden. Herzog wusste den genauen Zeitpunkt nicht mehr, aber es musste gegen Ende der zehnten Klasse gewesen sein, weil Fliege noch sein Banknachbar war. Im Übrigen war Emma kein Mensch, der einen Eindruck hinterließ. Eldorado und Fliege setzten den ungebetenen Gast mitsamt seinem Lebkuchenherz unsanft an die frische Luft und kamen nach einiger Zeit zurück. Das Hemd des Bräutigams war schmutzig. Er sah an sich hinunter und sagte: „Diese Sau."

Schon bald nachdem das Brautpaar die Insel mit einem Motorboot verlassen hatte, zerschlug einer der Gäste seinen Maßkrug an der Tischkante und fuchtelte damit so lange in der Gegend herum, bis Blut floss und er zum Ausnüchtern in den Keller gesperrt wurde.

Am Tag nach der Hochzeit war Herzog zusammen mit Fliege, der Eldorado wegen seiner Frau grenzenlos bewunderte, und einem Spezl aus Wien nach München gefahren und im Zug eingeschlafen. Die vietnamesische Braut tanzte durch seinen Schlaf.

Das Zimmertelefon riss ihn aus seinen Gedanken. Er bekam die Nachricht, der Gesuchte würde um neunzehn Uhr ins

Hotel kommen, um ihn zu treffen. Er musste sich also nicht in eine ihm unbekannte Welt aufmachen, die ihn ängstigte.

Gegen Abend verspürte er eine leichte Übelkeit. Immer wenn er unter Druck geriet, aß er zu wenig. Unterzucker. Er war dann nicht auf der Höhe seiner Leistungsfähigkeit und es konnte ihm sogar passieren, dass er in einen Zustand geriet, in dem die Gedanken zugleich schärfer, aber auch verschwommener wurden. In der Lobby traf er auf eine Reisegruppe, deren Mitglieder schon am frühen Abend kräftig getankt hatten. Alle trugen Hüte mit Quasten und rote Umhänge. Einige der Männer waren mit einem Schwert gegürtet und stolzierten umher wie Samurai. Ihre englischen Gesänge klangen eher nach Schlachtrufen. Herzog musste leider die Einladung zu einem weiteren Gelage ausschlagen. Ab jetzt galt es konzentriert zu sein.

Angeschlossen an das Hotelrestaurant war ein überdachter Bereich, der an einem Seitenarm des Parfümflusses lag. In einer Art abgetrenntem Glaskasten entdeckte Herzog den Schulkameraden zusammen mit vier Vietnamesen. Jeder hatte eine Bierdose mit einem Glas vor sich. War Eldorado gar nicht wegen ihm gekommen?

Herzog war enttäuscht und unschlüssig. Er war gespannt, ob der Abenteurer ihn erkennen würde. Sie hatten sich Jahre nicht gesehen und Herzog hätte nicht verwunderter sein können. Vornübergebeugt mit hängenden Schultern saß Eldorado auf seinem Stuhl. Er trug ein buntes Seidenhemd, das den ausgezehrten Körper unterstrich. Damals, in ihrer Jugend, hatte er Alkohol strikt abgelehnt, weil er seine sportlichen Leistungen beeinträchtigte. Nun brachte eine Bedienung eine ganze Palette neuer Bierdosen und füllte aus einem Behälter große Eiswürfel in die Gläser. Alle paar Minuten prostete man sich zu. Es sah aus, als würden sich die Männer gegenseitig unter den Tisch trinken wollen.

Auch in diesem Restaurant gab es Fisch, gefüllt mit Ingwer, aber Herzog entschied sich für eine Spezialität des Hauses, eine

Art Pfannenkuchen aus Reismehl, der mit Rindfleisch und verschiedenen Kräutern gefüllt war. Scharf und ein typisches Essen für den Winter, der hier offensichtlich aus Regen und nicht aus Kälte bestand. Herzog bestellte Mineralwasser. Er wollte nüchtern sein, wenn er mit Eldorado sprach, der ab und zu in seine Richtung blickte.

Er war längst mit dem Essen fertig und hatte die dritte Flasche Mineralwasser bestellt, als die Männer, einer nach dem anderen, aufstanden und sich verabschiedeten. Nach einer Weile erhob sich Eldorado unsicher, nahm eine Bierdose mit, suchte zunächst vergeblich den Ausgang aus dem Glaskasten, kam dann auf Herzogs Tisch zu und ließ sich auf einen Stuhl fallen. Herzog konnte nicht feststellen, ob Eldorado ihn überhaupt erkannte.

„Hi, was führt dich ins Paradies?"

Die Frage erschreckte ihn. Und obwohl er den Satz auf der Zunge hatte: „Ich bin hier, weil Fliege, du kannst dich doch an den Boxer erinnern, ... ermordet wurde", antwortete er leichthin „Last Minute", als würden heute alle Menschen nur noch auf den letzten Drücker verreisen. Eldorado wartete ab. Vielleicht hoffte er, durch eine weitere Auskunft zusätzliche Steine für ein Mosaik zusammenzubringen. In seinen trüben Augen glomm ein letzter Rest jener Lebendigkeit, die sie alle so an ihm gemocht hatten.

Hätte Eldorado mit dem Namen Fliege mehr anfangen können als mit Herzogs Gesicht? Er strich mit beiden Händen über die Augen, aber die Tränensäcke verschwanden nicht. Der starke Bartwuchs unterstützte das elende Aussehen. Es stand in Kontrast zu seinem mit bunten Drachen bedruckten Hemd. Er hob seine Bierdose. Während sein Körper mit dem Giftabbau beschäftigt war, füllte er immer wieder nach.

„Du siehst, es fehlt mir an nichts. Hier bist du der King. Prost." Er starrte auf Herzogs Mineralwasserglas. „Abstinent und Absinth haben die ersten drei Buchstaben gemeinsam. Sagt dir das was?"

Für Herzog ergab der Satz keinen Sinn, aber der Betrunkene entwickelte daraus eine Theorie, nach der die ganze Welt süchtig und von Verbrechern bedroht war. Er redete mit Unterbrechungen, als müsste er, nach Jahren im Ausland, in der deutschen Sprache die richtigen Worte suchen, und deutete unmotiviert in Richtung des Glaskastens. Dabei schleckte er in Abständen mit der Zunge über die Lippen, wischte mit dem Zeigefinger seine Mundwinkel aus. Er sagte, dies alles liege in der ewigen Natur des Menschen, nein, sogar der gesamten Menschheit. Er verlor sich in geschlossenen Weltbildern, deren unumstößliche Richtigkeit er immer wieder betonte, und vermittelte den Eindruck eines Menschen, der unablässig gegen eine erdrückende Mattigkeit anzukämpfen hat.

„Morgen", sagte er großspurig und breitete die Arme aus, „gehört mein ganzer Tag dir. Wir frühstücken zusammen und dann machen", er lachte unmotiviert und setzte noch einmal an, „dann machen wir die Stadt unsicher, auf meiner Honda. Elf Uhr, okay? Ich kenn mich aus!"

Es hatte tatsächlich keinen Sinn, ein Gespräch über den Mord und das schwarze Notizbuch zu beginnen. Eldorado holte den Schlüssel seines Motorrads aus der Hosentasche. Als er stand, musste er sich am Tisch festhalten. Herzog brachte ihn zu einem Taxi vor dem Restaurant. Er ließ sich widerstandslos auf die Rückbank verfrachten und rülpste. Seinen Besuch schien er schon vergessen zu haben.

Kurz nach elf Uhr stand Herzog am nächsten Morgen im Frühstücksraum des *Green Hotels.* Zu seinem Erstaunen sah er in der Hoteleinfahrt Eldorado auf seinem Motorrad sitzen und aufgeregt mit einem Mann in einem Monteursanzug diskutieren. War das gemeinsame Frühstück im Alkohol des Vorabends untergegangen?

Mehrmals musste Eldorado die Maschine starten, bevor sie ansprang. Der Sound des Motors hätte einem Traktor alle

Ehre gemacht. Herzog lief zum Ausgang, aber er war nicht schnell genug.

Der Mann im Monteursanzug trat aus der Hoteleinfahrt und hob den Arm. Für den Herrn wurde der Verkehr aufgehalten: Freie Fahrt für Eldorado, der sich auskannte! Er schoss auf die Straße hinaus in die flirrende Hitze des Vormittags, quer über die Straße. Vom Hinterreifen blieb eine schwarze Spur auf dem weichen Asphalt. Herzog sah den Jeep wie in Zeitlupe kommen. Mitten auf der Fahrbahn wurde Eldorados Vorderrad erfasst. Das Motorrad drehte sich um neunzig Grad, einzelne Chromteile lösten sich und flogen wie Sternschnuppen durch die Luft. Die Geräusche mussten von Kettensägen kommen, die sich in blankes Eisen fraßen. Die schwere Maschine krachte in ein parkendes Auto.

Eldorado selbst war bei dem Aufprall zur Seite gekippt. Es sah aus, als hätte sein Körper nur Schwung genommen, um über das Auto zu fliegen, die Glasscheibe eines Stoffgeschäfts zu durchbrechen und in den Stoffbahnen zu verschwinden. Einen Moment hörte Herzog das Rauschen seines eigenen Blutes in den Ohren, dann zerriss eine Explosion die plötzliche Stille. Er sah Menschen zusammenlaufen, zurückweichen, wieder zusammenlaufen und erneut zurückweichen. Das Gekreisch entsetzter Frauen zerriss fast sein Trommelfell. Er bemerkte zwei Männer mit Feuerlöschern, sah den weißen Schaum, der alles zudeckte, und roch brennendes Benzin. Vom Start bis zum Unfall waren nur ein paar Sekunden vergangen und doch kamen sie Herzog vor wie eine ungute halbe Stunde.

Als alles vorüber war, verrichteten die Helfer ihre Arbeit schweigend. Das Motorrad wurde zurück über die Straße in die Hoteleinfahrt gezogen. Eldorados Gesicht war bis auf die Knochen aufgerissen. Ein Schnitt zog sich durch das rechte Auge und gab ihm ein Aussehen, als wollte er selbst im Tod noch jemanden erschrecken. Herzog fühlte sich, als sei er mitten in der Hitze begraben unter Schnee und Eis. Alinas Plan war gescheitert. Von diesem Menschen war nichts mehr zu erfahren.

Bevor man ihn niederlegen konnte, rutschte der Tote mit dem zerschnittenen Gesicht nach vorne, aus dem Tuch, in das man ihn gewickelt hatte. Das Seidenhemd hing in Fetzen vom mageren Rücken. Ein Schwall Blut schoss aus seinem Mund, teilweise gestockt wie Erbrochenes. Es lief einem Helfer über die Sandale. Als der entsetzt den Fuß zurückzog, blieb eine schmierige Spur auf den Kacheln. Herzog hätte am liebsten den Kopf in einen Hibiskusstrauch gesteckt, aber seine Augen hatten sich festgesaugt an dem ausgemergelten Körper, der eine Tätowierung quer über der Brust hatte, dem Kopf, der verrenkt auf den Schultern saß, und der einen Hand, an der zwei Finger abgerissen waren, als hätte Eldorado versucht, durch einen festen Griff die Maschine mit ins Jenseits zu nehmen, zerschunden vom Leben und erlöst durch diesen Unfall.

Der Fahrer des Jeeps stand in der Toreinfahrt, hielt sich ein Taschentuch an die Stirn und telefonierte. Mehrere Menschen redeten auf ihn ein. Er versuchte sie immer wieder mit energischen Handbewegungen zu verscheuchen. Der Besitzer des ruinierten Ladens überquerte in bestickten Pantoffeln die Straße. Er legte beide Handflächen gegeneinander und verbeugte sich vor dem Toten. Dann ging er durch eine schweigende Menschenmenge zurück in sein Geschäft und begann mit dem Aufräumen.

Man hatte versucht, das Motorrad wieder auf den Ständer zu stellen. Vom Tank waren durch die Explosion nur noch ausgefranste Blechteile übrig. Die Sitzbank war verbrannt und die beiden verchromten Spiegel abgerissen. Sie lagen neben einigen anderen Teilen am Vorderrad, dessen Reifen geplatzt war. Herzog stand im Schatten des Gebäudes, er war völlig erschöpft. Seine kleine Verspätung um wenige Minuten hatte ihn vor dem Schlimmsten bewahrt.

War dies ein Unfall oder hatte jemand den Zustand Eldorados ausgenützt, um ihn aus der Welt zu katapultieren? Wäre dieser Unfall auch passiert, wenn Herzog nicht nach Hué geflogen wäre, wenn er einfach nur zuhause in München geblieben wäre, vor Flieges Wohnung die Polizei angerufen und seine Aussage gemacht hätte? Entweder gab es seit Kurzem in seinem Leben überhaupt keine Zufälle mehr oder sie waren brandgefährlich.

Herzog dachte: Idiot! Warum hast du nicht gebremst? Einer wie du ist doch gewöhnt, auch betrunken ein Motorrad aufrecht zu halten. Warum hast du das schwere Ding nicht herumgerissen, als du den Jeep auf dich zukommen sahst? Wo war der kleine Mann im Monteursanzug, als alle über die Straße rannten, um nach dem Verunglückten zu sehen?

Hatte Eldorado noch versucht, das Gas wegzunehmen?

Herzog näherte sich der Maschine, blieb eine Weile davor stehen, als würde ihn der Schaden interessieren, und begann, sie genauer in Augenschein zu nehmen. Niemand beachtete ihn, denn alle waren mit ihrem Entsetzen und der Leiche beschäftigt. Der Gaszug war zwar angeschmolzen, ansonsten aber in Ordnung. Auch der Griff, wenn er ihn drehte, sprang in die Ausgangsstellung zurück. Vielleicht war es nur dieses eine Mal, das bei Eldorado schon längst fällig gewesen war. Wahrscheinlich hatte er Hunderte Male Glück gehabt, mehr Glück, als der benebelte Verstand eigentlich zuließ, und hatte damit das Maß des eigenen Lebens auf dieser Welt längst überschritten.

Am Gestänge der hinteren Scheibenbremse befand sich ein etwa zehn Zentimeter langes verchromtes Rohr, das man kaum vom Bremsgestänge unterscheiden konnte. Als Herzog es zur Seite schob, sah er die durchtrennte Stange. Jemand musste mit einer Eisensäge einen glatten Schnitt gemacht und anschließend das Rohr darüber geschoben haben. Damit war der tödliche Schaden für niemanden sichtbar. Bei der

Vorderbremse war ein schwarzes Plastikteil über das durchschnittene Kabel gezogen. Mit dem Handy fotografierte er die schadhaften Stellen und achtete darauf, dass auch das Nummernschild sichtbar war. Dabei entdeckte er eine kleine liegende Buddhafigur, die jemand neben dem Motorrad vergessen hatte. Die gleiche Figur, schoss es ihm durch den Kopf, habe ich unter Flieges baumelnden Füßen gesehen.

Für seinen Geschmack zu viele Abenteuer in wenigen Tagen!

Hier war es jemand gewesen, der nun irgendwo in dieser Stadt untergetaucht war oder sich sogar noch in der Nähe aufhielt. Wer war es in München gewesen? Hatte der Mann im Monteursanzug, als er den Arm hob, gar nicht den Verkehr gestoppt, sondern dem Fahrer des Jeeps ein Zeichen gegeben? War der Anschlag schon für den gestrigen Abend geplant gewesen und musste nur verschoben werden, weil Herzog den Betrunkenen in ein Taxi gesetzt hatte? Und die wichtigste Frage, die er sich in diesem Moment stellte: Was hat das alles mit mir zu tun? Er fühlte sich, als hätte man ihn aus einem fahrenden Auto geworfen.

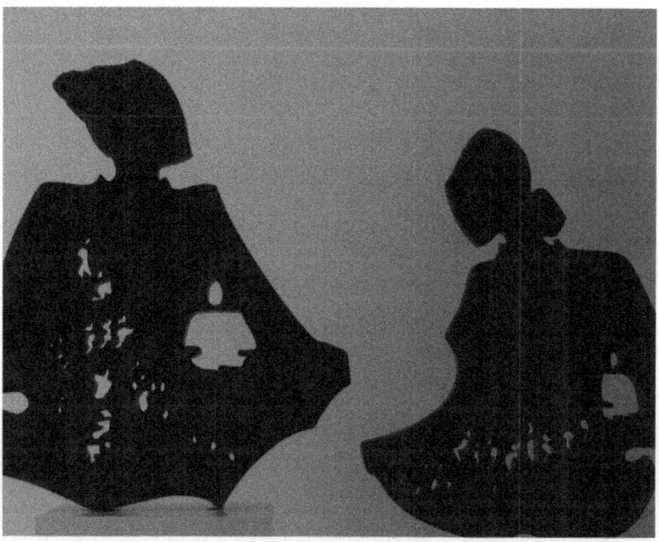

Die Witwe

Eine Hotelangestellte kam auf Herzog zu. Sie gab ihm eine Karte mit dem Namen Le Thuy Krack und einer Notiz auf der Rückseite, die er nicht lesen konnte. Sie ging mit ihm zu einer der Fahrradrikschas, die in großer Zahl vor dem Hotel auf Kundschaft warteten, und sprach mit einem Fahrer. Dann bedeutete sie dem Gast einzusteigen. Der Fahrer schob das Rad kurz an, sprang auf und reihte sich in den Verkehr ein.

In diesem Augenblick wünschte sich Herzog, der Mann würde ihn so lange fahren, bis er einschlief. Wenn er aufwachte, könnte alles nur ein schlechter Traum gewesen sein und er lag an der Copacabana zusammen mit dem jungen Mann aus dem Reisebüro und Tausenden von anderen Menschen, die Fußball spielten, schwammen, lachten, Picknick machten oder einfach in der Sonne vor sich hindösten und den Tag genossen. Auch Madagaskar hätte er inzwischen Hué vorgezogen, mit ein wenig Schweiß auf der Stirn an einem der vielen „voll leeren" Strände und dem leisen Rauschen der Brandung, das zu hören war, wenn sie kurz vor seinem Badetuch eine dunkle Linie im Sand hinterließ und das Wasser seine Füße benetzte. Leider schlief er nicht ein.

Stattdessen hatte er das Gefühl, für seine Lungen zu heiße Luft einzuatmen. Nicht nur die Häuser strömten Hitze aus. Die ganze Stadt schien zu kochen. Als sie den Fluss überquerten, wurde die Temperatur für kurze Zeit etwas erträglicher. Die Menschen fuhren zu dritt und zu viert auf den zahllosen Motorrädern. Die meisten trugen Sonnenbrillen und Mundschutz, gepunktet, kariert, in auffälligen Farben oder einfach nur klinisch weiß.

Nach einer endlos scheinenden Fahrt hielten sie vor einem Gebäude mit glatten Fassaden und Messingschildern. Der Fahrer brachte ihn in ein Büro im zweiten Stock. Eine junge Frau unterbrach ihre Arbeit am Bildschirm, nahm die Karte in Empfang, bezahlte den schweißüberströmten Rikschafahrer und verschwand. Herzog wurde in ein angrenzendes Büro gebeten.

Schon bevor sich die schmale Gestalt am Fenster umdrehte, wusste er, wen er vor sich hatte. Eldorados Frau war noch genauso zerbrechlich und mädchenhaft wie damals bei der Hochzeit.

Sie hatte die Karte in der Hand und rang offensichtlich um ihre Fassung. „Hello, I thought someone else ...“

„Sie können deutsch mit mir sprechen.“

„Auch gut. Ich dachte, jemand anderer würde mir eine solche Nachricht überbringen. Einer seiner Geschäftspartner vielleicht.“

„Damit kann ich nicht dienen.“

„Bitte bitte, bemühen Sie sich nicht. Sie müssen mich entschuldigen. Unser Wagen wird Sie zurück in die Stadt bringen.“

„Danke. Wenn ich irgendwohin möchte, dann zurück in mein Hotel und unter die Dusche“, antwortete er, obwohl er etwas anderes oder zumindest Freundlicheres sagen wollte.

„Umso besser, im Hotel haben Sie zunächst einmal Ihre Ruhe. Sie werden von den ... wie sagt man? ... ungewöhnlichen Vorkommnissen erschöpft sein.“

Le Thuy Krack kam ein paar Schritte auf ihn zu, zögerte aber dann und blieb unschlüssig stehen. Herzog dachte, für sie bin ich wahrscheinlich niemand anderes als einer der Saufkumpane ihres Mannes.

Er hörte sich selbst mit heiserer Stimme sagen: „Ich würde Ihnen gerne ein paar Fragen stellen. Es geht um Leben und Tod.“

„Dann müssen Sie das Leben sein, den Toten haben wir schon.“

Mit diesem Satz war die Audienz beendet. „Es tut mir leid, aber Kunden warten auf mich. Wo wohnen Sie?“

„*Green Hotel.* Ich glaube die Straße heißt Le Loi, Nummer ...“

„Ich weiß, wo das *Green Hotel* ist. Ich lasse Sie heute Abend abholen.“

Im Hotel wusch er sich die Haare, seifte den ganzen Körper ein, als könnte er die Tage in Hué damit abwaschen. Er wünschte sich, im Wirbel über dem Gully würden die schillernden Öllachen vor dem indischen Stoffgeschäft und Eldorados Blut zusammenfließen und in den Kanälen der Stadt verschwinden.

„Orchideen brauchen Wärme, genau wie alte Männer."

Er sagte diesen Satz zu sich selbst, ohne Ironie, ohne zu wissen, wo er ihn herhatte, und ohne zu wissen, warum. Einfach so. Dann ließ er seinen neuen Anzug aufbügeln, den er zerknittert aus der Reisetasche gezogen hatte.

Er hatte sich von Alina erpressen lassen, war schon mit einem unguten Gefühl aufgebrochen, und nun peinigten ihn die Ereignisse der letzten Tage genauso wie früher in der Schule seine Prüfungen. Sie hatten ihn bis in die Träume verfolgt und mit Kälte, Übelkeit und Durchfall gestraft. Deswegen hatte ihn Onkel Eugen, bei dem er gelandet war, nachdem seine Eltern bei einem Autounfall ums Leben gekommen waren, in ein prächtiges Gefängnis gesteckt, das man Internat nannte. Dort gab es zwar einen Billardtisch und einen Sportplatz, aber wenig Freiheit.

All dies, so war jedenfalls seine Erinnerung, brachte nicht die gewünschten Ergebnisse: Man schleppte ihn zu einem Arzt, der ihm Entspannungsübungen verordnete. Aber selbst dieses Training war in entscheidenden Situationen nicht hilfreich gewesen. Er wollte einfach nicht erwachsen werden. Deshalb verweigerte er jede Anstrengung in der Schule und bemühte sich sogar eine Zeit lang nicht zu wachsen. Vielleicht hing das alles mit dem Verlust der Eltern zusammen, aber keiner fragte ihn danach. Der einzige, der zu ihm hielt, war Fliege. Er übernahm Hausaufgaben für ihn und schrieb seine Schulaufgaben, soweit es ihm mit seiner Legasthenie möglich war. Dafür bekam er von Herzog jede Menge Schokolade. Der Onkel, ein weltfremder Bibliothekar, war verzweifelt.

Herzog versuchte es wie in der Schulzeit mit Entspannung, auf dem Bett liegend, mit flacher Atmung, konzentriert auf seine Mitte, das Sonnengeflecht seines Körpers. Komm runter, verdammt noch mal, sagte er zu sich selbst. Ganz allmählich wurden tatsächlich zuerst die Arme warm und schwer und dann die Beine. Der Kopf wurde leicht, vor allem aber, und dies war das Wichtigste, der Druck auf seiner Seele ließ nach. Er befand sich mitten in einem Wald auf einem See, dessen Wellen im nachlassenden Sturm ausliefen, dessen Gischt sich zunächst in einzelne Blasen auflöste und dann ganz verschwand und dessen Farben von einem unruhigen Grün übergingen in ein festes, tiefes Blau. Das Boot, in dem er auf dem Rücken lag, schaukelte ihn in einen traumlosen Schlaf. Zum ersten Mal seit Tagen erwachte er nach einigen Stunden leidlich erfrischt. Es war eine langsame Reise zurück ins Bewusstsein.

Die Erholung ließ merklich nach, als er feststellen musste, dass Margret sich noch immer nicht gemeldet hatte. Er starrte sein Telefon an, als könnte er es durch seine Willenskraft zum Läuten bringen. Pausen von ein, manchmal sogar zwei Wochen waren nicht ungewöhnlich und, wenn er ehrlich war, hatte er die Unterbrechungen ihrer Liebesballade durchaus genossen, war vergnügt in sein früheres Leben als Einsiedler zurückgekehrt und hatte sich intensiv seiner Berufung gewidmet. Beim Kunstziehen durften die Pausen nicht zu lange ausgedehnt werden. Man verlor nicht nur seine Fingerfertigkeit, sondern büßte auch die Beobachtungsgabe, das schnelle Erfassen einer Situation und die Entschlusskraft ein. Diese Tätigkeit fiel umso leichter, je mehr man auf der hohen Kante hatte. Unter Druck zu arbeiten führte irgendwann dazu, unverzeihliche Fehler zu machen.

Derselbe Wagen, der Herzog ins Hotel gebracht hatte, fuhr ihn am Abend in ein Restaurant auf der anderen Seite des Flusses.

Diesmal bemerkte er die Trennscheibe zwischen Fahrer und Rücksitzen. Hätte er nicht gewusst, dass man erst nach vielen Kilometern die Natur außerhalb dieser Stadt erreichen konnte, er hätte geglaubt, der Fahrer würde ihn direkt in ein ländliches Paradies bringen. Ein Herr im dunklen Anzug öffnete die Wagentür, geleitete ihn zum Eingang und verneigte sich. Kleine Tische standen unter überhängenden Gärten, und an einem dieser Tische begrüßte ihn Eldorados Frau.

Sie saßen sich eine Weile still und abwartend gegenüber. Herzog studierte eine Speisekarte, die er nicht lesen konnte.

„Ich musste lange nachdenken, woher ich Sie kenne. Es ist ja einige Jahre her, seit wir uns begegnet sind."

„Ziemlich genau zehn Jahre."

„Für mich ist es wie in einem anderen Leben." Sie zeigte ihm das Hochzeitsfoto von der Fraueninsel. Die Eltern der Braut standen klein und schmal am Rand, als wären sie nicht eigeladen gewesen. „Sie waren der Einzige, der einen dunklen Anzug trug."

Es stimmte. Er stach aus der Hochzeitsgesellschaft genauso hervor wie die fremdländische Prinzessin, obwohl er wie ein Konfirmand aussah.

Sie sah ihn mit ihren dunklen Augen freundlich an. „Wir haben auf der Hochzeit ein paar Mal zusammen getanzt. Meinem Mann hat das nicht gefallen." Ihr wehmütiger Gesichtsausdruck machte ihn verlegen.

„Können Sie mir sagen, wie er gestorben ist?"

Er machte es so kurz wie möglich. Es wäre ihm unangenehm gewesen, den Bericht mit Details auszuschmücken. Trotzdem merkte er, wie ihn das blutige Schauspiel noch einmal einholte. Er musste ein paar Mal schlucken. Sie hörte still zu und er hatte den Eindruck, als würde es sich bei ihrem Ehemann um einen Fremden handeln.

„Er war ein lebensfroher Mensch, als wir hier ankamen, aber er ist in Vietnam nicht heimisch geworden. Er wollte nicht wieder in einer Bank arbeiten und das Geld anderer verwalten, sondern innerhalb kürzester Zeit Millionen scheffeln. Aber in Vietnam liegt das Geld nicht auf der Straße, auch wenn damals schon alle von *Doi moi* redeten.

„Was ist *Doi moi?*"

„Entschuldigung. *Doi moi* bedeutet „neuer Weg" oder „Erneuerung der Wirtschaft". Das Geld befindet sich in den Tresoren von wenigen reichen Familien. Irgendwann wollte mein Mann wieder nach Deutschland. Einer, den die Freunde Eldorado nennen, kann aber nicht mit leeren Händen zurückkommen und sagen, es hat nicht funktioniert. Da begann er zu trinken."

Sie goss Tee ein. Ihre schmalen Hände zitterten ein wenig. Herzog konnte sich die Freunde Eldorados auf dem Weg nach unten gut vorstellen: zunächst in Seide, dann über leicht windig zu halbseiden, zuletzt über zwielichtig bis dorthin, wo der Spaß ein Ende hatte.

„Der Alkohol ist wie ein Strudel, der einen hinabzieht. Damals, als ich Eldorado traf, nach meiner Ausbildung, wollte ich einen Europäer. Unbedingt!"

Der Ober kam und nahm die Bestellung auf. Obwohl Herzog dem Gespräch nicht folgen konnte, hatte er den Eindruck, Le Thuy schien dem Personal bekannt zu sein. Er überließ die Speisenfolge Eldorados Witwe.

„In Thailand, wo ein Teil meiner Familie nach dem Krieg gelandet ist", nahm sie das Gespräch wieder auf, nachdem der Ober den Tisch verlassen hatte, „vergleicht man die Frau mit den Hinterfüßen eines Elefanten, aber wenn der Kopf schon am Vormittag benebelt ist, werden die Hinterfüße lahm. Wir haben uns nach acht Jahren getrennt – und ich habe weiterhin seine Schulden bezahlt."

Der Gastwirtssohn aus Niederbayern hatte tatsächlich einen Schatz gefunden, aber er war nicht in der Lage gewesen, ihn zu erkennen.

Die Erzählung der Witwe, die sich in den vergangenen Jahren unter Umständen oft gewünscht hatte, dass der Tod sie scheide, passte nicht zur Vorspeise und den verschiedenen weiteren Gängen, die aufgetragen wurden. Die Trauer der Prinzessin war vor Jahren verbraucht worden. Die Trauer über die Jahre, die sie mit dem Unglücklichen und später Widerwärtigen verbringen musste, die Monate, in denen sie hoffte, die ewigen Versprechungen, mit dem Trinken aufzuhören, würden wahr werden, die Tage, in denen sie sich mit dem Gedanken quälte, ihn mitsamt seiner Alkoholfahne zu verlassen, und die Nächte, die sie neben oder unter ihm durchstehen musste.

„Wie sind Sie nach Europa gekommen?"

Le Thuy lächelte zum ersten Mal an diesem Abend. „Ich? Ich bin in Deutschland geboren. Meine Eltern kamen '76 oder '77 als Boat People in den Chiemgau. Sie mussten Vietnam verlassen, weil der ältere Bruder meines Vaters für die Amerikaner gearbeitet hatte. Ich bin in einer Flüchtlingsunterkunft am Daxenberg aufgewachsen."

„Und dort haben Sie Eldorado kennengelernt?"

„Nein. Als das Haus abgerissen wurde, zogen wir nach München. Meine Mutter arbeitete in einem vietnamesischen Restaurant von Verwandten und mein Vater kam bei einer Kette unter, die asiatische Lebensmittel lieferte. Eldorado habe ich erst in der Berufsschule getroffen. Mein Vater wollte, dass ich einen Beruf erlerne. Ich arbeitete in einem Reisebüro. Mein späterer Mann in einer Bank … bis er rausflog …"

„Er hat immer erzählt, dass er gekündigt hat."

„Ja, er hat immer den großen Macker gegeben, der alles im Griff hat. Die Entscheidung nach Vietnam zu gehen war mehr eine Flucht als ein Abenteuer. Was haben Sie mit dem Tod meines Mannes zu tun?"

Sie sah ihrem Gegenüber offen und aufmerksam ins Gesicht. Herzog berichtete von der Ermordung Flieges und der Reise nach Hué. Alina erwähnte er nicht.

„Keine Traumreise."

Sie zuckte leicht mit den Schultern.

Der Ober brachte einen stark nach Minze riechenden Nachtisch. Kleine Lampen wurden zwischen den Blüten entzündet. Das ständige Rauschen des Verkehrs wurde überlagert von Musik, durchzogen mit langen, wohltönenden Klängen eines großen Gongs, und hätte er nicht Kaffee getrunken, der in Vietnam am Tisch zubereitet und mit gezuckerter Kondensmilch versetzt wird, er hätte seinen beschwingten Zustand dem Alkohol zugeschrieben.

„Ich wollte die Zahlungen an meinen Mann schon lange einstellen. Er musste immer wieder Geld ins Ausland überweisen, ich glaube nach Italien, warten Sie ... an den Gardasee ... gibt es dort einen Ort, der so ähnlich heißt wie Gardena?"

Er wusste es nicht, aber es würde sich herausfinden lassen.

„Wovon lebte er in Hué?" Kaum hatte er die Frage gestellt, kam sie ihm zudringlich vor und er schämte sich dafür. Unter Umständen aber brachte ihn das weiter.

„Am Anfang arbeitete er im Geschäft meines Onkels. Exotische Früchte für Europa. Es gab dauernd Streit, weil die beiden Männer zu unterschiedlich waren. Dann eröffnete er über einen Strohmann einen Copyshop. Der Laden hatte ein Hinterzimmer. Mit der Zeit gab es dort alles, was heute leider auch Vietnam an Abschaum zu bieten hat."

Sie versuchte mühsam sich zu beherrschen.

„Und er machte Geschäfte mit der alten Heimat, wie alle, die hier gestrandet sind."

„Welche Geschäfte?"

„Er hat nicht darüber geredet. Einmal im Monat flog er nach Bangkok. Manchmal auch öfter. Soviel ich weiß, hatte er einen Partner in München und einen in Wien. Warten Sie."

Sie holte das Hochzeitsfoto noch einmal aus ihrer Handtasche. Suchend glitt ihr Finger über Lederhosen, Haferlschuhe, Dirndlkleider, üppige Ausschnitte, Gamsbärte, Hosenträger und Schürzen.

„Es waren diese beiden hier."

Herzog war, als würde ihn jemand mit der Taschenlampe blenden. Die Ober hatten von einem Moment zum anderen spöttische Fratzen über ihr Lächeln gezogen, genau wie in seinem Traum vor ein paar Tagen. Er glaubte, wenn sie in den nächsten Minuten ihre Köpfe aufgeblasen hätten, um sich in die Luft zu erheben, er hätte die Flucht ergriffen.

Der eine, auf den sie zeigte, war Fliege, der andere war ein Freund aus Wien, Besitzer eines Antiquitätenladens, dessen Name ihm nach all den Jahren entfallen war, vielleicht ebenfalls schon tot oder wie Herzog gerade noch einmal davongekommen.

„Sie waren unangenehme Gäste, wenn sie bei uns in Hué wohnten, zwei Nachtfalter, fett und gierig."

Beide waren nicht fett. Dieses Wort musste sich also auf ihr Verhalten in der Stadt beziehen, auf nächtliche Touren zusammen mit ihrem Gastgeber und die Abstecher in diverse Hinterzimmer mit besonderen Angeboten. Vorausgesetzt, man besaß das Geld dafür.

Vielleicht hatten beide Morde überhaupt nichts miteinander zu tun und die Frau, die Herzog gegenübersaß und nun wie zufällig seine Hand berührte, hatte den Ehemann über den Jordan geschickt, um endlich ihre Ruhe zu haben und frei zu sein. Möglich, aber eher unwahrscheinlich. Er rückte näher an den Tisch. Sie sah ihm mit einem Blick in die Augen, den er nicht deuten konnte.

„Was wird die Polizei unternehmen?", fragte er.

„Die Polizei in Vietnam neigt nicht dazu, bei einem Ausländer aus einem Unfall einen Mord zu machen. Außer jemand winkt mit einem Bündel Geldscheine. Es würde allerdings sowieso nicht bedeuten, dass der Mörder gefunden würde." Ihr Blick hatte sich nicht verändert.

Nachforschungen anzustellen würde schwierig werden, dachte Herzog. Er kannte weder die Stadt noch die Sprache. Ganz zu schweigen von dem Umfeld, in dem sich der Tote dort bewegt hatte. Warum sollte ihm jemand Auskunft geben und wie sollte er eine solche auf ihren Wahrheitsgehalt überprüfen? Waren die vier Männer, mit denen Eldorado den Abend im Glaskasten verbracht hatte, an dem Mord beteiligt?

„Eine Frage noch."

„Wir werden vom Personal beobachtet. Es ist besser, wir gehen."

Er verlangte die Rechnung und, obwohl ihn Le Thuy einladen wollte, bestand er darauf, den Betrag zu begleichen. Naiv wie er war, hoffte er, es würde ihm Glück bringen.

Im Wagen drückte Eldorados Witwe auf einen Knopf an der Rückenlehne des Fahrers. Die Trennscheibe wurde undurchsichtig, als hätte sich eine Jalousie vor das Glas geschoben. Er rückte auf ihre Seite, aber sie wich ihm aus.

„In diesem Auto saß ich zwischen Fliege und Cwazek."

Nun war auch bei ihm der Name wieder da: Leopold Cwazek. Richtig, der Poldi. Alina hatte mit ihm telefoniert, als sie bei ihm in der Wohnung war und um seine Hilfe gebeten hatte. Er hatte den Namen nicht richtig verstanden und ein Oldie daraus gemacht.

„Mein Mann saß hinter dem Lenkrad und beobachtete uns im Rückspiegel. Er hat mir nicht geholfen." Ihre Stimme wurde ganz leise. „Schweine! Beide haben den Tod verdient. Und noch viel mehr! So groß können ihre Qualen gar nicht sein."

Sie hielt die Hand vors Gesicht und wischte die Tränen ab. Der Zauber des Abends war verflogen, das Wohlbefinden hatte sich aufgelöst und die Unruhe war in sein Innerstes zurückgekehrt.

„Was machen Sie morgen?", fragte sie, als sie am Hotel angekommen waren. Mit einem Taschentuch betupfte sie ihre Augen.

Diese Frage hätte er im Moment nicht einmal sich selbst beantworten können. Seine Aufgabe war es gewesen, von Eldorado etwas über den Mord an Fliege zu erfahren. Nun war der Auswanderer ebenfalls ermordet worden, bevor Herzog eine einzige Frage stellen konnte. Ich hätte ihn, obwohl er betrunken war, festnageln müssen, dachte Herzog. Wenigstens noch zehn Minuten, vielleicht wäre etwas dabei herausgekommen. Ein Hinweis auf den Verdacht, den er hatte. Wenn die beiden mit Heroin handelten, dann war Fliege der geeignete Kurier. Er verfügte über gute Kontakte zu Kollegen am Flughafen und die Gefahr einer Kontrolle war äußerst gering.

„Er war in letzter Zeit oft in Vietnam. Ich finde, zu oft …", das waren Alinas Worte gewesen.

Vielleicht hatte Eldorado Druck auf Fliege ausgeübt, weil der Schulden hatte, und dieser gab nach, weil seine geschiedene Frau ihn ausnahm, oder weil er ein schlechtes Gewissen gegenüber seinem Sohn hatte und ihm Geschenke machen wollte, oder weil, weil, weil … Es gab viele Gründe, krumme Geschäfte zu machen. Es gab sogar Menschen, die ohne einen Grund auf die schiefe Bahn gerieten. Was aber war mit Poldi? Hatten sie sich zufällig hier getroffen? Warum hatte Alina mit ihm telefoniert? Er würde im Zimmer in Ruhe darüber nachdenken und dann entscheiden, was zu tun war.

„Ich würde Sie gerne wiedersehen", sagte er unsicher. Er wollte sie in ihrer Lage nicht bedrängen.

„Dann komme ich morgen um die Mittagszeit bei Ihnen im Hotel vorbei. Am Vormittag habe ich Termine, aber den Nachmittag kann ich freinehmen."

Sie berührte zum Abschied noch einmal seine Hand.

Herzog sah dem Wagen nach und versuchte sich an seine Zimmernummer zu erinnern. Es gelang ihm nicht. Er war froh, dass der Portier seinen Schlüssel bereits in der Hand hatte und ihn über die Rezeption reichte, ohne den Blick von einem Bildschirm zu wenden, auf dem zwei Kickboxer mit Händen und Füßen versuchten, sich gegenseitig umzubringen. Auf dem Weg zum Lift überlegte er: Und wenn es doch ein Dreieck München, Hué, Wien gab und über Jahre irgendwelche Geschäfte abgewickelt wurden, die nun zwei Morde zur Folge hatten? Vielleicht ließ sich mit dieser Vermutung das Notizbuch entschlüsseln. Vielleicht war er einen Schritt weiter. Auf einer Mauer in seinem Viertel in München stand solange, bis ein Hausmeister mit einem Sandstrahlgerät anrückte: „Gestern standen wir noch vor dem Abgrund. Heute sind wir schon einen guten Schritt weiter!" Er lachte in sich hinein und hätte ihn jemand gehört, er hätte ihn für verrückt gehalten.

Auf seinem Stockwerk sah er eine Gestalt, die am Ende des Flurs verschwand. Er hörte noch schnelle Schritte. Angestrengt versuchte er zu lauschen, aber wenn man das Gehör auf Alarm stellt, hört man alles Mögliche: einen tropfenden Wasserhahn, die Klospülung, den immerwährenden Verkehr, eine weit entfernte Polizeisirene, einen Vogel im Garten. Und man hört sein eigenes Herzklopfen, das einen lähmt, weil man denkt, es könnte plötzlich von irgendjemand zum Stillstand gebracht werden. Seine Ängste reihten sich aneinander, änderten ihre Reihenfolge und wurden lauter. Seine Zimmertür stand offen. Er tastete ein paar Mal vergeblich nach dem Lichtschalter. Als es endlich hell wurde, war er so geblendet, dass er zunächst nichts sehen konnte.

Nach ein paar Augenblicken war er tatsächlich einen Schritt weiter. Jemand hatte seinem Zimmer einen Besuch abgestattet. Seine Kleidung lag verstreut unter dem Fenster. Vielleicht war der Unbekannte noch im Zimmer, lag jetzt womöglich unter dem Bett und wartete darauf, ihn mit einem Tranchiermesser auseinanderzunehmen und in seiner eigenen Reisetasche zu entsorgen. Oder der Feind entsicherte gerade eine großkalibrige Pistole, ausgerüstet mit einem Schalldämpfer. Der Schuss würde Herzog mit einem leisen „Plopp“ mitsamt der Matratze vom Bett heben, sein Körper würde in eine letzte Spannung versetzt werden und die anschließende Stille würde dem Mörder zeigen, dass er sein Ziel nicht verfehlt hatte. Oder der Eindringling stand in der Dusche und lehnte mit einem Totschläger seelenruhig an den Kacheln.

Das schwarze Notizbuch brannte in Herzogs Hosentasche. Eine Starre, die ihm schon wie seine eigene Leichenstarre vorkam, kroch in seinen Körper. Selbst als gewiefter Kunstzieher, der durchaus den Kitzel liebte, hatte er in diesem Moment nichts mehr im Repertoire. Das Schreckliche, das beinahe passierte, war genauso schwer zu verkraften wie das, was tatsächlich passierte.

Die Geliebte

Margret war auf dem Rückweg nach München. Sie hatte es nicht eilig und im Grunde genommen war sie zufrieden. Ein wenig müde, aber zufrieden. Ob sie nun eine Stunde früher oder später zuhause war, spielte keine Rolle. Lauthals sang sie *I am healing.* Ein Wagen hinter ihr scherte aus und setzte sich neben sie. Der Fahrer versuchte mit lächerlichen Gesten, Kontakt zu ihr aufzunehmen. Margret beachtete ihn nicht. An der Ausfahrt zur nächsten Raststätte bemerkte sie, wie er nach rechts zog, um sie zum Abbiegen zu zwingen. Sie ließ sich abdrängen, aber kurz bevor sich die Spuren endgültig teilten, bremste sie scharf, bog zurück auf die Autobahn und gab Gas.

Zuhause würde sie ein Bad nehmen, ein, zwei Stunden schlafen und dann ihren Buddy anrufen. Manchmal war es gut, zwischen zwei Ereignisse einen kleinen Puffer zu schieben. Nachdem sie sich vor einiger Zeit kennengelernt hatten, war er anwesend, auch wenn sie nicht zusammen waren. Er war auf eine unbestimmte, aber angenehme Weise immer da. Ein solches Gefühl hatte sie bisher nicht gekannt. Es tat ihr gut und sie merkte, wie sie langsam wieder auf die Beine kam.

Sie dachte zurück an ihren Einsatz für *Red Rocks Security Consulting* in Bagdad, einer Firma für Söldnerinnen. Die letzte Zeit dort war die Hölle gewesen. Täglich durften sie für die US-Armee in unübersichtlichen Situationen die Drecksarbeit erledigen. Die Fälle häuften sich, in denen sie unfreiwillig Handlanger von irakischen Racheakten wurden. Nach der Katastrophe bei einer Hochzeit im Stadtteil Mansur, bei der sie die Braut und vier Kinder erschossen hatten und sich ein Kollege in diesem Blutbad fotografieren ließ, wollte sie nur noch weg. Sie konnte nicht mehr schlafen, vertrug die Hitze immer schlechter, trank mehr, als ihr gut tat, und ihr Tablettencocktail vergrößerte sich von Tag zu Tag.

Sie weigerte sich an Verhören teilzunehmen, bei denen Psychopharmaka verwendet wurden. Wenn sie im Duschcontainer die Tür schloss, drohte sie zu ersticken. Es gab Gerede, weil Filipinos, die auf dem Gelände arbeiteten, sie beobachteten. Als sie anfing, auf Patrouille in die falsche Richtung zu laufen und unvermittelt in die Luft zu schießen, wurde sie aus dem Verkehr gezogen.

Ein ehemaliger Offizier aus Saddam Husseins Armee wollte mit *Red Rocks* ins Geschäft kommen, Geld für Informationen. Mehr Geld für mehr Informationen und zwar in Devisen. Margret sollte ihn durchleuchten. Immer wieder tauchte er auf, war wie eine Klette und verhielt sich herablassend gegenüber den Frauen. Es war nicht schwierig, etwas über ihn herauszufinden, denn viele kannten ihn. Im ersten Irakkrieg wurde er bekannt dafür, Gefangenen Arme und Beine zu brechen. Einem Untergebenen drehte er ein Ohr ab, weil er der Meinung war, er habe nicht vorschriftsmäßig vor ihm salutiert. Als in seinem Beisein ein Angehöriger der iranischen Revolutionsgarden bei einem Verhör totgeprügelt wurde, wurde er von einem Militärgericht degradiert. Nach Ende des Krieges arbeitete er für verschiedene Geheimdienste. Er war, wie viele, die der Krieg aus der Bahn geworfen hatte, in Korruptionsskandale und Waffenschiebereien verwickelt. Im persönlichen Gespräch prahlte er zunächst mit seiner Grausamkeit. Als Margret verhalten reagierte, war er beleidigt. Letztlich geriet er in Wut, nannte die Amerikaner in seinem harten Englisch das größte Übel, das seinem Land jemals passiert war, und bezeichnete sie als Hure. In ihrem Beisein teilte ihre Chefin dem Mann mit, man würde von einer Zusammenarbeit absehen. Daraufhin zielte er mit seinem Zeigefinger auf Margret und machte ein Geräusch, als würde er sie erschießen. Damit war ihre Sicherheit im Land nicht mehr gewährleistet und ihr Einsatz beendet. Sie wurde nach Hause geschickt.

Sie ging zurück nach New York und arbeitete stundenweise im Geschäft der Eltern. Es war schwer für sie, in eine friedliche Umgebung zurückzukehren, denn es gab einen Krieg nach dem Krieg. Einen Krieg, der nur im Kopf stattfand und der an jeder Straßenecke ausbrechen konnte, in der U-Bahn und selbst in Restaurants, wenn sie auf das Essen wartete. Eine Freundin empfahl ihr, über die nächtlichen Albträume am Tag nachzudenken. Sie sollte versuchen, sie noch einmal zu durchleben und ihnen ein gutes Ende zu geben. Das Brautkleid, das sie immer wieder vor sich sah, blieb trotzdem zerfetzt und blutig. Immer und immer wieder. Sie beschloss, niemals zu heiraten, obwohl sie mehr denn je den Wunsch nach der Geborgenheit einer Familie und nach einem Kind hatte. Sie versuchte, ihre Wut in Schach zu halten. Als sie aber einen Kunden bei einem lächerlichen Diebstahl erwischte, mit zwei Handkantenschlägen niederstreckte, ihn wie einen Schwerverbrecher aufs Parkett legte und seinen Nacken unter ihrem Knie begrub, bis er keine Luft mehr bekam, bestand ihr Vater auf einer Behandlung. Sie dauerte fast ein ganzes Jahr.

Ein Therapeut probierte unterschiedliche Methoden an ihr aus. Er legte ihr Sätze vor, zu denen sie Stellung nehmen sollte: „Wir machen nur unseren Job und den so gut wie möglich. Auch in den schlimmsten Situationen lernen wir für das Leben. Die Toten sind ein Teil von uns." Was sollte man zu solchen Sätzen sagen, die sie immer wieder auch von Kolleginnen gehört hatte? Sie lösten bei ihr nichts aus, das einer Analyse hätte unterzogen werden können. Sie waren genauso wahr wie unwahr, genauso beschissen wie tröstlich. Und sie halfen nicht gegen die Todessehnsucht, die sich bei ihr auch über schöne Tage legte. Vier Behandlungen brach sie erfolglos ab.

Ihr Zustand besserte sich erst, als sie in ein Programm aufgenommen wurde, das sich „transkranielle Magnetstimulation" nannte. Beim ersten Termin öffnete eine schwarze Angestellte, die von einer Eleganz war, als würde sie direkt aus einem Modemagazin kommen. Sie führte Margret ins Behandlungszimmer. Als sie hinter dem Schreibtisch der behandelnden

Ärztin Platz nahm, erstarrte Margret. Die Ärztin zog fragend die Augenbrauen hoch und deutete mit der Hand auf einen Stuhl. Margret zögerte.

„Alles in Ordnung, Ms. Miller?“

„Alles ok!“

Die Antwort kam so langsam, dass die Lüge greifbar war.

„Sie wollen nicht von mir behandelt werden?“ Ihre Stimme war freundlich und offen. „Sie haben bereits mehrere Therapien abgebrochen. Vielleicht sollten wir es zusammen versuchen.“ Margret bat um ein paar Tage Bedenkzeit.

Als sie nach Hause kam, schimpfte der Vater: „Die Ärztin hat in Harvard studiert und kann dir wirklich helfen.“ Margrets Vater war der Meinung, mit Menschen, die in Harvard studiert hatten, ließe sich alles lösen. „Wo liegt das Problem?“ Keine Antwort. „Wo liegt das Problem, Margret? Also gut, du willst dir von einer Schwarzen nicht in dein Innerstes schauen lassen. Habe ich recht?“

„Ungefähr so.“ Sie ging und ließ die Tür knallen.

Zwei Tage später stand Margret zusammen mit ihrem Vater vor der Ärztin. Er entschuldigte sich für sein Kommen. Er betonte, er wolle nur sicher sein, dass seine Tochter die richtige Tür finden würde.

Ab diesem Tag suchte Dr. Houston gemeinsam mit Margret nach den Bildern, die sie quälten, versuchte sie einzuordnen und ihnen die Schärfe zu nehmen. Zusätzlich zur Psychotherapie wurden mit einer Maschine Magnetfelder in ihrem Gehirn aufgebaut. Nach der zehnten Behandlung ließen tatsächlich die unkontrollierbaren Wutausbrüche nach, die nächtlichen Albträume wurden weniger. Jeden Morgen sagte sie zu ihrem Gesicht im Spiegel, das ihr immer noch fremd war: „Ich habe dich im Griff! Hast du das verstanden?“ Es war eine der Übungen, die ihr Dr. Houston aufgetragen hatte.

Später, als sie schon Freundinnen waren, fragte Margret ihre Ärztin: „Warst du damals enttäuscht, als ich wieder ging?“

„Weißt du, wir sind zwar keine Sklaven mehr, aber für euch Weiße reicht es, wenn ein Schwarzer Bus- oder Taxifahrer wird oder eine schwarze Frau Nanny. In Ausnahmefällen darf ein Verrückter wie Spike Lee vielleicht Filme drehen und in Cannes oder Venedig über den roten Teppich gehen. Unsere Geschichte haben wir immer im Hinterkopf. Du kannst daran nichts ändern, auch wenn du persönlich heute anders denkst."

Der rote Sportwagen war wieder hinter ihr. Es machte den Anschein, als wollte der Fahrer sie auf der Autobahn vor sich herschieben, um endlich bei ihr landen zu können. Margret ging etwas vom Gas. Der Abstand der beiden Autos konnte nur noch Zentimeter betragen. Sie stellte den Rückspiegel so ein, dass sie sowohl den Hintermann als auch die nasse Fahrbahn vor sich sehen konnte und ging in Gedanken die nächsten Sekunden durch. Dann brachte sie ihren Wagen mit dem Lenkrad aus der Spur, zuerst nach rechts und dann nach links, zog – wie sie es im Fahrertraining gelernt hatte – die Handbremse leicht an und gab Gas. Das Ergebnis war beeindruckend. Als der Fahrer das Schlingern und die roten Lichter am Heck ihres Fahrzeugs sah, trat er auf die Bremse, der rote Flitzer begann zu schleudern, schoss zunächst auf die Überholspur und dann zurück über die ganze Fahrbahn auf den Pannenstreifen. Dort kam er schließlich zum Stehen. Margret schlug mit der Hand aufs Lenkrad und schrie „Jippyyyyy!" Denselben Schrei hätte sie wahrscheinlich ausgestoßen, wenn ihr eine schnelle Runde auf einer Gokart-Bahn gelungen wäre.

Auf der Suche nach einem Parkplatz musste sie zuhause mehrmals um den Block fahren. Als sie eine Lücke gefunden hatte, blieb auf der gegenüberliegenden Straßenseite ein Mann in einer Strickjacke stehen, der seinen Hund ausführte. Mit beiden Händen in den Hosentaschen beobachtete er sie und rief „Respekt!", nachdem sie ausgestiegen war. In diesem

Wort klang der abschätzige Satz mit: Hätte ich dir gar nicht zugetraut, Mädel. Margret war drauf und dran, ihm den Mittelfinger zu zeigen, aber er hatte es nicht verdient. Vor ihrer Wohnungstür traf sie ihre Nachbarin, Frau von Stackelberg.

„Sie waren lange weg."

Klar, die alte Dame beobachtete genau, wann Margret aus und ein ging. Als ehemalige Englischlehrerin hätte sie gerne ab und zu ein Pläuschchen, wie sie sagte, mit der Amerikanerin gemacht. Und dabei vielleicht auch die Wohnung in Augenschein genommen. An beidem hatte Margret kein Interesse. Es gab ein Bett und einen Schrank. Sie hatte noch keine Zeit gehabt, die Einrichtung zu komplettieren. Im Einsatz im Irak hatte sie nur ein Feldbett und einen Seesack gehabt. Auch damit konnte man zurecht kommen.

Sie warf die Reisetasche in den Gang, ließ im Bad Wasser in die Wanne laufen, zog sich aus, steckte ihre Haare mit einem Kamm hoch und betrachtete sich eine Zeitlang von allen Seiten im Spiegel. Dann stellte sie sich auf die Waage. Sie hatte zwei Kilo abgenommen. Eine gehörige Portion Nudeln würde ihr heute Abend gut tun. Sie holte eine Flasche Whiskey und platzierte sie in Reichweite. Nach einer halben Stunde stieg sie aus der Wanne, ohne einen Schluck genommen zu haben. Diese kleinen Siege taten ihr gut. Sie ölte ihren Körper sorgfältig ein und duftete anschließend auch an versteckten Stellen nach Orangen und Honig. Sie wollte heute Abend schön und weich sein.

Im Bett rollte sie sich zusammen wie ein junger Hund. Das Wetter in Deutschland war nicht nach ihrem Geschmack. Ihre Großmutter, die nur deutsch mit ihr sprach, weil sie sich weigerte, die Sprache der fremden Heimat zu lernen, hatte ihr oft vom verregneten deutschen November erzählt. Trotzdem war das Angebot von *Red Rocks Security Consulting* verlockend gewesen. Der „Club", wie er von den ausnahmslos weiblichen Angestellten genannt wurde, plante in Deutschland eine Niederlassung. Nicht nur die Amerikaner, sondern auch die Regierung in Berlin würde ihre Truppen in den nächsten Jahren aus Afghanistan abziehen, aber natürlich blieben deutsche Interessen erhalten. Eine gute Gelegenheit für ein Unternehmen, weibliche paramilitärische Sicherheitskräfte anzubieten, in einem muslimischen Land, in dem Männer und Frauen strikt getrennt lebten. Die Männer der Firma *Blackwater* konnten viel, aber nicht alles erledigen. Das galt auch für bewaffnete Drohnen.

Margrets Aufgabe war es, einen möglichen Standort und ein Trainingsgelände nahe München oder Berlin zu finden. Sie sollte außerdem Kontakte zu ehemaligen Polizistinnen und Armeeangehörigen knüpfen, die einen gut bezahlten Auslandsjob suchten. Eine durchaus lobenswerte deutsche Einrichtung, der Berufsförderungsdienst, bezahlte die Kosten der Ausbildung bei *Red Rocks.* Für ihre Reisen stand ihr ein grauer Audi Q 3 zur Verfügung. Ein unscheinbares Modell, das aber 184 PS unter der Haube hatte und mit 220 km pro Stunde über die Autobahn surrte.

Ein Auto, das vor ihrem Haus scharf bremste, riss sie aus dem Schlaf. Sie war sofort hellwach und griff aus Gewohnheit unter dem Kopfkissen nach ihrer P 239, die verpackt im Schrank lag. Nachdem sie sich ein wenig beruhigt hatte, schaltete sie ihr Handy ein. Es meldete sechzehn versäumte Anrufe und ein Dutzend SMS, die sie nicht verstand.

Herzogs Handy klingelte. Das konnte nur Margret sein. Sie erlöste ihn aus der Totenstarre. Er tastete nach dem Telefon, bekam es nicht richtig zu fassen und ließ es fallen. Es zersprang auf dem Steinfußboden. Wie in Zeitlupe teilte es sich in zwei Hälften und der Akku tanzte auf den Fliesen unters Bett. Nun kam es darauf an, alles auf Antrieb zu stellen und so schnell wie möglich aus dem schwarzen Loch herauszufinden. Er sammelte die einzelnen Teile ein und setzte das Telefon mit zittrigen Händen wieder zusammen. Nach einigen Versuchen gelang es ihm. Er schaltete es an, gab seinen Code ein und seufzte, als er tatsächlich die Meldung lesen konnte:

„Alles in Ordnung, Buddy?"

„Ja", sagte er zu sich selbst, „es ist alles in bester Ordnung. Ich habe nicht das geringste Problem, außer dass ich eine ungestillte Sehnsucht habe." Er wählte Margrets Nummer.

„Buddy?"

„Ja."

„Wo bist du?"

„Ich sitze in Hué in einem Hotelzimmer, das aussieht, als wäre ein tropischer Wirbelsturm zu Besuch gewesen."

„Wo?"

„In Hué."

„Um Himmels Willen, was machst du in Hué? Liegt das nicht in Vietnam? Ich wollte heute Abend zu dir kommen."

„Das freut mich, aber so schnell wirst du mehrere tausend Kilometer nicht überwinden können."

Der Bericht, den er nun aus der Ferne übermittelte, ohne Alina zu erwähnen, half ihm seine Gedanken zu ordnen. Margrets besorgte Fragen begannen ihn wieder zu stärken, und ihre Zusage, ihn über den Mord an Fliege auf dem Laufenden zu halten, beruhigte ihn. Es gab jemanden auf der Welt, der sich um ihn kümmerte. Sie hatte nichts über einen Polizistenselbstmord gelesen, weder in der Zeitung noch im Internet. Bei dem Wort „Mafia" lachte sie als New Yorkerin laut auf.

„Buddy, glaub mir, das Schicksal nimmt einen nur in die Mangel, wenn man wie ein angeschlagener Boxer in der eigenen Ecke klebt, die Fäuste hängen lässt und angstvoll auf den unvermeidlichen Punch wartet, der einen zu Boden streckt."

Plötzlich fühlte er schmerzlich diese neuntausend Kilometer zwischen sich und Margret. Sie redete ihm gut zu. Am Ende des Telefonats bat sie ihn:

„Do me a favour, Buddy, and take photos."

Wenn sie etwas Wichtiges zu sagen hatte, redete sie Englisch.

„Schon passiert."

„Gut! Sehr gut sogar. I'm proud of you."

Andere Gäste wären bei einem Einbruch in ihr Zimmer zur Rezeption gegangen und hätten nach der Polizei verlangt. Er aber wollte auch hier in Vietnam nichts mit der Polizei zu tun haben. Es hielt ihn nur auf und, soweit er sehen konnte, fehlte nichts von seinen Sachen. Ein Teil seines Geldes und der Pass lagen im Hotelsafe. Außerdem konnte er nicht sicher sein, ob das Hotelpersonal zuverlässig und nicht an der ganzen Aktion beteiligt war. Ein paar Scheine, die in einem Kuvert den Besitzer wechselten, vertrieben Bedenken, und schon wanderte ein Schlüssel von einer Hand in die andere.

Er nahm sich Zeit, sein Zimmer aufzuräumen. Und er machte Fotos. Ein wenig kam er sich dabei vor wie ein Spurensicherer in einem Kriminalfilm, und er machte eine interessante Entdeckung. Der oder die Eindringlinge hatten seinem Waschbeutel besondere Aufmerksamkeit zukommen lassen. Das Nylonfutter war mit einem Messer aufgeschlitzt worden. Offensichtlich hielt man ihn für so gerissen, dass er Flieges Unterlagen neben seiner Zahnpasta und den Q-Tips versteckte. Das machte ihn ein klein wenig stolz und er straffte seinen Rücken. Natürlich hatte man auch im Kühlschrank gesucht, denn die Tür stand weit offen.

Als das Telefon wieder läutete, war Alina am anderen Ende.

„Was hast du herausgefunden?"

„Dass Eldorado tot ist."

„Hör zu, ich rufe nicht in Hué an, damit du blöde Scherze mit mir treibst."

„Das ist die Wahrheit. Nichts als die Wahrheit." Es klang ein wenig theatralisch.

„Und jetzt?"

„Ich bin hier fertig."

„Ich habe dir nicht die Reise bezahlt, damit du mit leeren Händen zurückkommst. Ich brauche Fakten!“ Sie wurde lauter. „Er war doch verheiratet. Versuche aus seiner Frau etwas herauszuquetschen, aus seinen Angestellten, den Nachbarn.“

„Er wurde ermordet.“

„Weißt du, was mir das ist? Ich konnte den Typen sowieso nie leiden. Fakten zum Mord hier in München sind das einzige, was mich interessiert.“

„Warum?“

„Fliege war mein Mann.“

Herzog ließ den Satz, der einen falschen Klang hatte, unkommentiert.

„Hörst du mich noch?“

„Ich höre.“

„Also gut. Mein Ehemaliger hat vor ein paar Monaten eine Lebensversicherung abgeschlossen … auf das Kind. Und die zahlen natürlich nur, wenn es Mord war.“

„Wie hoch?“

Sie zögerte und als sie antwortete, hätte Herzog schwören können, dass sie log.

„Dreihunderttausend.“

„Ich dachte, es geht um die Wahrheit.“

„Natürlich geht es auch um die Wahrheit, du Schlaumeier. Das eine schließt das andere nicht aus. Es ist nicht zu fassen.“

Nachdem die Katze aus dem Sack war, sagte Herzog nichts mehr. Sie schien nachzudenken, aber zu keinem Ergebnis zu kommen.

„Du hörst von mir.“

Sie hatte offensichtlich aus einer Telefonzelle angerufen, denn sein Display zeigte keine Nummer.

Nachdem sein Zimmer wieder in Ordnung war, stellte er einen Stuhl unter die Türklinke, um sie zu blockieren. So würde er zumindest hören, wenn der oder die Unbekannte zurückkommen würde. Er legte sein Telefon in Reichweite und speicherte die Nummer des Nachtportiers ein, die er in den Hotelinformationen fand. Alles Maßnahmen, die in einer Gefahrensituation nicht wirklich hilfreich gewesen wären, denn, das hatte er in den wenigen Tagen gelernt, die Überraschungen kamen meist aus einer Richtung, die man nicht im Blick hatte. Er legte sich angezogen aufs Bett und dachte nach.

Mit dem Einbruch in sein Zimmer hatte sich die Situation grundlegend verändert. Nun war er kein unbeteiligter Beobachter mehr, wie in München, sondern im Fadenkreuz, von wem auch immer. Er musste damit rechnen, dass man ihn nicht in Ruhe ließ, solange er im Besitz des „kleinen Schwarzen" war. Auch wenn es nur ein dünner Strohhalm war, vielleicht konnte ihm Poldi in Wien weiterhelfen.

Margret war enttäuscht. Sie hatte sich den ganzen Tag auf diesen Abend gefreut. Ihr Buddy war ihr ans Herz gewachsen, wie sie an ihre Therapeutin geschrieben hatte. Er war auf eine ungewöhnliche Weise in sich versponnen, hatte dabei aber hellwache Augen. Und er war ein aufmerksamer Liebhaber. Er gehörte zu den wenigen Männern, die sich Zeit ließen und Fantasie hatten. Er erkundete ihren Körper jedes Mal wieder, als wäre es das erste Mal.

Im Einsatz war sie ab und zu mit einem Kollegen von *Blackwater* zusammen gewesen. Sie hatte es mehr wie eine sportliche Übung in Erinnerung. Von der männlichen Seite her mit zahlreichen Verrenkungen zielgerichtet ausgeübt. Der Kollege achtete darauf, dass sein Körper nicht nur befriedigt wurde, sondern auch gut zur Geltung kam, dass er sie mit seinen Muskeln fest im Griff hatte. Das war oft schmerzhaft und in den meisten Fällen zu kurz für sie, um wirklich in Schwung zu kommen und Freude zu haben. Er achtete zudem auf äußerste Diskretion, denn er war verheiratet. Er nannte es „dessert in the desert".

Margret fand den Nachtisch nicht aufregender als das Essen in der Kantine, das von den Filipinos zubereitet wurde. Trotzdem sagte sie nicht nein, wenn er, manchmal auf der Ladefläche eines gepanzerten Transporters, eingefordert wurde. Und sie sagte nicht nein, wenn sie unter dem Kampfanzug keine Unterwäsche tragen sollte. Erst als er für sie bei einem Internetversand ein Army Girl-Kostüm bestellen wollte, das weniger einem Kostüm als einem Kleinmädchenröckchen glich und das sie beim Sex tragen sollte, verweigerte sie sich.

Sie betrachtete den Zettel, auf dem sie mehrere Namen notiert hatte. Immer wieder kam sie in ihren Gedanken auf einen Punkt des Telefongesprächs zurück, der sie stolpern ließ. Ihr Buddy kannte sowohl den Boxer aus München als auch Eldorado. War er wirklich nur zufällig nach Hué geraten oder war er Teil dieses …? Sie fand kein richtiges Wort. Noch nicht. War er vielleicht sogar das Verbindungsglied, der Schlüssel zu dem, was er selbst als Geheimnis bezeichnete? Neben den Namen stand das Wort „Verbindung“. Es war dreimal durchgestrichen, aber zugleich mit drei Ausrufezeichen versehen.

In der Ausbildung bei *Red Rocks* lernte man einen Auftrag auszuführen. Ohne Zögern und unter allen Umständen. Ein Zurückweichen oder Verschwinden wurde nicht toleriert. Sie selbst hatte diese Erfahrung machen müssen. Bei der ersten Bewerbung war sie ausgemustert worden. Erst die zweite war erfolgreich gewesen. Man musste hart sein wie ein Mann, wenn es galt, achtzehn Stunden im Regen zu marschieren. Weich wie ein junges Mädchen durfte man nur sein, wenn man sich nachts die Decke über den Kopf zog und wie eine Katze die Wunden leckte. Das war nicht angenehm, aber im Einsatz hatte sie viele Dinge kennengelernt, für die das Wort „unangenehm“ wie eine Verniedlichung klang.

Von ihrer Therapeutin war sie oft aufgefordert worden: „Versuche dich in deine eigene Lage zu versetzen.“ Nun versuchte sie, auf eine Entfernung von achttausend Kilometern, sich in die Lage ihres Buddy zu versetzen. Warum hatte er sich völlig irrational verhalten? Sie fand, jemand wie er war in dieser Situation äußerst gefährdet. Er hätte sich niemals schützen können. Vielleicht war er allerdings so naiv und deshalb in seinen Reaktionen unberechenbar, dass er für einen Gegner schwer einzuschätzen war. An diesen Gedanken klammerte sie sich. Sie holte eine Pizza aus dem Tiefkühlfach und schob sie ins Backrohr. Dann schrieb sie an ihre Therapeutin:

Hello Selma,
ein Mann findet eine Leiche, geht daraufhin in ein Schwimmbad, packt anschließend seine Sachen und fliegt nach Hué. Ich finde, eine normale Reaktion wäre gewesen, zur Polizei zu gehen.

Dieser Mann ist mein Lover. Du hast immer gesagt, ich solle allein bleiben oder mir jemanden suchen, der mich respektiert. Du weißt, dies ist mir verdammt schwer gefallen. Zum ersten Mal in meinem Leben habe ich jemanden gefunden – ja, ich habe ihn mir sogar selbst ausgesucht – der mich nicht nur respektiert, sondern auch meinen Körper. Er ist zärtlich und zurückhaltend. Ich würde ihn sogar als vornehm bezeichnen und bin stolz auf ihn.

Und nun dieses Verhalten. Ich brauche deinen Rat. Bald.
Love Margret

Kurz darauf, sie schnitt gerade die Pizza in Achtel und goss sich Orangensaft in ein Glas, erschien die Antwort auf ihrem Bildschirm.

Liebe Margret,
was ist eine normale Reaktion? Ein Mensch, der – im Gegensatz zu dir – wahrscheinlich noch nie eine Leiche gesehen hat und auch keinerlei Nahtoderfahrung hat, entwickelt einen ganz natürlichen Fluchtreflex. Ob er nun Zeitung liest, in einen Swimmingpool springt, sich übergibt oder sich unter dem Bett verkriecht, ist dabei völlig egal. Meinst du, es ist normal, nach dem Töten eines

Menschen Sex zu haben und dabei noch die blutige Uniform zu tragen, wie ihr es im Irak praktiziert habt?

Wenn dir dieser Mann am Herzen liegt, dann hilf ihm. Wie diese Hilfe aussieht, kann ich auf die Entfernung New York – München nicht sagen.

Was macht dein Feind?

Du weißt, dass ich dir nicht dazu geraten habe, noch einmal für Red Rocks zu arbeiten, aber dein Brief zeigt mir, dass du auf dem Weg der Besserung bist, Kraft entwickelst und dich wieder etwas mehr in der Welt aufgehoben fühlst. Ich freue mich darüber!

Take care Selma

Margret las die Sätze immer wieder durch. Den Feind hatte sie im Griff, die Flaschen blieben zu. Nur einmal hatte sie in ihrer Zeit in Deutschland einen großen Fehler begangen. Er betraf ihren Buddy. Es war langsam an der Zeit ihn auszubügeln.

Sie hatte Selma nach und nach vertraut, weil sie nie mit Rezepten ankam, sondern darauf bestand, man solle einen eigenen Weg finden.

Nach einem halben Jahr war es zu einer Krise gekommen: Margret verliebte sich in ihre Therapeutin. Sie brachte Blumen mit zu den Sitzungen, machte Dr. Houston Komplimente über das übliche Maß hinaus, und die Umarmungen bei der Verabschiedung wurden immer intensiver. Die Therapeutin kannte „Komplikationen auf der Couch" oder „Distanzfallen", wie man solche Vorgänge im Studium bezeichnet hatte. Sie beschloss vorsichtig vorzugehen, weil sie die junge Frau mochte, vor allem aber, weil sie den guten Erfolg, der sich eingestellt hatte, nicht gefährden wollte. Bei einem der nächsten Treffen sah Margret auf dem Schreibtisch in der Praxis ein Foto, das Dr. Houston mit ihrem Mann und den beiden erwachsenen Töchtern zeigte.

„Ihre Familie?"

„Ja, ich bin seit Jahren glücklich verheiratet."

„Das wäre ich auch gerne."

„Also müssen wir daran arbeiten und uns nicht mit unwichtigen Dingen beschäftigen." Dr. Houston lächelte und zeigte auf die Couch.

Damit war der Fall erledigt und das Foto verschwand wieder.

Am nächsten Tag versuchte Herzog einen Flug nach Wien zu buchen, aber es gab keine freien Plätze. Auch seine Versuche, über die internationale Vermittlung zu einer Telefonnummer Poldis zu kommen, schlugen fehl. Er musste es nehmen, wie es war. Er hatte den Antiquitätenhändler jahrelang nicht gesehen. Als er seine Wohnung, sein Rückzugsgebiet, in München spartanisch eingerichtet hatte, hatte er nicht einmal daran gedacht, sich an ihn zu wenden. Exquisiter österreichischer Biedermeier, den Poldi in einem Laden des ersten Bezirks der Wiener Innenstadt an die Ehefrauen von Geldscheißern, wie er sich ausdrückte, verkaufte, war nicht nach seinem Geschmack.

Irgendwann – er wusste das von Fliege – hatte Poldi angefangen, mit sogenannten Asiatika zu handeln. Exotischer Schmuck, Buddhastatuen in allen Größen, Teile von hinduistischen Tempeln, geschmückt mit Glück bringenden Fabeltieren. Auch mit diesem ausgefallenen Lifestyle konnte Herzog wenig anfangen.

Eldorados Witwe erwartete ihn an einem der Bambustischchen in der Hotelhalle. Die Unterlagen über die Zahlungen ihres Mannes waren in ihrer Handtasche. Er bot ihr an, gemeinsam die Liste mit den Eintragungen im schwarzen Notizbuch in seinem Zimmer zu vergleichen. Dort waren sie ungestört. Sie lehnte ab. Auch in Vietnam würden inzwischen zu viele Frauen in Hotelzimmer gebeten. Sie setzten sich in den Garten. Nach einer halben Stunde waren sie zwei Mal alle Eintragungen durchgegangen. Es gab, wenn überhaupt, nur zufällige Übereinstimmungen.

„Gibt es noch persönliche Unterlagen Ihres Mannes?“

„Die gibt es sicher, aber ich habe keine.“

„Auch nicht aus der Zeit, als Sie noch …“ Er suchte nach dem richtigen Ausdruck.

„Sie meinen, als wir noch ein Paar waren? Nein.“

Le Thuy bot an, ihm die Stadt zu zeigen. Er war erleichtert, denn er hatte keine Lust, den ganzen Tag wartend in seinem Zimmer oder neben dem Pool zu verbringen. Vielleicht hatte sie inzwischen etwas mehr Vertrauen zu ihm gefasst. Er wünschte sich, dass sie in ihm einen dieser Europäer sah, wie sie in Asien selten auftauchten. Sie schlug vor, den Kaiserpalast zu besuchen.

Am Eingang blieben sie an einem Stand stehen und betrachteten die Angebote einer dieser kleinen Wunderküchen, mit denen die Versorgung in der Stadt vom frühen Morgen an sichergestellt wurde. Le Thuy bestellte für ihn eine Suppe, deren Hauptanteil aus Ingwer bestehen musste, denn sie trieb ihm schon bei den ersten Löffeln den Schweiß aus der Haut. Neben dem Stand arbeitete eine Frau an einer handgetriebenen Maschine, die mit Früchten bemalt war. Mit Hilfe von zwei waagrechten Walzrädern presste sie Zuckerrohstangen aus. Der grünliche Saft lief direkt in das Glas darunter.

„Ist nicht süß, aber gesund“, lachte Le Thuy, „und schmeckt ein wenig wie eine Calciumtablette.“

Ein kleiner Junge stand in einiger Entfernung und beobachtete sie. Herzog winkte ihn herbei. Er zeigte ihm zwei kleine, rote Bälle, ließ sie vor seinen Augen verschwinden und holte sie hinter dessen Ohren wieder hervor. Der Junge sah ihn ernst an, fischte eine Münze aus der Hosentasche, legte sie auf seinen Ellenbogen und schlug die Hand blitzschnell nach unten. Die Münze verschwand zwischen seinen Fingern. Beim nächsten Versuch legte Herzog eine Münze dazu, und der Junge wiederholte den Vorgang solange, bis fünfzehn Münzen glitzernd im Sonnenschein auf dem Pflaster tanzten. Als er es noch einmal versuchte, war der Junge erfolgreich, die Münzen landeten alle in seiner Hand, dann in der Hosentasche. Lachend hüpfte er die Stufen zum Fluss hinunter und sprang auf eine ablegende Fähre. Herzog winkte ihm nach und hielt die beiden Schaumgummibälle hoch, die er auf jede Reise als Fingerübung mitnahm und die einen dritten unsichtbaren Bruder hatten.

Le Thuy klatschte, als hätte er die Aufführung nur für sie veranstaltet.

Sie betraten den alten Kaiserpalast durch das Mittagstor, ein zweistöckiges Gebäude, das mit Drachen geschmückt war. Arbeiter, die mit dem Ausbessern einer Mauer beschäftigt waren, grüßten. Le Thuy wechselte ein paar Wort mit ihnen.

„Nach dem Krieg war hier alles vom Häuserkampf platt. Gott sei Dank gab es internationale Hilfsprogramme. Eigentlich müsste in unseren Reiseführern stehen, dass es sich um einen neuen Kaiserpalast handelt und nicht um einen alten. Zur Zeit der vietnamesischen Kaiser lebte hier nur die kaiserliche Familie mit dem Hofstaat. Anderen Bewohnern war es verboten, dieses Areal zu betreten. Ganz schön einsam."

Während er anfangs zwar höflich, aber doch abwesend und angespannt gewesen war und immer wieder darüber nachdachte, ob er ihr von seinem nächtlichen Besuch erzählen sollte, wurde er mit der Zeit gelassener. Er konnte sich, trotz der Hitze, der Schönheit und Stille dieser Anlage nicht entziehen.

„Zur Zeit des Hué Festivals ist hier die ganze Welt zu Gast", sagte sie, als hätte sie seine Gedanken erraten. „Sie müssen unbedingt wiederkommen."

Wie eine Fremdenführerin ging sie voraus und drehte sich zu ihm um, wenn sie über Hué sprach.

„Sie wissen viel über Ihre Stadt."

„Ich kannte sie ja schon aus den Erzählungen meiner Mutter, bevor ich hier ankam. Dann habe ich jahrelang für *Travel Vietnam* gearbeitet. Heute habe ich eine eigene Agentur."

Durch Wandelhallen, die von roten Säulen getragen wurden, gingen sie wie ein Paar nebeneinander bis zum Thronsaal. Er spürte ihre Wärme. Leise sang sie:

„Đừng ngả tay mà hứng máu trời sa
Thôi kéo về đừng cho lòng bay xa.

Das ist ein Gedicht von Hàn Mặc Tử. Ihn kennt hier jedes Kind. Übersetzt heißen die Zeilen ungefähr“, sie dachte nach,

„Öffne nicht Deine Hand,
sonst wird sie voll von Himmelsblut.
Halte Dein Herz zurück,
lass es nicht in die Ferne entschlüpfen.

Meine ganze Familie ist in die Ferne entschlüpft. Allerdings nicht freiwillig. Ich bin die Einzige, die zurückgekommen ist.“

Sie ließen sich mit einer uralten Polaroidkamera fotografieren und bestellten zwei Bilder. Zusammen mit dem Fotografen beobachteten sie, wie aus der weißlich-grauen Fläche zuerst die Umrisse ihrer Körper hervortraten und dann das Schwarz langsam den Farben wich. Herzog dachte: Wie bei einem Menschen, den man von Tag zu Tag besser kennen lernt. Schön und einfach.

Nach der Besichtigung der Palastanlage fuhren sie mit dem Taxi zu einem weißen Gebäude in der Innenstadt mit vielen Balkonen, eine Mischung aus Zuckerbäcker- und Kolonialstil, dem Museum des Malers Le Ba Dang. Le Thuy führte Herzog vor ein Gemälde, das bestimmt an die sieben Meter lang und zwei Meter hoch war.

„Genauso wie bei *Guernica* von Pablo Picasso über den spanischen Bürgerkrieg sehen Sie hier alle Grausamkeiten des Krieges, der dieses Land mehr als zwei Jahrzehnte im Griff hatte. Brand- und Splitterbomben, Napalm, Agent Orange, Minen, das ganze Arsenal. Und natürlich die Menschen, die heute noch unter den Folgen leiden. Meine Familie hatte ziemliches Glück, dass sie die Fahrt übers Meer überlebt hat. Auch wenn es die ersten Jahre in Deutschland sehr hart war, weil wir wenig Geld hatten …"

Sie ließ den Satz so stehen und ging voran in einen anderen Raum mit großen Metallfiguren.

„Für diese Skulpturen hat Le Ba Dang das Material abgeschossener B 52 Bomber verwendet. Man kann aus Krieg auch Kunst machen. Kommen Sie, mein Büro ist zwei Häuser weiter."

Der Schreibtisch der Sekretärin in Le Thuys Büro war leer.

„Ich habe ihr heute Nachmittag freigegeben."

Sie telefonierte. Er stand am Fenster und sah an der Ruine eines Hochhauses ein überdimensionales Filmplakat in schreienden Farben mit dem Titel „I escaped from the devil's land". Nach zehn Minuten, in denen sie die Post durchgesehen hatte, kam eine Frau mit einem Tablett voll kleiner Schüsseln. Le Thuy deckte einen Tisch und setzte sich ihm gegenüber. Als die Seide über ihren Unterarmen etwas zurückglitt, sah er Narben, die von Zigaretten herrühren mussten. Sie bemerkte seinen Blick und überlegte offensichtlich einen Moment, ob sie etwas sagen sollte, ließ es aber.

„Was haben Sie in den nächsten Tagen vor?"

„Ich weiß es nicht."

Das war nicht gelogen. Er war unsicher, ob er nach Wien fliegen oder nach München zurückkehren sollte. An diesem Nachmittag hatte er mindestens zehnmal eine andere Entscheidung ins Auge gefasst und anschließend wieder verworfen.

„Am schönsten wäre es, Sie würden jeden Tag mit mir durch die Stadt gehen."

„Das mag zwar schön sein, ist aber keine Lösung. Ich mache mir Sorgen."

Er konnte dem Klang ihrer Stimme nicht entnehmen, ob sie es auch schön gefunden hätte, und plötzlich war ihm dieser Satz genauso peinlich wie sein Arm, den er auf der Fotografie um ihre Schultern gelegt hatte. Sie schien seine Gedanken zu erraten.

„Ich habe im Umfeld meines Mannes wenige Männer kennengelernt, die verlegen wurden." Sie nahm seine Hand. „Ich finde Sie sympathisch." Eine kurze Berührung nur, aber sein Puls stieg an, als wäre er in Gefahr.

In ihrer Lage war dies ein gewagter Satz, der ihr sicher viel bedeutete. Sie bereitete Tee und Herzog überlegte, ob er sie in den Arm nehmen sollte, aber es gelang ihnen nicht, den Abstand zwischen ihren Körpern zu verringern, obwohl sie vielleicht beide Verlangen danach hatten. Das, was zwischen ihnen stand, war bleischwer. Sie waren nicht in der Lage, die beiden Toten auf die Seite zu räumen und aufeinander zuzugehen. Vielleicht wollte sie ihren geschundenen Körper und die verletzte Haut nicht den Blicken eines fremden Mannes aussetzen. Trotzdem beflügelte Le Thuys schmaler Rücken seine Wünsche.

Seinen nächtlichen Besuch ließ er unerwähnt.

Bei seiner Rückkehr ins Hotel sah er auch hier den Hoteldetektiv wie zufällig in der Halle stehen. Diese auffällige Unauffälligkeit verband ihn mit seinem Kollegen in Bangkok. Obwohl er für die Sicherheit des Hauses zuständig war, hatte er den Einbruch in Herzogs Zimmer nicht verhindern können oder wollen. Herzog setzte sich vor den Gästecomputer und checkte seine Emails. Die Nachrichten bestanden hauptsächlich aus Spam und er musste aufpassen, dadurch nicht das wenige Lesenswerte zu löschen. Margret wusste das und begann deshalb den Betreff immer mit drei fettgedruckten Ausrufezeichen.

Er löschte eine dringende Aufforderung, sich den Penis verlängern zu lassen, ein Angebot, Viagra per Kilo zu kaufen,

Reisen um die ganze Welt, Sonderangebote von Dingen, die er dringend brauchte, Kredite, die ihm die Möglichkeit gaben, diese Dinge auch kaufen zu können, und kam dann tatsächlich zu einer Nachricht von Margret.

Hi Buddy,
gestern war ich ganz schön einsam. Ich bin an deiner Wohnung vorbeigefahren und konnte nicht glauben, dass kein Licht brannte. Schade um den Abend.

Dein Freund liegt noch in einem Kühlfach der Gerichtsmedizin. Die Beerdigung wird stattfinden, wenn die Leiche freigegeben wird. Ich werde berichten oder du kommst selbst und wirfst Blumen ins Grab. Wir könnten gemeinsam hingehen und uns dann einen schönen Tag machen. Was meinst du?

Poldi lebt noch, befindet sich allerdings nicht in Wien, sondern in Jerusalem (auf Geschäftsreise?). Seine Sekretärin wollte mir seine Telefonnummer nicht geben, hat mir aber (ich dachte immer, die Österreicher wären charmant und zuvorkommend!) nach vielen Nachfragen verraten, dass er im ehemaligen Palast des österreichischen Vertreters im Heiligen Land wohnt. Wow! Heute trägt das Haus den Namen „Österreichisches Hospiz", ist aber kein Krankenhaus, sondern eine noble Unterkunft für Pilger und sonstige Touristen. Vielleicht erreichst du ihn dort. Erkennungszeichen: Bibel unter dem Arm. Hi, hi!

Solltest du nach Jerusalem reisen wollen, gibt dir das Internet den folgenden Rat: Zurück nach Bangkok, dann mit der Royal Jordanian Airline über Dubai zum Flughafen Queen Alia nach Amman. Von dort kannst du dich mit dem Taxi zur Allenby oder King Hussein Bridge an die israelische Grenze bringen lassen und den Jordan River überqueren, über den schon vor zweitausend Jahren die Kinder Israels nach Kanaan kamen. (Dies habe ich in der Sonntagsschule von einer bigotten Jungfer eingebläut bekommen, die mit unchristlichen Ohrfeigen nicht geizte!) Wenn du Glück hast, bekommst du ein Visum an der Grenze und kannst mit einem Bus über Jericho nach Ostjerusalem, oder Al Quds, wie die Palästinenser sagen, durch das besetzte Westjordanland fahren. Das alles ist zwar umständlich, aber eine andere Möglichkeit gibt es nicht.

Die Unterkunft von Poldi liegt in der Nähe des Damaskustors direkt in der historischen Altstadt von Jerusalem an der Via Dolorosa, auf der heute noch Christen aus aller Welt das Kreuz schleppen, um für ihre Sünden zu büßen. (Auch Sonntagsschule. Was für eine absurde Vorstellung!) Du gehst vom Busbahnhof etwa zehn Minuten. Ich habe bei Google Maps nachgesehen. Alles Nötige findest du im Anhang.

Ich weiß nicht, ob ich dir zu dieser Reise raten soll. Mir wäre es lieber, du würdest nach München zurückkommen, denn ich habe die nächsten Tage für dich Zeit. Wenn du aber möchtest, kann ich den Flug für dich buchen. Von Amman aus musst du sehen, wie du alleine weiterkommst.

Gib mir bald Bescheid

Margret ;-(

P.S.: Heute habe ich irgendwo gelesen: Seelenschmerz ist etwas, das man sich mit einem Schweizer Messer ins nackte Fleisch ritzt. Findest du den Satz gut, oder ist er peinlich? Und noch etwas: Was ist eigentlich eine Sünde?

Obwohl hinter ihm ein Gast wartete, ließ er sich mit dieser Nachricht Zeit. Es war für Margrets Verhältnisse eine ungewöhnlich kurze Email. Sie liebte es, über alles Mögliche zu schreiben, um ihr ohnehin perfektes Deutsch zu perfektionieren. Sie achtete sogar bei dieser Art von Mitteilung auf korrekte Groß- und Kleinschreibung. Natürlich freute es ihn, dass sie Sehnsucht nach ihm hatte, obwohl er bei ihr nur die Nummer drei war. Er behaupte sich selbst gegenüber immer wieder, es mache ihm nichts aus, aber, wenn er ehrlich war, glaubte er nicht daran.

Der Rest der Mail interessierte ihn nicht. Poldi sollte in Jerusalem bleiben, bis er schwarz wurde. Er würde sich kein weiteres Reiseabenteuer antun. Er sagte laut:

„Wien wäre ja noch auf dem Weg gelegen, aber Jerusalem?"

Der Mann hinter ihm, der ungeduldig darauf wartete, ihn am Computer abzulösen, räusperte sich und sah zur Seite.

Und dann Dubai. Keine zehn Pferde würden ihn in dieses künstliche Paradies am Golf bringen. Nicht einmal, um von einem Flugzeug in ein anderes umzusteigen. Er wollte nicht mit einem überfüllten Bus oder klapprigen Taxi durch die Wüste in ein besetztes Land fahren, in dem jederzeit die Gewalt explodieren konnte.

Margret hatte sich den Text ihrer Mail genau überlegt.

Sie war nicht an der Wohnung vorbeigefahren, sondern hatte ihr einen Besuch abgestattet. Ihr Buddy hatte ihr vor einiger Zeit den Zweitschlüssel gegeben, damit sie ihn überraschen konnte. Nach dem Aufsperren hörte sie beim Betreten der Wohnung unter ihrem Schuh ein Knacken, das klang, als wäre sie auf eine Kakerlake getreten. Sie zog unwillkürlich den Fuß zurück und machte das Licht an. In ihrer Sohle steckt der Stachel eines weißen Skorpions. Sie wusste sofort, dass es sich dabei um eines der Exemplare handelte, die einen in tödliche Schwierigkeiten bringen konnten. Wissen über Skorpione und Schlangen hatte zur Vorbereitung auf den Irak gehört.

Das zähe Tier hatte noch einen Rest von Leben in sich. Sie zog den Schuh aus, holte ein Küchenmesser und kappte damit den Stachel. Sie legte das handtellergroße Ungetüm vor sich auf den Tisch. Sie schnitt ihm zuerst beide Scheren ab und dann ein Bein nach dem anderen. Das Tier versuchte zu flüchten, aber Margret holte es mit dem Messer immer wieder zu sich zurück.

Jemand war in der Wohnung gewesen und hatte dieses ungemütliche Geschenk abgegeben. Aber warum? Aus welchem

Grund war man hinter diesem jungen Mann her, den sie persönlich für völlig ungefährlich hielt? Auf jeden Fall war es jemand, der geduldig warten konnte, bis ihr Buddy irgendwann barfuß aus dem Bad kam und … Etwa fünf Stunden blieben einem dann noch. Wenn man Glück hatte. Vielleicht schaffte man es sogar bis in ein Krankenhaus. Ob einem dort jemand helfen konnte, war ungewiss.

Sie war versucht, sich aus der Whiskeyflasche zu bedienen, beherrschte sich aber. Es kam etwas in ihr zurück, das ihre Therapeutin Selma Jagdfieber genannt hatte. Ganz gleich wie die Dinge lagen, sie würde sich ihren Buddy nicht nehmen lassen. Nicht auf eine so hinterhältige Art. Sie sah sich in der spartanisch eingerichteten Wohnung um, wusste aber nicht, wonach sie suchen sollte. An der Eingangstür gab es keine Spuren. Sie ging noch einmal zurück und drehte sich langsam zwei Mal im Kreis. In dem Regal über dem Kühlschrank leuchteten sie auf einem Glas die Reste eines Lippenstifts an. Ihr Buddy hatte also in ihrer Abwesenheit Besuch bekommen. Sie war beunruhigt. Es war wirklich an der Zeit für sie, die Karten auf den Tisch zu legen.

Konzentrier dich auf das Wesentliche und Zielführende, dachte sie. Sie konnte verstehen, dass ihr Buddy nicht im Angesicht des Erhängten telefonieren wollte, aber warum war er nicht ins Treppenhaus oder auf die Straße gelaufen, um die Polizei zu verständigen? Die liegende Buddhafigur, die den Eingang ins Nirwana oder besser gesagt den Tod symbolisierte, hatte er zwar gesehen, aber er hatte ihr keine Bedeutung beigemessen. Für einen Laien war dies verständlich. Ihr Buddy war allerdings die ganze Zeit über aus dem Laienstatus nicht herausgekommen. Margret wollte diesen Gedanken nicht weiter verfolgen. Es war absurd. Ein Mensch, der seinen Schulkameraden tot an einem Haken hängend findet, geht anschließend in ein Schwimmbad. Sie schniefte ein paar Mal. Selma hatte ihr immer wieder geraten, die Tränen einfach laufen zu lassen, aber sie schaffte es nicht. Sie nahm das Weinglas und zerschlug es. Mit einer Scherbe schnitt sie sich in den Unterarm.

In dieser Nacht schlief sie nach langer Zeit wieder mit ihrer P 239 unter dem Kopfkissen.

Le Thuys Fahrer betrat die Hotelhalle. Er kam auf Herzog zu und übergab ihm einen Umschlag. In seinem Gesicht versuchte Herzog zu lesen, was der Angestellte von ihm hielt, als er die beiden Sätze sagte:

„Madame very happy this day, since years! Thank you, Mister."

Madame very happy, sagte ein Untergebener zu einem Fremden, vor dem er sich bisher nur untertänig verbeugt und beide Handflächen aneinandergelegt hatte. Hatte er mit ihr gelitten, wenn er sah, wie Le Thuy von ihrem Mann behandelt wurde? Wie der seine Zigaretten auf ihrem Unterarm ausdrückte, wenn sie nicht gefügig war? Sie konnte also nach Meinung ihres Fahrers glücklich darüber sein, dass sie ihren Mann nach all den Jahren endlich los war. Vielleicht freute sie sich tatsächlich über das Zusammensein, und der Angestellte war in der Lage, in ihrem verschlossenen Gesicht die leiseste Veränderung wahrzunehmen. Er verbeugte sich leicht und verschwand. Herzog wiederholte leise für sich: Madame very happy … Madame very happy …

Er öffnete den Brief. Auf einer Karte stand: *Ich möchte Sie davon in Kenntnis setzen.*

Es handelte sich um die Fotokopie eines Briefes von Leopold Cwazek in Wien an Udo Krack in Hué.

Lieber Eldorado,
unser Freund E. in Ehren. Du weißt, wir Österreicher halten nichts mehr in die Höhe als die Freundschaft. Trotzdem sollten wir langsam an unser eigenes Geschäft denken. Es verwundert

mich, dass jemand, der einmal in einer Bank gearbeitet hat, so gar nicht mit Geld umzugehen weiß. Ich will dir noch einmal entgegenkommen und um zwei Monate verlängern, dann ist bei mir das Ende der Fahnenstange erreicht. Was der Boxer davon hält, ist mir scheißegal.

Was sagt denn dein süßes Reh zu dieser ganzen Schlamastik?

Hier in Wien bereiten wir uns gerade auf den Fasching vor, der um einiges fader ist als der Karneval, den du in Hué immer für uns veranstaltet hast. Trotzdem mag ich es, wenn die Champagnerstöpseln knallen.

Meine Verehrung, auch an die Frau Gemahlin!

Leopold

Der Brief war in einer flüssigen Handschrift mit Tinte geschrieben, undatiert und warf einige Fragen auf.

Warum hatte Le Thuy auf seine Frage, ob sie noch persönliche Unterlagen ihres Mannes habe, nicht die Wahrheit gesagt? Wahrscheinlich hatte sie sich für diesen Brief geschämt. Stand ihr beim Lesen dieses Briefes immer noch die Situation vor Augen, wie das „Reh" sich auf der Rückbank ihres eigenen Autos gegen zwei Männer wehren musste, vor deren Alkoholfahne, grapschenden Fingern und feuchten Lippen sie sich ekelte? Und der eigene Ehemann beobachtete im Rückspiegel, ob sie sich zwischen die Beine greifen ließ und sich damit zur Hure machte.

Da auch heute in Wien, genauso wie in München, der Fasching keine Rolle mehr spielte, musste das Schreiben einige Jahre alt sein, oder Cwazek war nach wie vor ein begeisterter Besucher des Opernballs. Ein Seelenverwandter von Richard „Mörtel" Lugner, allerdings weniger einfältig. Die Vermutung lag nahe, dass er der Initiator des erwähnten Geschäfts war, das für Herzog nach wie vor im Dunklen lag.

Und wer war E.? Der Antiquitätenhändler bezeichnete ihn als Freund. Das konnte allerdings auch ironisch gemeint sein.

E. wie … aber es kam kein Blitz, der den Buchstaben zu einem Namen ergänzt hätte.

Warum blieb er nicht einfach hier, ließ sich von Eldorados Witwe die Stadt zeigen, genoss mit ihr die verschiedenen Restaurants und vielleicht irgendwann auch etwas mehr? Hatte nicht der Fahrer gesagt, Le Thuy sei seit Langem wieder einmal glücklich gewesen? Das lag sicher nicht nur daran, dass die Leiche des Elefanten, wie sie den Ehemann genannt hatte, nun auf die Überführung wartete. Wohin eigentlich?

Mit diesem Brief wurde der Antiquitätenhändler zu einer zentralen Figur. Le Thuy hatte Herzog nicht umsonst den Brief zukommen lassen. Wollte sie ihm damit signalisieren: Lass den Dingen ihren Lauf, Poldi hat den Tod verdient, genauso wie ihn Fliege und mein Ehemann verdient haben, er war der Drahtzieher hinter all den Vorgängen, die meine europäischen Träume in Albträume verwandelt haben. Wenn er aber wirklich die zentrale Figur war, dann musste Herzog seine Reisepläne ändern, zurück nach Bangkok und dann nach Jerusalem fliegen, ob er wollte oder nicht. Am Pool hörte er ein paar Gäste lachen. Sie genossen das warme Wasser und er beneidete sie um ihre Ausgelassenheit.

Das unheilige Land

Wer von Bangkok nach Dubai fliegt, kommt sich vor wie in einem Shuttlebus, der die Menschen zur Arbeit bringt. Dies waren keine Reisenden, die im *Hilton,* im *Palm,* im *Ramee* oder im *Arabian Park Hotel* die nächsten vierzehn Tage am Pool, am Buffet, im Fitnessraum oder Beautysalon verbringen würden, sondern billige Arbeitskräfte, die diese Fünf-Sterne-Häuser höchstens vom Keller oder Dienstboteneingang kannten. Die in billigen Unterkünften versuchten, so viel Geld wie möglich für die Familie zuhause in Thailand zu sparen, damit die Töchter nicht in den Bars der Hauptstadt ihren Körper an notgeile Touristen verkaufen mussten. Die ohne Weiteres gegen anderes Material ausgewechselt werden konnten, wenn sie irgendwann einmal zu teuer, zu krank oder zu verbraucht waren. Deren Pass ein Manager wie selbstverständlich bei Arbeitsantritt achtlos in eine Schublade seines Schreibtisches warf. Die sich aber trotzdem glücklich schätzten, in einer der begehrtesten Destinationen der Welt achtzehn Stunden am Tag arbeiten zu dürfen und in Mehrbettzimmern zu hausen, die keine Fenster hatten und keinerlei Privatleben zuließen.

Neben Herzog saß diesmal nicht ein Passagier, der selbstbewusst mehr als seinen Sitz einnahm und eine Dose Bier nach der anderen in sich hineinschüttete, sondern eine verängstigte Frau, deren Alter er nicht schätzen konnte, die mit feingliedrigen Händen ihre Kleidung immer wieder neu ordnete, als müsste sie vor dem Fremden, dem *Farang,* einen guten Eindruck machen. Er versuchte mit ihr ein Gespräch auf Englisch zu beginnen, aber ihr „No speak English, Mister! Sorry" signalisierte ihm, sie würden die Flugzeit bis zur Ankunft in Dubai schweigend verbringen.

Die Wartezeit zwischen den beiden Flügen verbrachte er im *Sheikh Rashid Airport Duty Free,* der mit mehreren Stockwerken, den weißen Segeln, künstlichen Palmen und überdachten Rolltreppen noch pompöser wirkte als der Flughafen von Bangkok. Er schob seine Reisetasche auf einem der

Einkaufswägen durch Sonderangebote und beobachtete die Menschen, die wahllos von Whiskey über Handtaschen bis zu Parfum alles kauften, was sie in den Fußgängerzonen ihrer Heimatorte ebenso bekommen konnten. Dann setzte er sich im Restaurantbereich an einen der Fensterplätze und schaute auf das Rollfeld hinaus.

Noch bevor ihm Margret ein Ticket besorgte, hatte er unter einem Vorwand Papiere und Geld aus dem Hotelsafe geholt, einfach den Schlüssel im Zimmer stecken lassen, einen Augenblick abgewartet, in dem der Hoteldetektiv nicht wie zufällig an der Rezeption stand, und war durch den Seiteneingang verschwunden. Vielleicht konnte er so seinen Verfolgern für eine gewisse Zeit entkommen. Er hatte keine Lust, in Jerusalem dieselben Erfahrungen zu machen wie in Hué. Bei Le Thuy würde er sich erst melden, wenn er angekommen war, vorausgesetzt im Palast des österreichischen Statthalters im Heiligen Land hatte die moderne Zeit samt Internet schon Einzug gehalten. Es blieb ihm nichts anderes übrig, als nach allen Seiten hin vorsichtig zu sein, zumindest solange, bis er Poldi gesprochen hatte.

Auch die Maschine von Dubai nach Amman war bis auf den letzten Platz besetzt, nun allerdings mit Menschen, die eindeutig aus dem arabischen Raum stammten. Man konnte den Eindruck gewinnen, die Hälfte der Menschheit auf der südlichen Halbkugel sei unterwegs auf der Suche nach Arbeit und Geld.

Diesmal gelang es Herzog besser mit seinem zufälligen Nachbarn zu kommunizieren. Der Passagier neben ihm hatte ein paar Jahre bei *Siemens* sein Leben verbracht. Er arbeitete in Dubai bei einer Telekommunikationsfirma und stellte sich als Nazim Banat vor. Auch er musste nach Amman, von Amman an die Grenze, um dann über Ramallah in seinen Heimatort zu fahren. Herzog bot ihm an, gemeinsam bis in die palästinensische Hauptstadt ein Taxi zu nehmen, und

Herr Banat versprach, ihn dafür in den richtigen Bus nach Jerusalem zu setzen.

Zunächst aber mussten beide den Flug überstehen. Der Kapitän bat darum, angeschnallt zu bleiben, da im Anflug auf Amman mit einem Sandsturm zu rechnen war. Die Maschine wurde hin- und hergeschüttelt und die Tragflächen ächzten in ihren Verankerungen. Herzog kam sich vor wie auf einer Achterbahn und rührte sein Essen wieder einmal nicht an. Das Flugzeug setzte mit einem solchen Schlag auf, dass die Passagiere erschrocken ihre Köpfe einzogen, dann aber erleichtert klatschten.

Nazim Banat, dem das alles nichts auszumachen schien, entschuldigte sich schon im Flugzeug. Sein Begleiter müsse sicher an der Grenze auf ihn warten, denn Palästinenser würden nur schleppend abgefertigt, aber Herzog hatte eine Überraschung für ihn parat. Nachdem sie in einem Taxi direkt vom Flughafen hinunter in den Jordangraben auf minus vierhundert Meter gefahren waren und in einem Bus des jordanischen Staates die Allenby Bridge überquert hatten, warteten sie in getrennten Schlangen auf die Abfertigung.

Herzog war völlig unbedacht in eine Situation geraten, die ihn in gehörige Schwierigkeiten bringen konnte. Die Grenzpolizistin blätterte in seinem Pass, telefonierte und übergab ihn einem Mitarbeiter, der ihn in einen gesonderten Raum brachte. Zunächst wurde sein Gepäck durchsucht. Er reagierte darauf empfindlich, weil ihn diese Art des Eingriffs in seine Privatsphäre an die Spindkontrollen im Internat erinnerte, und weil er wahrscheinlich seine Badehose und die Boxershorts nicht freundlich und untergeben genug präsentierte.

An der Grenze zu Palästina wurde nicht nur das Gepäck mit peinlicher Genauigkeit gefilzt, sondern auch der dazugehörige Besitzer. Man wurde von einem misstrauischen Profiler zum anderen gereicht. Herzog hätte sich schon auf dem Weg über die Allenby Bridge einige kluge Gedanken machen müssen. Für die Uniformierten, die an dieser Grenze ihren Dienst versahen, war man von vornherein ein Lügner. Sie suchten nicht nach der Wahrheit, sondern versuchten einen mit allen Tricks, die sie in ihrer zweifelhaften Ausbildung gelernt hatten, aufs Kreuz zu legen. Deshalb war es auch nicht wichtig, ehrlich zu sein. Man musste nur eine schlüssige Geschichte parat haben.

Die Fragen waren immer dieselben, nur die Reihenfolge änderte sich: Warum kommst du nach Israel, was machst du dort, wen triffst du, hast du eine Hotelbuchung, welchen Beruf übst du aus, hast du dein Gepäck alleine gepackt, hast du irgendwelche explosiven Dinge dabei, hat dir jemand etwas mitgegeben, bist du alleine gereist, und am Ende, warum hast du keinen Flug, der dich aus dem gelobten Land wieder hinausbefördert? Dies war Herzogs Hauptfehler: Er hatte keinen Weiterflug. Es bestand also für den Ermittler, bei dem er am Ende gelandet war, der Verdacht, er könnte sich in Israel oder den besetzten Gebieten häuslich einrichten, was ganz offensichtlich nicht gerne gesehen wurde oder für Ausländer gar verboten war. Vielleicht kam Herzogs deutscher Pass erschwerend hinzu.

In entscheidenden Situationen gelang es ihm allerdings, nach kurzem Zögern eine bescheidene Freundlichkeit und unerschütterliche Ruhe hervorzuzaubern, auch wenn er innerlich kochte. Wahrscheinlich aber rettete ihn nur sein hoher Betrag an Bargeld, der ihm ein wohlhabendes Ansehen verlieh, davor, an der Grenze zurückgeschickt zu werden. Im Verlauf der verschiedenen Befragungen war er bei einer Version angelangt, in der er sich zum Abschluss seines Psychologiestudiums auf einer Weltreise befand, einen Freund in Jerusalem besuchen wollte, der im *Österreichischen Hospiz* als Pilger zu Gast sei, und dann vorhatte in Richtung Ägypten, dem Tal der Könige und den Pyramiden von Gizeh auf dem Landweg weiterzureisen.

Letztendlich machte Herzog aus dem Pilger Poldi den Spross einer österreichisch-jüdischen Familie, der in Jerusalem den orthodoxen Teil seiner Familie besuchte. Wie Petrus verleugnete er mehrmals seinen palästinensischen Begleiter, der wahrscheinlich längst vor dem Terminal auf ihn wartete. Auf verschiedene Widersprüche hingewiesen entschuldigte er sich immer wieder für sein schlechtes Englisch. Er bekundete seine Bereitschaft, einem Kollegen, der deutsch sprechen konnte, noch einmal in allen Einzelheiten über die Gründe seiner Reise Auskunft zu geben. Zu seinem Glück hatte er die Nummer des *Österreichischen Hospizes* in sein Handy eingespeichert und konnte nachweisen, dass er mehrmals versucht hatte, den Antiquitätenhändler dort zu erreichen.

Vielleicht hätte die eine oder andere Zehndollarnote, unauffällig zwischen zwei Seiten seines Passes geschoben, die ganze Befragung überflüssig gemacht oder zumindest erheblich beschleunigt.

Nazim Banat erwartete ihn mit sorgenvollem Gesicht.

„Ich hatte schon Angst, man hätte Sie verhaftet. Nun wissen Sie, wie uns die Besatzer täglich behandeln. Manchmal erwischt es leider auch einen Europäer."

Herzog dachte, anscheinend befindet sich das Land in einem permanenten Alarmzustand. In diesem Fall konnte sogar ein so unbedarfter Mensch wie er eine Bedrohung darstellen. Er war kein Terrorist, aber das konnte diejenige, die seinen Pass kontrollierte, nicht wissen.

Vor der Weiterfahrt in Jericho bestand Herr Banat darauf, einen aufmunternden Kaffee zu trinken. Er freute sich offensichtlich über seine neue Bekanntschaft und hätte Herzog gerne in seine Heimatstadt mitgenommen, um ihn seiner Familie vorzustellen. Der Sandsturm hatte sich gelegt und ein blauer Himmel überstrahlte das Jordantal. Bald darauf saßen beide im Fond eines Taxis und Herzog saugte die grandiose Landschaft ein, durch die man von Jericho auf fast achthundert Meter über dem Meer wieder hinauf nach Ramallah fährt, die graubraunen Umrisse des jordanischen Wüstengebirges, das satte Grün entlang des Flusses und das silberne Glänzen der Olivenhaine. Ab und zu ging er in Deckung, wenn der Taxifahrer mit überhöhter Geschwindigkeit in einer Kurve überholte, und er riss vor Schreck die Augen auf. Sein Mitfahrer legte ihm beruhigend die Hand auf den Unterarm.

Er sagte mit einem Augenzwinkern: „Keine Angst, mein Freund. Wir möchten doch so schnell wie nur irgend möglich nach Ramallah kommen, sonst hätten wir den Bus genommen."

In diesem Moment wurde Herzog an die vordere Rückenlehne gedrückt. Der Fahrer bremste scharf und reihte sich wieder in die lange Schlange von Fahrzeugen ein, die Richtung Hauptstadt unterwegs waren.

Herzog fragte: „Warum sind Sie mit Ihrem Beruf und Ihren Sprachkenntnissen nicht in Deutschland geblieben?"

„Ich arbeite auch in Dubai für eine deutsche Firma. Jedes Land will ein Stück vom Kuchen haben, der dort verteilt wird. Wie lange das anhält, weiß nur Allah."

„Wollen Sie irgendwann zurück?"

„Wohin zurück?"

„In Ihre Heimat."

„Sie meinen, nach Tulkarem? Was soll ich dort? Die Israelis haben mir mein Haus und damit meine Heimat genommen. Eines Morgens kam die Armee mit einem Bulldozer, der hat alles unter dem Schutz der Soldaten solange zusammengeschoben, bis nur noch Schutt übrig war. Nicht einmal die Familienfotos haben sie uns gelassen. Hier gibt es keine Arbeit und meine Kinder sind in einem Alter, in dem sie studieren sollen. Irgendwann werde ich allerdings in meine Vaterstadt zurückkehren, um zu sterben."

Sie näherten sich Ramallah. Die Baustellen nahmen zu. Herzog hatte den Eindruck, die gesamte Stadt würde, wie nach einem Krieg, neu aufgebaut werden. Spiegelnde Glasfassaden, heller Sandstein, Minarette mit grünen Kupferdächern, dazwischen immer wieder Straßenhändler. Der Taxifahrer hupte, bremste und gab Gas, bremste abermals und gab wieder Gas, aber es ging trotz des Hupens nur langsam vorwärts. Der Verkehr erinnerte Herzog an Bangkok und Hué. Unwillkürlich wartete er auf ein Motorrad, das quer über die Straße schießen und explodieren würde. Als sie am Busbahnhof ankamen, bezahlte Herzog und bat darum, das Wechselgeld in Shekel zu bekommen, damit er in Jerusalem nicht wechseln musste. Nazim Banat zündete sich eine Zigarette an und telefonierte. Zwischendrin sagte er:

„Wenn Sie in Jerusalem ankommen, wird Sie Eyad, einer meiner Neffen, erwarten und in Ihr Hotel bringen. Wo wohnen Sie?"

„Im *Österreichischen Hospiz.*"

„Ausgezeichnet, das ist ganz in der Nähe des Busbahnhofs. Sie können zu Fuß dorthin gehen."

Er gab offensichtlich die Information an seinen Neffen weiter und steckte dann das Telefon in die Tasche.

„Ich danke Ihnen nochmals und wünsche Ihnen eine gute Fahrt. Allah soll seine schützende Hand über Sie halten, Sie sind ein guter Mensch. In einer halben Stunde sind Sie in Al Quds, wie wir Palästinenser unsere Hauptstadt nennen, Inshallah! Am Checkpoint Qalandia können Sie mit Ihrem Gepäck im Bus bleiben. Nur wir müssen aussteigen."

Er wartete, bis der Bus abfuhr, und Herzog winkte zum Abschied. Nazim Banat hatte er es zu verdanken, dass er in den letzten Stunden fast vergessen hatte, warum er nach Jerusalem wollte. Nun nahm seine innere Anspannung erneut zu.

Es wurde dunkel und der Checkpoint Qalandia lag gespenstisch im Scheinwerferlicht. Die Mauer, von der Herzog schon gehört hatte, war übersät mit Graffitis. Eine Soldatin mit einem M16-Schnellfeuergewehr, Stahlhelm und Panzerweste kam in den Bus:

„Passport!"

Herzog holte seinen Pass aus der Jackentasche.

„Visa!"

Sie machte sich nicht die Mühe, in dem Pass des Fremden zu blättern. Herzog suchte in der schlechten Beleuchtung des Busses nach seinem Visum. Durch die Fenster sah er einen jungen Palästinenser, der sein Hemd über den Kopf ziehen musste, als hätte er einen Sprengstoffgürtel um den Bauch. Der Inhalt seiner Reisetasche und ein Musikinstrument lagen auf dem schmutzigen Asphalt. Die Soldaten rauchten, lachten und spielten mit ihren Mobiltelefonen. Die anderen Fahrgäste sahen der Szene teilnahmslos zu.

In Jerusalem trat aus einer Gruppe ein junger Mann auf ihn zu.

„My name is Eyad. My uncle called me."

Sie gingen an Bussen und Verkaufsständen die Straße entlang und kamen an den Platz vor dem Damaskustor. Die nach unten führenden Treppen waren besetzt von Händlern, zwischen denen sich Frauen mit Kopftuch, Männer mit Pelzmützen und schwarzem Anzug, Soldaten in kugelsicheren Westen und Kinder mit bunten Windrädern bewegten. Einige geschäftig, als seien sie auf dem Weg nach Hause, andere bedächtig, die angebotenen Waren betrachtend. Die Soldaten vor allem betont träge, mit ihren Waffen und den ins Haar geschobenen Sonnenbrillen. Die Händler riefen immer wieder übereinstimmend ein einziges Wort, das sich wie „Maschkera!" anhörte. Die fliegenden Händler begannen bereits ihre Waren einzupacken.

Eyad läutete an einer Tür, die in eine unscheinbare Mauer eingelassen war. Als der Türöffner ertönte, verabschiedete er sich. Herzog wollte ihm für seine Dienste Geld anbieten, denn er alleine hätte sich in diesem Gewirr von Gassen und Menschen nicht zurechtgefunden, aber Eyad lehnte ab.

„No, Mister, no. You are friend of my uncle."

Innerhalb kürzester Zeit hatte er also in Palästina einen Freund gefunden. Das tat nach den Erlebnissen der letzten Tage gut. Er bat Eyad um die Telefonnummer seines Onkels und steckte den Zettel in die Brusttasche seines Hemdes.

Zu spät

Der Fahrt nach Jerusalem und den Tagen, die er dort verbrachte, haftete etwas unwirklich Märchenhaftes an. Dies hing sicherlich mit der Begegnung mit Nazim Banat zusammen, aber auch mit dem *Österreichischen Hospiz.* Hatte man die ersten Stufen hinter sich, öffnete sich der Blick auf zwei Säulen und das Portal dieses Gebäudes, das man in Venedig einen Palazzo nennen würde. Es war zu der Tageszeit, als Herzog es zum ersten Mal durchschritt, von zwei Leuchtern erhellt: ein geradezu königlicher Eingang für den Statthalter des österreichischen Kaisers im Heiligen Land und alle späteren Besucher.

„Sie ham Glück", sagte der junge Mann an der Rezeption, als er Herzog den Zimmerschlüssel übergab. „Ein Zimmer im zweiten Stock ist noch zur Verfügung."

Obwohl er sich bemühte Hochdeutsch zu sprechen, verriet das in der Kehle ausgesprochene „ck" des Wortes „Glück" seine Herkunft aus dem tiefsten, bereits verschneiten Tirol. Auf dem Tresen, auf dem sich auch ein mächtiger Postkartenständer befand, stand der Bildschirm der Videoüberwachung. Eingang, Treppenhaus und der Gang im Erdgeschoss nach beiden Richtungen waren flimmernd zu sehen. Der Bildschirm fiel Herzog sofort auf. Er war sozusagen berufsmäßig darauf geeicht. Die Empfangshalle wurde von einem monumentalen Gemälde des gütigen Kaisers Franz-Josef behütet.

Herzog erfuhr, „der verehrte Herr Cwazek", der hier ein regelmäßiger Gast zu sein schien, würde vor dem Schlafengehen immer ein Glas Rotwein im Wiener Kaffeehaus zu sich nehmen, das sich in einem der angrenzenden Räume befand. Poldi musste also auch in der Fremde nicht auf seine Gewohnheiten verzichten. Er würde Augen machen, wenn sich Herzog plötzlich zu ihm setzte.

Herzog genoss den hohen Raum und das geheizte Zimmer, denn in Jerusalem spürte man den beginnenden Winter. Es war um einiges kälter als in Hué. Alles schien so weit zurück zu liegen, als wäre er schon Monate unterwegs. Der Mord an

Fliege, der Besuch Alinas, der junge Mann am Last-Minute-Schalter, die Flüge nach Bangkok und Hué, der ausgeklügelte Mord an Eldorado, das ungewöhnliche Zusammentreffen mit Le Thuy und die Entscheidung nach Jerusalem zu fliegen. Wusste Poldi von den Vorkommnissen oder trank er jeden Abend unbeschwert seinen Rotwein und genoss die Atmosphäre dieser Stadtvilla? War der Antiquitätenhändler zufällig in der Heiligen Stadt oder war seine Reise Bestandteil des Geschäfts, das er in dem Brief erwähnt hatte?

Er brauchte dringend Poldis Informationen. Was aber war, wenn der auf der Seite der Verbrecher stand? Saß Herzog dann, umgeben von der israelischen Armee, in der Falle und würde nicht wie Nazim Banat in ferner Zukunft in seiner Vaterstadt sterben? Herzog wollte überhaupt noch nicht an seinen Tod denken, dafür war er zu jung, obwohl er inzwischen wusste, die letzte Ruhe in einem Kühlfach war keine Frage des Alters. Er musste äußerst vorsichtig vorgehen.

Er beschloss das Wiener Café aufzusuchen. Es gab dort neben diversen Süßigkeiten wie Apfelstrudel und Sachertorte auch Deftiges. Er ließ sich ein Gulasch kommen und trank dazu Taybe-Bier, das in Palästina hergestellt wurde. Hier würde er in aller Ruhe auf Poldi warten und durch ein gutes Essen gestärkt versuchen, einen Schritt weiterzukommen. Am Nebentisch saß eine Gruppe Männer beim Kartenspiel. Den Gesprächen nach zu urteilen waren es Soldaten des österreichischen Bundesheeres, die zum Kontingent der Vereinten Nationen gehörten und zwischen zwei Einsätzen auf den Golanhöhen ein paar Tage in Jerusalem verbrachten. Sie schienen schon lange zusammen Dienst zu tun und kannten sicher jeden einzelnen der Witze, über die sie sich vor Lachen ausschütten konnten, wenn eine Runde gespielt war oder die Karten gemischt und neu ausgegeben wurden.

Hinter Herzog saß ein junger Mann, der seinen Laptop nicht aus den Augen ließ und mit nasalem Wiener Einschlag am Handy ein Projekt besprach, das von enormer Wichtigkeit oder Komplexität sein musste, denn er fragte seinen Gesprächspartner ein ums andere Mal, ob er alles verstanden habe. Zwischendrin schien die Telefonverbindung auszufallen. Der junge Mann sah dann sein Mobiltelefon völlig ratlos an und begann ungeduldig die Tasten zu bearbeiten.

In der Nähe der Getränkeausgabe unterhielten sich drei Österreicherinnen. Sie waren der Aufmerksamkeit der Soldaten nicht entgangen. Als eine der Damen Zigaretten auspackte, waren sofort zwei Kavaliere mit ihren Feuerzeugen zur Stelle. Ein höflicher, aber unterkühlter Dank zeigte der Friedenstruppe allerdings, das Kartenspiel würde das einzig Spannende an diesem Abend bleiben.

Zwei ältere Herren im Lodenjanker, denen Herzog am nächsten Tag noch einmal über den Weg laufen sollte, prosteten sich immer wieder mit einem Glas Rotwein zu, das Poldi hier auch bald bestellen würde. Ihre neugierigen Blicke konkurrierten mit den aufmunternden der Angehörigen der Alpenhauptkammarmee, aber die Damen schenkten auch ihnen keine Beachtung. Sie waren einfach nur guter Laune und mit sich selbst beschäftig. Die Männer konnten das anscheinend nicht verstehen.

Wie er später erfuhr, wurde das Café von jungen Leuten betrieben, die nicht nur aus Wien, sondern auch aus Vorarlberg, Niederösterreich und Tirol kamen. Der speziellen Atmosphäre nach zu urteilen hätte Herzog also genauso gut irgendwo in Österreich den Abend verbringen können. Irgendwann bestellte er sein drittes Bier. Als das Café um 22 Uhr geschlossen wurde, war er enttäuscht, denn Poldi war nicht aufgetaucht. Vielleicht trank er heute seinen Rotwein woanders. Er konnte nicht wissen, dass er erwartet wurde. Herzog hätte ihm gern eine Nachricht hinterlassen, aber die Rezeption war nicht mehr besetzt. Er ging schlafen und hoffte, in dieser Nacht von Alpträumen verschont zu bleiben. Beim Zähneputzen hörte er seinen Zimmernachbarn im Bad gurgeln.

Er schlief ungewöhnlich lange und vor allem traumlos tief. Wahrscheinlich war die Ursache dafür die angenehme Kühle oder die absolute Ruhe, die eingetreten war, nachdem um vier Uhr morgens die Gläubigen von den unzähligen Muezzinen der Heiligen Stadt über Lautsprecher zum Gebet gerufen worden waren. Er sprang sofort nach dem Aufwachen aus dem Bett. Wenn er Pech hatte, gehörte Poldi zu den Frühaufstehern und war schon wieder in Geschäften unterwegs. Er rannte zur Rezeption.

Der Antiquitätenhändler war abgereist.

Herzog ging zurück in sein Zimmer und setzte sich aufs Bett. Ratlos sah er auf seine Füße. Er hatte eine Nacht gemeinsam mit Poldi unter einem Dach verbracht, aber sie waren sich nicht über den Weg gelaufen. Er hatte sich einfach ins Café gesetzt und gewartet. Unter anderen Umständen hätte er über seine Dummheit gelacht. Kurz vor dem Abitur hatte die Englischlehrerin an die Tafel geschrieben: „To know nothing is bad – to learn nothing is worse!“ Dieser Satz schien noch heute für ihn zu gelten.

Er hatte kein Gefühl dafür, wie lange er sich seiner Wut hingab. Sie war beileibe kein Orkan, eher eine trotzige Energie. Irgendwann zog er sich an, ohne geduscht zu haben oder sich wenigstens die Haare zu kämmen, und ging noch einmal zur Rezeption. Ja, meinte die junge Dame der Frühschicht, Herr Cwazek sei zeitig am Morgen von einem Taxi abgeholt worden. Gestern gegen halb zehn sei er zurückgekommen. Vielleicht, dachte Herzog, hat er am Gästecomputer gegenüber der Rezeption sogar noch seine Emails abgerufen.

Vor ihr lag der Belegungsplan. Ein Blick bestätigte Herzog, was er befürchtet hatte: Im zweiten Stock waren die Namen Herzog und Cwazek nebeneinander eingetragen.

Poldi war also, während Herzog beim Bier saß, keine zehn Meter entfernt an ihm vorbeigegangen. Er dachte, hätte mir das Schicksal nicht nach dem zweiten Glas auf die Blase drücken können und mich auf die Toilette schicken? Wahrscheinlich wäre ich ihm direkt in die Arme gelaufen. Außerdem waren wir die ganze Nacht Wand an Wand gelegen. Ich hatte ihn sogar gehört, als er gurgelte! Näher hätten wir uns nur noch kommen können, wenn wir gemeinsam an einem Tisch gesessen wären.

Eine hundertprozentige Chance war auf idiotische Weise vertan. Herzog musste aus dem Loch kommen, das er sich selbst geschaufelt hatte. Sein Kreislauf musste wieder in Schwung gebracht werden, am besten mit einer gehörigen Ladung Adrenalin.

Er brauchte einen Kick, ganz gleich wie der aussah. Hinter ihm ging eine Gruppe gut genährter Amerikaner Richtung Café. Er folgte ihnen dorthin, wo es keine Videoüberwachung gab. Ein Zweimetermann, der vor seiner Pilgerphase vielleicht ein guter Basketballer gewesen sein mochte, bestellte an der Theke *the famous applestrudel* und ließ ihn mit zwei Portionen Sahne zudecken. Er holte aus der Seitentasche seiner Trekkinghose ein Bündel Dollarnoten und steckte sie, nachdem er gezahlt hatte, wieder dorthin zurück, ohne die Lasche zuzuknöpfen. Herzog nahm sich vor, ihn zunächst in Ruhe essen zu lassen. Außer den Amerikanern war er im Moment der einzige Gast. Unter Umständen war der Basketballer früher ein gefürchteter Cop bei der New Yorker Polizei gewesen. Das konnte alles mit einem Schlag noch unangenehmer machen.

Nach einigen Runden Apfelstrudel mit Sachertorte, vielen Sahnehäubchen und Diät-Coke machte man sich auf den Weg zur Dachterrasse und speicherte die grandiose Aussicht auf den Chips der Digitalkameras. Die goldene Kuppel des Felsendoms lag in greifbarer Nähe hinter einem Anwesen, das mit dem Davidstern versehen war und auf dessen Dach ein junger Mann mit einem Schnellfeuergewehr auf- und abging. Ausnahmslos alle lachten über einen Witz, der einen Rabbi als Hauptperson hatte. Wenn allerdings für Jerusalem unter

Umständen nur zwei Tage eingeplant waren, blieb nicht viel Zeit, auf einer Dachterrasse zu witzeln, auch nicht, wenn einen die Sonne dabei wärmte.

Im Treppenhaus, das zum Ausgang an der Via Dolorosa führte, drängten sich diese gut genährten Menschen, die zum Lobe Gottes oder zur Vergebung ihrer Sünden nach Jerusalem gekommen waren, und Herzog drängte sich mit ihnen. In einem Moment, den man pathetisch als „große Nähe" bezeichnen könnte, hatte er das Bündel Geldscheine zunächst zwischen Zeige- und Mittelfinger, dann in seiner Hosentasche. Er befand sich dabei zusammen mit dem Zweimetermann im toten Winkel der Videokamera. Plötzlich hielt er die Luft an. Er hörte eine Münze auf das Pflaster fallen, die er wahrscheinlich mit den Scheinen aus der Tasche gezogen hatte. Ein unverzeihlicher Fehler, der ihm zeigte, dass er nicht ganz bei der Sache war, aber niemand hörte die hellen Töne, denn in diesem Moment quietschte das eiserne Eingangstor und die Pilger machten sich gutgelaunt auf den Kreuzweg Christi.

Auch diesmal war er erstaunt, mit wie viel Bargeld die Menschen unterwegs waren. In Zeiten der Krise schienen sogar die Amerikaner dem geliebten Plastikgeld, auf das sie einmal so stolz waren, nicht mehr zu trauen. Warum aber brauchte ein Mensch, der eine Führung durch die Altstadt Jerusalems machte, vierhundertsiebzig Dollar? Der Betrag überstieg bei weitem das, was er am Ende an Trinkgeld zu geben bereit war, auch wenn er seine sämtlichen Sünden losgeworden sein sollte.

In den Gassen der Altstadt hätte Herzog diese Aktion niemals gewagt. Sicher war die Heilige Stadt unter den hiesigen Rinaldos genauso aufgeteilt wie die Fußgängerzone in München, das Oktoberfest oder das Stachus-Untergeschoss.

Ein französischer Schriftsteller, der sich Alain nannte, hatte einmal behauptet, Glück sei die Belohnung, die nur denen zuteil werde, die sie nicht gesucht haben. Genau das traf auf einen erfolgreichen Kunstzieher zu. Herzog hatte den Amerikaner weder gesucht noch unter den anderen der Gruppe ausgewählt. Er war ihm zugelaufen, wie manchen Menschen eine Katze zuläuft. Er wollte keine vierhundertsiebzig Dollar. Wären es fünfundfünfzig gewesen oder fünfhundert, wäre der Erfolg für ihn der gleiche gewesen. Er wäre nicht enttäuscht gewesen, wenn er leer ausgegangen wäre, denn Geld bedeutete ihm nichts.

Geld war für ihn weder klingende Münze noch ein Gegenstand der Sorge, nichts, was Träume wahr machte, und nichts, nach dem er Sehnsucht hatte. Letztlich war es der Kick, der Kitzel, der Cocktail aus Adrenalin, Blutdruck und Hormonen, den das Kunstziehen bescherte. Wahrscheinlich gab es dafür eine einfache medizinische Erklärung und irgendwann würde jemand in einem Fachjournal behaupten, solche und ähnliche Veranlagungen seien genetisch bedingt und könnten mit einem ungefährlichen Eingriff nach der Geburt behoben werden. Und wenn derjenige Glück hatte, bekam er für diese Entdeckung den Nobelpreis.

Herzog ging es auf jeden Fall nach dem kleinen Zugriff besser. Er dachte, hervorragend, du kannst es noch, es gelingt dir, die entscheidende Zehntelsekunde mühelos und instinktiv zu nützen.

Manchmal begleitete er seine Sophisten, die er nicht gerne Opfer nannte, noch ein Stück auf ihrem weiteren Weg, weil es ihn interessierte, wie sie reagierten, wenn sie merkten, dass ihre Lebensgrundlage schmäler geworden war. So ging er auch diesmal in gebührendem Abstand hinter der Gruppe her, genauer, er ließ sich durch den Markt schieben. Ab und zu musste er einem der dreirädrigen Karren ausweichen, die in den überdachten Gassen die Geschäfte mit Waren versorgten. Manchmal verlor er die Amerikaner aus den Augen, weil ihn eine Auslage begeisterte, die vollgestopft war mit goldenen Armkettchen, Anhängern und Ohrringen, oder weil ihn ein Händler durch die Art, wie er Gewürze anpries, fesselte.

Dieser Sukh, wie die Araber ihren Markt nannten, war ein Paradies. Ein Gewirr von Gassen, Engstellen, an denen sich alles staute, unübersichtlichen Winkeln, schmalen Toren, die in feuchte Kirchen oder ungemütliche Grabmäler führten, ein dichtes Gedränge von Händlern, die um diese Jahreszeit dicke Westen und Mützen trugen, von Pilgern mit Gebetbüchern unter dem Arm, Bewohnern, die grüßend an den Läden vorbeigingen, und Touristen. Tausende zur Schau getragene Kameras, Perlenketten, Ringe, Mobiltelefone, offene Handtaschen, verführerische Rucksäcke, und immer wieder Geld, Geld, Geld …

Es passierte nicht oft, dass man einen Kollegen bei der Arbeit beobachten konnte, denn niemand ist so darauf bedacht, seine Fähigkeiten für sich zu behalten, wie der Kunstzieher. Es sind in der Regel scheue Menschen. Man erkannte sie, wenn man einen geschulten Blick dafür hatte, an ihrer Unauffälligkeit. Und diese Unauffälligkeit konnte man nur deuten, wenn man selbst dieser Berufung nachging. Deshalb taten sich Polizisten so schwer bei ihren Ermittlungen.

Herzog beobachtete einen jungen Mann, der unbeteiligt an einem Obststand lehnte. Er rauchte und sein schläfriger Blick verfolgte die Handtaschen, die an seiner Nase vorbeizogen. Eine Gruppe von Pilgern mit blau-roter Fahne und einer Sonne in einem weißen Dreieck blieb in der Nähe stehen. Sie versammelte sich um den sündigen Kreuzträger und stimmte einen Choral an. Der junge Mann drückte seine Zigarette aus, wartete noch einen Augenblick und näherte sich dann wie zufällig. Er drängte sich durch die Betenden. Als er seinen Schritt mit einem Mal beschleunigte, wusste Herzog, er war erfolgreich gewesen. Natürlich konnte er nicht sehen, worauf er erpicht gewesen war, denn jeder Kollege setzte seinen Körper ein, um sich abzuschirmen, aber seine Bewegungen waren für Herzog ein untrügliches Zeichen. Ohne sich noch einmal umzudrehen, verschwand er im nächsten Hauseingang.

Hätte ihn selbst jemand in diesem Moment ausgenommen, er hätte es nicht gemerkt, so fasziniert war er. Die Amerikaner waren längst aus seinem Blickfeld verschwunden. Er kaufte sich eine Tüte Pistazien und zahlte wahrscheinlich das Dreifache von dem, was ein Einheimischer bezahlt hätte, aber er war nach langer Zeit wieder einmal richtig glücklich und ließ dem erstaunten Händler sogar das Wechselgeld. Vielleicht hätte der sich mehr gefreut, wenn Herzog um den Preis von zehn Shekel gefeilscht hätte.

Wenn man so wie Herzog beidhändig arbeitete, war es notwendig, die schwächere Hand ständig zu trainieren. Jonglieren war eine gute Möglichkeit die Koordination beider Hände zu verbessern. Nur wenn sie synchron agierten, konnte man die Bälle in der Luft halten. Um die Feinmotorik zu entwickeln, nahm er oft die Gabel in die rechte und das Messer in die linke Hand oder legte die Maus auf die linke Seite des Computers. Man musste dann mit dem Mittelfinger die linke Maustaste drücken und mit dem Zeigefinger die rechte. Die drei kleinen roten Schaumgummibälle, die er auf Reisen immer in der Hosentasche hatte, boten eine gute Voraussetzung für zusätzliche Fingerübungen und hielten darüber hinaus das Gehirn am Laufen. Er konnte sie beliebig oft auftauchen und wieder verschwinden lassen.

Beidhändig arbeiten zu können erleichterte vieles. Rechtshänder steckten ihren Geldbeutel grundsätzlich in die rechte Hosen- oder Gesäßtasche. Man sah es am ausgebleichten Abdruck oder an den Ausbeulungen. Man brauchte also die linke Hand, wenn man neben ihnen stand und in dieselbe Richtung schaute. Rechtshändige Frauen hängten ihre Handtaschen auf die linke Schulter. Um an diese Taschen zu kommen, war die rechte Hand notwendig. Je geschmeidiger und schneller, vor allem aber behutsamer die Bewegungen waren, desto weniger Risiko ging man ein. Wenn man wirklich gut war, musste die Geschicklichkeit selbstständig arbeiten, während man den

Atem ruhig hielt und der Puls normal weiterlief. Der Kick kam in der Regel erst, wenn die Aktion abgeschlossen war. Nur Anfängern brach der Schweiß aus.

Beim ersten Mal hatte Herzog so feuchte Hände gehabt, dass ihm beinahe seine Eroberung aus der Hand gerutscht wäre. Es passierte in einer Straßenbahn. Ein Geldbeutel in einer Gesäßtasche. An den Mann konnte sich Herzog nicht mehr erinnern. Kurz vor einer Haltestelle, als ein paar Jungendliche ihn förmlich an den Mann pressten, weil sie aussteigen wollten, bediente er sich. Der Kartenautomat in der Nähe der Tür schirmte ihn gegen die Blicke der anderen Fahrgäste ab. Er ging dann in den hinteren Teil des Wagens und fuhr noch zwei Stationen. Der Mann hatte nichts gemerkt, genauso wenig wie vor einer halben Stunde der amerikanische Pilger.

Herzog ging zurück zur Via Dolorosa. Sein Herz war das, was man richtig weit nennt.

Schloss man das Eingangsportal zum Palast des österreichischen Statthalters im Heiligen Land, trat man von einer lauten Welt voll Farben in die stille Welt habsburgischer Eleganz. Herzog setzte sich in den Garten des Cafés, der von Palmen und Eukalyptusbäumen eingerahmt wurde. Er bestellte einen „Großen Braunen", den er auch sonst in Österreich bestellte. Auf einer Anrichte lagen verschiedene Zeitungen.

Die beiden Herren im Lodenjanker vom Vorabend saßen am Nebentisch, vor sich je ein Stück Sachertorte.

Herzog hörte den Satz: „Wird a bissl fad wern, ohne den Poldi."

Sie kannten also den Antiquitätenhändler und waren mit ihm durch Jerusalem gezogen, genauso wie Fliege zu seinen Lebzeiten mit Poldi durch Hué gezogen war – wenn das in der Heiligen Stadt in diesem Sinn überhaupt möglich war.

„Entschuldigung, die Herren, ich wollte Poldi Cwazek hier treffen, aber offensichtlich ist er schon abgereist."

„Ah, Sie kennen ihn?" Der eine sah den anderen an.
„Ja, wir haben uns öfter in München getroffen." Dass dies in den letzten Jahren nicht mehr der Fall gewesen war, verschwieg er.
„Jo, jo, die Münchner ..." War dies nun eine Frage oder einfach so dahingesagt, um nicht weiter antworten zu müssen? Herzog musste irgendwie eine unverdächtige Unterhaltung in Gang bringen, aber er war keine Leuchte im Ausfragen. Das war ihm schon bei Margret nie gelungen, wenn er etwas über ihre Männer erfahren wollte.
„Sie wissen nicht zufällig, warum er abgereist ist?"
„No jo, ich glaub, s'Gschäft ..." eine lange Pause, „lauft nimmer mehr so wie früher."
„Nein, ich bin der Meinung", versuchte es der andere auf Hochdeutsch, „er ist wegen einer..."
„No jo, wos waaß ma? Außerdem, es is bald Advent", unterbrach ihn der, der die unbestimmte Aussage über die Münchner gemacht hatte, „Sie müssn entschudign, aber mir müssn. Herr Ober, zahlen!"
Damit war das Gespräch beendet. Was wussten sie? Um welches Geschäft handelte es sich? Vielleicht hatten sie Poldi überhaupt nur zufällig hier getroffen, seine Gesellschaft und seine Geschichten bei einem Glas Roten, oder mehreren, genossen. Sie schienen keine Ganoven zu sein, aber heutzutage war es schwierig einen Ganoven zu erkennen, wenn schon katholische Priester kleinen Jungen in die Hose fuhren, britische Minister ihre Pornovideos über die Staatskasse abrechneten und Landespolitiker die Hand aufhielten, ohne sich später daran erinnern zu können.
Herzog suchte sich unter mehreren Zeitungen den „Standard" heraus, eigentlich nur wegen der ungewöhnlichen rosa Farbe. Unter den Auslandsmeldungen fand er eine Notiz den Münchner Polizistenselbstmord betreffend. Der Leichnam war inzwischen von der Gerichtsmedizin zur Beerdigung freige-

geben worden. Die Zeitung war vom Vortag. Poldi konnte also die Meldung gelesen haben, aber musste er deswegen gleich an seinen Freund in München denken? Wenn er versuchte hatte, Fliege zu erreichen, war das seit einer Woche nicht mehr möglich. Vielleicht hatte das einen Verdacht in ihm ausgelöst und er war abgereist. Möglich. Genauso möglich aber war, dass er aus völlig anderen Gründen zurück nach Wien geflogen war, zum Beispiel, weil ihm die beiden Lodenjanker auf die Nerven gegangen waren.

Im Zimmer suchte Herzog die Telefonnummer heraus, die ihm Margret gegeben hatte. Wenn er am frühen Morgen abgeflogen war, konnte Poldi inzwischen in Wien sein.

Eine Frauenstimme meldete sich: „Galerie Cwazek.“ Es lag eine leichte Fragestellung in beiden Worten.

„Ich hätte gern den Poldi gesprochen, wenn das möglich ist.“ Es schien Herzog sinnvoll zu sein, in vertraulichem Tonfall den Vornamen zu nennen.

„Der Herr Cwazek ist nicht in der Galerie.“

„Wo kann ich ihn denn erreichen?“

„Den Herrn Cwazek können Sie nicht erreichen.“

„Können Sie ihn erreichen? Es ist wichtig!“

„Nicht ich erreiche den Herr Cwazek, wenn etwas wichtig ist. Er erreicht mich.“

Es schien mehrere Menschen zu geben, die diesen Satz als Drohung verwendeten. Vielleicht hatte ihn Alina von dieser Frauenstimme übernommen.

„Würden Sie ihm wenigstens etwas ausrichten?“

„Wenn Sie meinen.“

„Könnte er mich bitte unter der Mobiltelefonnummer …“ Weiter kam er nicht.

„Der Herr Cwazek ruft grundsätzlich nicht zurück.“ Inzwischen wäre er froh gewesen, wenn die Frau am anderen Ende der Leitung einfach aufgelegt hätte.

„Ich bitte Sie ….“

„Bitten Sie nur.“ Sie ließ ihn einfach abtropfen.

Herzog versuchte es mit einem Trick: „In Jerusalem sagte Poldi …“

„Warum sagen Sie nicht gleich, dass Sie Herrn Cwazek in Jerusalem getroffen haben?“ Plötzlich flötete die Stimme, die vorher so abweisend gewesen war: „Er kommt nicht nach Wien zurück, aber Sie können ihn in Prag erreichen. Warten Sie bitte, ich gebe Ihnen die Nummer des Hotels, in dem er immer logiert.“

Klar! Ein Leopold Cwacek übernachtete nicht irgendwo, sondern logierte. Sie schien die Informationen direkt vor sich auf dem Schreibtisch zu haben, Herzog notierte die Nummer und bedankte sich.

„Nichts zu danken und bitte“, die Stimme wurde noch um einen Tick freundlicher, fast unterwürfig, „bitte zögern Sie nicht, wenn ich noch irgendwie helfen kann.“

Er ging zurück ins Erdgeschoss, um seine Emails zu checken. Ein junger Mann saß vor dem Gästecomputer und schaute sich in aller Ruhe Nacktfotos an. Als Herzog in seiner Nähe auf einem Sofa Platz nahm, wechselte er zu Facebook. Er schien viele Freunde im virtuellen Raum zu haben, denn es dauerte ewig, bis er aufstand und ohne Gruß verschwand.

Margret hatte sich gemeldet:

Hi Buddy,
gestern war ich auf Flieges Beerdigung. Im Trauerzug befanden sich vor allem Kollegen in Uniform mit einer schwarzen Binde am rechten Oberarm. Ein Polizeioffizier hielt eine unbeholfene, pathetische Rede, in der mehrmals das Wort Gerechtigkeit vorkam. Er sprach von einer Tragödie. Ein Kollege präsentierte ein Schild mit der Aufschrift: „Die Besten gehören zu uns. Du warst einer der Besten!“ Hat es eigentlich in letzter Zeit mehrere Cops in München erwischt?

Es gab keine Bemerkung darüber, ob es sich um einen Mord handeln könnte. Dementsprechend war auch nicht die Rede von einer Spur. Der Mörder läuft also immer noch frei herum. Das macht mir Sorgen.

Direkt hinter dem Sarg ging eine schmale Frau in Schwarz mit einem Jungen an der Hand. Offensichtlich die Frau, mit der dein Freund einmal verheiratet war. Ein ganzer Pulk von Journalisten mit Fotoapparaten, Kameras, Tonbandgeräten und Schreibblöcken, die auf fremden Gräbern herumtrampelten, erdrückte sie fast, nur um ein Bild oder ein Schluchzen der beiden Unglücklichen zu ergattern. Ein schmieriges Volk, diese Presseleute.

Nach der Beerdigung bin ich noch einmal zum Grab zurückgegangen, um ein paar Beobachtungen anzustellen. Und nun halte dich fest: Ein Kranz hatte die Aufschrift: „In stillem Gedenken, Poldi". Was sagst du dazu? Er wusste also von Flieges Tod. Ich versuche bei der Friedhofsgärtnerei herauszufinden, ob er den Kranz von Jerusalem aus bestellt hat. Langsam interessiert mich dieses Abenteuer.

Hoffentlich erreicht dich meine Mail, bevor du ihn triffst, denn mir scheint es für euer Gespräch von großer Wichtigkeit zu sein.

Du glaubst es wahrscheinlich nicht: Du fehlst mir! Wann kommst du zurück nach München? Ich würde gerne an deiner Haut riechen und würde mich freuen, wenn du auch an meiner riechen würdest. Du bist überall willkommen, aber an einer Stelle besonders.

Mein lieber Buddy, ich küsse dich :-) und bitte, gib auf dich acht! Von deiner Sorte gibt es nicht viele Männer auf diesem Planeten.

Margret

Obwohl Herzog die vier Worte „In stillem Gedenken, Poldi" gut lesen konnte, wollten sie nicht in seinen Kopf. Er las sie immer wieder. Der Antiquitenhändler wusste also Bescheid. War er aus Jerusalem geflüchtet, weil er sich bedroht gefühlt hatte? Poldi hatte wahrscheinlich auch die Nachricht im „Standard" gelesen. Er musste annehmen, dass er sich in Gefahr befand, da die Täter noch nicht gefasst waren. War er nach Prag gereist, weil er sich dort sicherer fühlen konnte als in Wien? Unter Umständen war ihm sogar Eldorados Ermordung in Hué bekannt und er konnte, im Gegensatz zu Herzog, Schlüsse daraus ziehen.

Er schrieb an Margret:

hallo,
im moment habe ich von mir nicht den eindruck, ich könnte im entferntesten eine ausnahmeerscheinung sein. durch meine eigene dummheit habe ich den antiquitätenhändler verpasst. er ist abgereist, bevor ich ihn sprechen konnte.

unter anderen umständen könnte mir diese stadt gefallen, vor allem mit dir. das wetter ist wunderbar und es liegt genügend leichtigkeit in der luft, um das leben so richtig schön zu finden.

dein buddy

Sein Telefon läutete. Das Display zeigte einen unbekannten Anrufer. Als er die Verbindung herstellte, meldete sich niemand und unter der Liste der angenommenen Anrufe stand: keine Nummer. In der guten alten Zeit, bevor der Mensch das Mobiltelefon erfunden hatte, war man in Schwierigkeiten geraten, nur weil man irgendwo in einer fremden Stadt Geld abhob, einen Scheck einlöste, einen Brief abschickte oder einen bekam. Heute wusste jedes kleine Kind, mit einem Mobiltelefon konnte man seinen Besitzer innerhalb kürzester Zeit ausfindig machen. Schon die Stimme, die einem verriet, dass man im Moment nicht erreichbar war, verriet gleichzeitig, in welchem Land man sich befand.

Es gab Menschen, die sich verwählten, und Halbwüchsige, die einmal so wichtig sein wollten wie Erwachsene. Es gab fehlgeleitete Anrufe und unverbesserliche Witzbolde. In seiner jetzigen Situation machten ihn unbekannte Anrufer allerdings nervös.

Margret saß offensichtlich am Computer, denn innerhalb kürzester Zeit kam die Antwort.

Mein lieber Buddy,
wie du weißt, habe ich dir nicht zu dieser Reise nach Jerusalem geraten. Nun aber bin ich der Meinung, es bleibt dir nichts anderes übrig, als nach Wien zu fliegen. Und mein Gefühl sagt mir: möglichst schnell.

Ich kann mich ein paar Tage frei nehmen. Ich erwarte dich am Flughafen in Schwechat. Sag mich Bescheid, wann du ankommst.

Ich versuche mit der Witwe Kontakt aufzunehmen und halte dich auf dem Laufenden.

Please take care
Margret

Margret machte nur Fehler in der deutschen Sprache, wenn sie aufgeregt war, und nahm sich nur ein paar Tage frei, wenn sie Probleme mit ihrem Partner oder Lover hatte. Zwei Tatsachen, die nicht zu Herzogs Beruhigung beitrugen. Herzog korrigierte das gemeinsame Ziel, drückte aber seine Freude über ein Treffen in Prag aus.

Als sein Telefon erneut läutete und wieder niemand auf seine Fragen antwortete, buchte er im Internet bei *Austrian Airlines* einen Flug über Wien in die tschechische Hauptstadt für den folgenden Nachmittag und gab seine Ankunftszeit an Margret weiter. Es galt also nur noch den Rest des Tages und die Nacht zu überstehen. Der folgende Vormittag würde damit vergehen, rechtzeitig am Flughafen zu sein, denn die Erfahrung bei seiner Einreise hatte ihn gelehrt, viel Zeit für die Durchlüftung des Gepäcks und unsinnige Fragen einzuplanen.

An der Rezeption nannte man ihm drei Lokale, die empfehlenswert waren. Das Restaurant *Papa Andreou* wegen seiner atemberaubenden Dachterrasse mit Blick auf den Felsendom, die Al-Aqsa-Moschee und die Erlöserkirche, den Garten des Hotels *Jerusalem* mit seinem Musikprogramm und – mit einem Augenzwinkern – das Original Wiener Kaffeehaus mit seinem berühmten Apfelstrudel hier im Haus. Herzog entschied sich für das Hotel Jerusalem. Es lag in der Nähe des Busbahnhofes, an dem er angekommen war. Er würde also den Weg auch in der beginnenden Dunkelheit finden, musste an den Soldaten vorbei die Gasse hinauf bis zum Damaskustor gehen und die Straße überqueren.

Am frühen Abend waren nur einige Tische besetzt. Der Garten war überdacht und Gasstrahler verbreiteten eine angenehme Wärme. Ein Ober, dessen Statur einem Sumoringer alle Ehre gemacht hätte, empfahl palästinensischen Wein und dazu einen Vorspeisenteller, die Spezialität des Hauses. Herzog fühlte sich aufgehoben. Wenn seine Reise glücklich zu Ende gegangen war, würde er wieder Kontakt zu Le Thuy aufnehmen, mit der er gerne hier gegessen hätte. Er konnte nicht verstehen, warum sie die Schulden ihres Mannes auch nach der Trennung noch beglichen hatte. Sie schien mehr zu wissen, als sie zu sagen bereit war, aber das war nicht verwunderlich. Sie konnte sich ähnliche Fragen zu seiner Person stellen, denn welche Rolle spielte er in ihren Augen in dieser Geschichte?

Vorsichtig, fast zärtlich servierte der Ober das Essen mit Händen, die größer waren als der Teller. Er brachte Herzog noch ein Glas Wein. Die Musiker begannen zu spielen. Ein junger Trommler, der sich mit geschlossenen Augen in eine Welt trommelte, die weit entfernt war von Soldaten und Kontrollen, legte den Teppich für einen alten Oudspieler mit einem karierten Hut. Wie ein Franzose ließ der eine erloschene Zigarette im Mundwinkel hängen. Für Herzogs Ohren klang die Musik sehr fremd.

Offensichtlich war das Restaurant beliebt bei Mitarbeitern internationaler Organisationen, die mit ihrem Laptop verwachsen waren und eine Wasserpfeife zum Arbeiten brauchten. Ohne die Musik zu hören starrten sie auf ihre Bildschirme, die wie kleine weiße Lampions auf den Tischen leuchteten. Junge Männer und Frauen, denen man nicht ansehen konnte, ob sie Palästinenser oder Israelis waren, lachten und rauchten um die Wette.

Ein Kapuzinerpater im braunen Habit und einer Meerschaumpfeife erzählte einer Gruppe von Pilgerinnen Geschichten aus dem Heiligen Land. Sie mussten unterhaltsam sein, denn in Abständen kam durch die laute Musik ein schepperndes Lachen an den Tisch. Der Pater zog dann zufrieden an seiner Pfeife und bestellte ein weiteres Bier. An einem Tisch tranken ein paar Männer starken schwarzen Tee mit Minze. Sie klatschten zur Musik und sangen. Einer war aufgestanden und tanzte. Er hatte den verlegenen Gesichtsausdruck eines Menschen, der nicht sicher ist, ob sein Verhalten in dieser Situation erlaubt war.

Das Lokal war an zwei Seiten von einer Mauer umgeben. Zur Straße mit dem Busbahnhof gab es eine Glasfront und die vierte Seite war mit dicken Plastikfolien gegen Wind geschützt. Eine dunkle Treppe führte von der Straße hinauf zu einer Schwingtür. Zwischen zwei Tischen sah Herzog plötzlich für einen Augenblick das Gesicht des kleinen Mannes im Monteursanzug, der in Hué mit Eldorado gesprochen hatte. Ein Gesicht, das er in Vietnam mit Sicherheit nicht wiedererkannt hätte, das aber hier, in einer völlig anderen Umgebung, herausstach. Im nächsten Moment war es verschwunden.

Was sollte er tun? Die Erscheinung seiner Fantasie zuschreiben, die schon bei einem fehlgeleiteten Anruf Alarmzeichen von sich gab? Er starrte immer wieder auf dieselbe Stelle, sah aber natürlich nichts, was er nicht schon gesehen hatte. Er hatte keine Lust, auf der nahezu dunklen Eingangstreppe oder einem spärlich beleuchteten Busbahnhof in ein Messer zu laufen. Das Notizbuch, das er für eine Weile völlig vergessen hatte, spürte er nun wieder in seiner Hosentasche. Er zwang sich, ruhig und gleichmäßig zu atmen.

Dann zahlte er. Als die Pilgergruppe aufbrach, mischte er sich unter sie. Er verließ mit ihnen das Lokal und hoffte inständig, sie würden nicht in einen der wartenden Busse steigen und ihn alleine wie auf einem Tablett zurücklassen. Allem Anschein nach wohnten sie wie er in der Altstadt, denn sie gingen schwatzend Richtung Damaskustor. Der Kapuzinerpater schritt voraus, als müsste er seine Schäfchen sicher durch muslimisches Feindesland bringen. Eine der Damen hatte sich vertrauensvoll bei ihm eingehängt, vielleicht weil sie der Meinung war, auch Kapuzinerpater bräuchten manchmal frauliche Wärme, oder einfach nur, weil er zu viel getrunken hatte. Er schien es auf jeden Fall zu genießen. Das Kreuz, das ihn als einen Diener des Herrn auswies und ihn vom Weg der Sünde abhalten sollte, hing nicht mehr auf seiner Brust, sondern baumelte auf dem Rücken im Schwung seiner Schritte hin und her und leuchtete wie ein Stern in der Dunkelheit.

Innerhalb der alten Stadtmauer war Herzog sicher. Dort standen die Zweierstreifen der israelischen Armee auf Sichtweite, auch wenn die kleinen Läden schon geschlossen hatten.

Als das Portal der bescheidenen Behausung des Österreichischen Kaisers im Heiligen Land hinter ihm zuschlug, lehnte er sich an die Wand. So gut das Essen geschmeckt hatte, es lag ihm nun schwer im Magen. Dann lief er die Treppe hinauf. Er wollte gerade um eine Ecke biegen, als eine aufgebrachte Stimme sagte:

„Abg'haut is er. Und liefern kanna a ned."

Es waren die beiden Lodenjanker. Was konnte Poldi nicht liefern? Herzog versuchte sich die beiden Herren mit einem Stückchen Papier in den zittrigen Händen und einem Röhrchen in der Nase vorzustellen. Natürlich konnte Poldi nicht mehr liefern, nachdem Fliege und Eldorado tot und damit die Lieferwege unterbrochen waren.

Bei Eldorado hätte er sofort auf Rauschgift getippt. Er hatte ausgesehen, als wäre er nicht nur durch Alkohol ruiniert gewesen. Also vielleicht mit Rauschgift gefüllte Buddhafiguren aus Burma, ausgehöhlt in Vietnam, versandt in Containern, letztlich freigegeben vom Zollfahner in einem deutschen Zolllager, ohne irgendeine Kontrolle. Fliege kannte das internationale Geschäft und die rauen Gepflogenheiten vom Boxen. Poldi wiederum wäre der ideale Verteiler für die vornehme Wiener Gesellschaft gewesen, die auch zahlungskräftig war. Ein Trio, das auf eigene Rechnung, vielleicht sogar im großen Stil arbeitete. Oder waren sie nur Rädchen in einer großen Firma?

„Reg di ned so auf." Es sollte eine beruhigende Antwort sein.

„Ned amoi an Bauchtanz hamma gsegn."

Herzog überlegte, ob Jerusalem der richtige Ort für ein Bauchtanzvergnügen war.

„Psst!"

„Eine völlig Niete, dieser Cwazek."

„No jo, ned ganz."

Die beiden Herren hatten ihre Zimmer erreicht. Herzog wartete noch einen Augenblick, dann ging er in den zweiten Stock. Er legte sich angezogen aufs Bett, ließ das Fenster geschlossen und stellte wieder einen Stuhl unter die Türklinke. Wahrscheinlich war der kleine Mann im Monteursanzug aus Hué nicht hinter ihm her gewesen, sondern hinter Poldi. Der aber war ihm entwischt. Daraus konnte man schließen, der Antiquitätenhändler stand auf der Seite von Fliege und Eldorado und war in höchster Gefahr. Wenn sich aber Herzog im Fadenkreuz befand, dann stand Poldi auf der anderen Seite. Im schlimmsten Fall war er der Drahtzieher der Morde und die Kranzaufschrift „In stillem Gedenken" bekam eine ganz andere Bedeutung.

Als sein Telefon läutete, war Alina in der Leitung.
„Du hast mir gerade noch gefehlt", sagte er.
„Es tut mir schrecklich leid. Ich muss mich für mein Verhalten entschuldigen. Weißt du, es ist nicht leicht für mich."
„Was willst du?"
„Ich dachte, vielleicht gibt es etwas Neues, etwas, das für mich von Wichtigkeit sein könnte."
Sie säuselte geradezu ins Telefon. Wahrscheinlich hatte sie nicht den Bericht des Gerichtsmediziners über ihren Mann gelesen, sondern auf diese Art die Informationen aus ihm herausgekitzelt.
„Die Sache riecht verdächtig nach Stoff, aber nicht windige Schulhofdeals. Internationale Geschäfte in großem Stil."
Es klang fast ein wenig zu cool. Alina pfiff hörbar durch die Zähne.
„Wo bist du?"
„Ich bin gerade auf dem Weg nach Prag." Der Satz war ihm herausgerutscht. Er hätte sich ohrfeigen können.
„Ausgezeichnet. Ich treffe dich dort am Hauptbahnhof. Wann kannst du mich abholen?"
Herzog schluckte mehrmals. Dann sagte er mit seiner weichsten Stimme:
„Alina Schätzchen, das ist zwar eine gute Idee, eine sehr gute sogar, aber die Sache ist gefährlich. Dein Sohn hat nur noch seine Mutter. Ich möchte nicht …"
Er ließ das Ende des Satzes offen, dachte an Margret und hoffte auf eine möglichst große Wirkung.
„Vielleicht hast du recht. Pass auf dich auf! Es gibt nicht viele von deiner Sorte."
Herzog hätte am liebsten die Verbindung unterbrochen. Gab es auch noch andere Sätze, die man über ihn sagen konnte?
„Lass mich nicht hängen, ich bitte dich." Es klang kläglich.
„Du kannst dich auf mich verlassen." Er legte auf.

Herzog hatte immer versucht, Floskeln zu vermeiden. Es hatte Situationen gegeben, in denen er lieber nichts sagte. Er ärgerte sich, denn er war Alina gegenüber zu nichts verpflichtet. Er hatte sich sogar für sie in Gefahr begeben, obwohl ihn dieses ganze Abenteuer nichts anging.

Eine Theaterleiche

Wenn in Prag die Maschine auf dem Rollfeld auslief, würde Herzog fast zwanzigtausend Kilometer in wenigen Tagen zurückgelegt haben und einer Erklärung der Vorfälle nur ein klein wenig näher gekommen sein. Er war unzufrieden mit sich selbst. Wer die Mörder waren, wusste er immer noch nicht. Er drehte sich im Kreis, sah immer wieder das Gesicht Flieges, das schief aus der Schlinge herauswuchs, manchmal verschmolz es mit den Schnitten in Eldorados Rücken. Sooft er das schwarze Notizbuch auch durchblätterte, er entdeckte kein Schlüsselloch, hinter dem er das Geheimnis hätte lüften können. Es hätte ihn nicht gewundert, wenn die Zahlenkolonnen, zusammengezählt, die Anzahl seiner Flugkilometer oder die Entfernung von der Erde zum Mond ergeben hätten.

In was war er da hineingeraten? Sein Leben war doch nach Jahren auf eine ruhigere Bahn eingeschwenkt. Einige Plätze in München verhalfen ihm zu einem angenehmen finanziellen Polster. Konzertsäle, in denen die Besucher in Trauben an Kassen, eng gedrängt am Buffet oder an Verkaufstischen standen, um sich von den Stars der Klassik ihre CDs signieren zu lassen. Ab und zu ein Feinkostladen in der Innenstadt und dann der Eisbach in der Nähe des Hauses der Kunst, auf dessen Brücke die Zuschauer so verzückt von den Künsten der Surfer waren und konzentriert über die Brüstung starrten, dass man ihnen Hemd und Hose ausziehen konnte. Wann war das gewesen? Vor langer Zeit.

Manche Menschen hielten Schwabing noch immer für den Nabel der Welt: das kleine Stück der Leopoldstraße, auf dem Schmuck, italienische Landschaften, grün karierte Tiger, mit Netzstrümpfen überzogene Frauenakte und sogar „Momente des Menschseins“ auf dem Gehsteig feilgeboten wurden. Am frühen Abend, nach einem Drink im *Roxy* oder einem der umliegenden Straßencafés, wurden dort Touristen zu selig lächelnden Flaneuren, die ihre Geldreserven in Ledertäschchen versteckten, gesichert am Hosengürtel. Nachdem am dritten

Stand vergeblich gehandelt worden war, blieben die Reißverschlüsse geöffnet, damit man schnell zuschlagen konnte, sollte sich doch noch eine Gelegenheit ergeben.

All dies waren Örtlichkeiten, die ein ruhiges Arbeiten ermöglichten und an denen Herzog die ausländische Konkurrenz mit ihren rüden Platzhalterattitüden nicht fürchten musste. Straßenbahnen mied er inzwischen. Sie konnten, genauso wie Flugzeuge, zu einer Falle werden.

Margret kam ab und zu bei ihm vorbei und blieb über Nacht. Er hatte sich sogar mit der Wohnung abgefunden, die er nie haben wollte und nach der er sich nun richtiggehend sehnte. Vor allem nach der exklusiven Aussicht auf die Berge, die Margret bei ihrem ersten Besuch so begeistert hatte, dass sie die Matratze aus seinem Bett auf den Balkon schleifte und er mit ihr wie auf einem Campingplatz übernachten musste. In letzter Zeit ging Herzog sogar manchmal spazieren, bei ihm ein Ausdruck verschwenderischer Entspanntheit. Eigentlich war er ein Glückskind! Warum also war er nicht in München geblieben, zur Polizei gegangen und hatte sich als Zeuge für den Mord zur Verfügung gestellt? Das hätte auch Alinas Probleme mit einem Schlag gelöst.

Aber Kunstzieher arbeiteten aus begreiflichen Gründen nicht gerne mit der Polizei zusammen und diejenigen, die es taten, waren keine Kollegen, sondern Spitzel, denen man die Zähne einschlagen sollte. Es war kein Widerspruch, mit einem Polizisten befreundet zu sein, der Polizei aber misstrauisch gegenüber zu stehen. Oft hatte Herzog sogar gedacht, vielleicht hilft dir deine Freundschaft zu Fliege irgendwann einmal aus einem Tief heraus. Das hatte sich nun auf eine ungute Art und Weise erledigt.

In Prag würde er den Kreis fast geschlossen haben, den er in Gedanken immer wieder abfuhr wie ein Steilwandfahrer. Die Fahrt, das hatte er erlebt, war abenteuerlich und gefährlich. Hoffentlich führte sie in Prag an ein Ziel. Eine Reise von der

Kälte in die Hitze, von der Hitze in die Kälte, zu der er sich hatte erpressen lassen.

Zwischen der angelehnten Tür von Flieges Wohnung und dem durchgesägten Bremsgestänge des Motorrads in Hué musste es eine Verbindung geben, auch wenn beide noch so weit auseinanderlagen. Hatte der Zollfahnder nicht Ferien am Gardasee erwähnt? Vielleicht liefen dort alle Fäden zusammen. Poldi würde darüber Bescheid wissen.

Eingewickelt in eine rot-weiß-rote Decke der *Austrian Airlines* hörte er in weiter Ferne Le Thuys Stimme, und je näher er dem europäischen Winter wieder kam, desto wärmer und sanfter erschien sie ihm. Er würde, angekommen in Prag oder beim Umsteigen in Wien, zumindest per Telefon nach Hué zurückkehren. Im Moment aber sah es nicht so aus, als würde er jemals in der tschechischen Metropole landen. Sie war in dichten winterlichen Nebel gehüllt und verschwand unter einer Schneedecke, die eine Landung unmöglich machte. Ratlos kreiste der Flieger über dem Land und der Kapitän versorgte die Passagiere mit spärlichen Auskünften aus dem Cockpit.

Margret ließ den Wagen ausrollen und lehnte den Kopf erschöpft an die Nackenstütze. Selbst mit geschlossenen Augen sah sie Schneeflocken auf sich zukommen. Immer aus ein und demselben Punkt, ein Stück über der Motorhaube, wirbelten sie ihr entgegen. Obwohl sie eine geübte Fahrerin war, war es schwer sich auf die Fahrbahn zu konzentrieren. Bei einer Steigung nahe der tschechischen Grenze, auf der die Lastwagen reihenweise quer standen, war sie überzeugt, dass sich Prag mit jedem Kilometer, den sie auf der Autobahn entlang kroch, weiter entfernte. Vielleicht käme sie erst im Frühling in dieser Stadt an oder die Autobahn war plötzlich zu Ende und ein schwarzes Loch schluckte die Blechlawine, bis kein einziges Auto mehr übrig war, keine Reifenspuren und kein Motorengeräusch.

Sie dachte an ein anderes schwarzes Loch, in das sie fast gefallen wäre, als sie das erste Mal bei ihrem Buddy übernachtet hatte. Die Wände waren plötzlich auf sie zugekommen und mit Müh und Not hatte sie es geschafft, die Matratze auf den Balkon zu schleifen und so zu tun, als hätte sie noch nie eine so grandiose Aussicht gesehen. Selma wäre stolz auf sie gewesen.

Von einer Raststätte aus versuchte sie den Flughafen zu erreichen. Sie erfuhr, das Flugzeug würde verspätet landen, und von einer Sekunde auf die andere genoss sie die Flocken, die nun ihrer Meinung nach weniger dicht fielen, machte ein paar Tanzschritte auf dem weißen Teppich und betrachtete ihre frischen Spuren.

Sie empfing Herzog auf dem Flughafen mit den Worten: „Ich habe uns in einem kleinen Hotel an der Moldau einquartiert. Dort sucht uns niemand und wir haben wenigstens für ein paar Stunden unsere Ruhe."

Schon auf der Fahrt vom *Vaclav Havel Airport* in die Innenstadt ließ Margret ihre rechte Hand wandern, so sehr Herzog sich auch dagegen sträubte. Sie überfuhr zweimal ein Rotlicht und kicherte dabei. Im Zimmer ließ sie die Badewanne fast überlaufen und stieg zu ihrem Geliebten ins Wasser. Ihre Hände glitten wie Fische mit der Seife über seine Haut. Schließlich trocknete sie ihn ab und vergaß dabei weder Rücken noch Zehen. Sie setzte sich auf ihn, legte die Hände flach auf seinen Brustkorb und hielt am Ende ihr Ohr auf sein Herz, um es schlagen zu hören. Sie küsste ihn lange, und erst da gelang es ihm, den von der Decke baumelnden Toten zu vergessen, den zerfetzten Körper Eldorados neben der schweren Maschine und die vielen tausend Kilometer, die er hinter sich gebracht hatte. Er fühlte die Nervenenden durch seine Haut stechen und Blitze in sein Inneres senden.

Margret streichelte ihn mit ihren Händen, ihren Lippen, ihren Haaren und ihrer seidenweichen Haut. Während sie ihn lockte, drückte sie ihn in die Kissen, und während sie ihn in die Kissen drückte, presste er sich an sie, als wäre er ohne sie verloren. Er deckte sie zu, weil Winter war, und vergaß dabei selbst die Kälte, die ihn auf den wenigen Metern vom Parkplatz zur Rezeption erschreckt hatte. Sie schliefen beide erschöpft ein, ineinander verschränkt, mit offenen Mündern, und blieben die wenigen Stunden bis zum Morgen in dieser Stellung liegen.

Herzog hätte nicht sagen können, ob er in dieser Nacht glücklich war, aber er fühlte sich geborgen und hatte zum ersten Mal seit Tagen nicht das Bedürfnis, einen Stuhl unter die Türklinke zu stellen. Nach dem Aufstehen versuchte er Poldi im *Michelangelo Grand Hotel* zu erreichen. Zu seiner Überraschung konnte die Rezeption sofort eine Verbindung herstellen.

„No servas, lebst du a no?"

Diese makabre Begrüßung erleichterte Herzog. Der Antiquitätenhändler war also noch bei guter Gesundheit. Ja, und auch er lebte noch.

„Lang nix g'hört von dir. Was treibt dich in die Goldene Stadt?"

Herzog versuchte leichthin zu sagen, er sei mit einer Geliebten unterwegs. Er wollte ihm nicht gleich am Telefon auf die Nase binden, warum er tatsächlich hier war.

„Na, dann lass anschaun des Mensch!", antwortete Poldi, als hätten sie gestern bei einigen Litern Wein den Abend in einem Heurigenlokal in Wien verbracht. Sie verabredeten sich für den nächsten Tag, denn der Antiquitätenhändler musste heute mit wichtigen Kunden, mit Prominenz, wie er sagte, zu Mittag speisen. Der darauffolgende Tag war für das Kloster Sv. Anežky České reserviert. Einen Teil der Räume wollte er für die Adventszeit mieten.

„Was hat er gesagt?", rief Margret aus dem Bad.

„Er hat sich nach dir erkundigt", sagte Herzog, denn den Wortlaut von Poldis Satz konnte er unmöglich wiederholen.

Margret erschien nur mit einem Handtuch um den Kopf in der Tür. Sie hatte eine Cremedose in der Hand.

„Buddy, es geht nicht um mich, sondern um dich. Wann wirst du das endlich begreifen?"

Er sah sie an. Jemand, der nur mit einem Turban bekleidet war, konnte nicht für sich in Anspruch nehmen, es ginge nicht um ihn. Margret wusste das.

Prag war ein Glücksort. Sie genossen den Vormittag ausgiebig wie ein frisch verliebtes Paar, bestellten im *Café Savoy* ein *Frühstück Deluxe.* Auf dem Weg zur Moldau blieb Herzog vor einem Plakat der Prager Philharmoniker stehen. Er dachte wehmütig an das Konzert im Herkulessaal. Es schien eine Ewigkeit her zu sein.

„Ich wusste gar nicht, dass du dich für klassische Musik interessierst. Nimmst du mich einmal mit in ein Konzert, Buddy?", fragte Margret.

„Natürlich", antwortete er wenig überzeugend und dachte daran, dass ein Konzertsaal für ihn weniger Unterhaltung als Arbeitsplatz war.

Sie schlenderten den Fluss entlang zur Karlsbrücke, die allerdings gesperrt war. Ein koreanisches Fernsehteam filmte ein Brautpaar beim Gang zum Standesamt. Der Bräutigam trug einen weinroten Anzug mit gelben Streifen an der Hose und sah damit aus wie ein Operettenoffizier. Das Brautkleid strahlte in Weiß. Es war schulterfrei und bodenlang. Jedes Mal, wenn die Szene wiederholt werden musste, wurde die junge Frau vorher in eine Decke gewickelt, damit sie nicht erfror. Riesige Scheinwerfer simulierten Sonnenschein, wie es sich für eine Hochzeit gehört. Herzog erstand in einem Geschäft in der Nähe des Wenzelsplatzes einen Mantel, damit auch er das nasskalte Wetter ertragen konnte. Margret fotografierte ihn von allen Seiten und schickte die Aufnahmen an die Familie in New York. Auch Selma wurde nicht vergessen. Im *Café*

Louvre spielten sie Billard und kamen sich vor wie in einem Hollywoodfilm.

Den Rest der Zeit besprachen sie die Lage und werteten Zeitungsberichte aus, die Margret mitgebracht hatte. Jedes der Boulevardblätter hatte sich bemüht, ein Foto des weinenden Jungen am Grab seines Vaters oder an der Hand seiner blassen Mutter zu zeigen. Der „Selbstmord eines erfahrenen Beamten" hatte, zumindest für ein paar Tage, andere Katastrophen in den Schatten gestellt. Eine neue Spur ließ sich allerdings nicht finden.

„Mord oder Selbstmord?", fragte Margret.

„Mord!"

„Bist du ganz sicher?"

„Die Mörder waren noch in der Wohnung, als ich ankam."

„Wir haben also zwei Morde …"

„Die miteinander zusammenhängen."

„Das wissen wir nicht. Beide Männer lebten von ihren Frauen getrennt. Hatten sie neue Partner oder ein Verhältnis mit jemandem?"

Margret sah ihren Buddy gespannt an.

„Kann sein. Meinst du, Mord aus … na ja, Eifersucht kann es nicht mehr sein."

„Bei Frauen ist alles möglich. Vielleicht ging es um Geld."

„Außerdem haben wir die Flucht des Antiquitätenhändlers aus Jerusalem."

„Auch das ist unsicher."

„Du vergisst die Aussage der beiden Männer im *Österreichischen Hospiz.*"

„Wenn jemand nicht mehr liefern kann, bedeutet das nichts." Margret war gerade dabei, Herzogs mühsam erarbeitete Theorie vom Rauschgifthandel zu zerpflücken. „Wenn sie etwas von Stoff gesagt hätten und wir wüssten, die beiden haben sich in solchen Kreisen bewegt, dann wäre das ein Hinweis. Mehr aber nicht. Vielleicht kann er auch keine Möbel mehr liefern. Schließlich ist er in dieser Sparte unterwegs."

„Was willst du damit sagen?"

„Du musst aus Cwa … wirklich schwer auszusprechen, dieser Name."

„Sag einfach Poldi."

„Du musst aus Poldi so viel herausholen wie möglich. Vor allem müssen wir wissen, auf welcher Seite er steht. Täter oder Opfer, verstehst du? Für uns ist es letztlich besser, er ist in die Sache verwickelt."

Herzog wunderte sich. Sein Fall war inzwischen ein Fall für ihn und Margret geworden.

Margret dachte an die Verhörmethoden, die im Irak angewendet wurden. Ein vornehmer Antiquitätenhändler aus Wien wäre ihrer Erfahrung nach schon zusammengebrochen, wenn man ihm einen Sack über den Kopf gezogen hätte, der getränkt war mit dem eigenen Urin.

„Vielleicht war Fliege als Zollfahnder einem vietnamesischen Verbrecherring auf der Spur und Eldorado hatte ihm die nötigen Informationen beschafft."

„Auch das ist möglich. Dann würden beide am Ende als tragische Helden dastehen. Und du bekommst eine Belohnung, aber nur, wenn du den oder die Mörder findest. That's the point!"

Das Hotel bot Karten für den Zirkus *La Putyka* an. Sie erkundigten sich, ob es notwendig sei, tschechisch verstehen zu können. Der Hotelbesitzer versicherte ihnen, es sei nur notwendig, die Augen aufzusperren. Und zwar ganz weit! Sie tauchten ein in ein Feuerwerk aus Licht, Farben und wunderlichen Kostümen. Nicht ein Artist kam jeweils auf die Bühne, um seine Kunst vorzuführen, sondern drei, vier, fünf Artisten, Schauspieler und schräge Vögel mit wackelnden angeklebten Ohren und Schleifen auf dem Kopf. Alles auf zwei Ebenen, so dass man nicht wusste, worauf man zuerst den Blick richten sollte. Eine Frau mit einer riesigen Brille jonglierte mit Fahrradreifen, ein Mann spielte mit zwanzig Federbällen, aber nicht mit einem Partner, sondern mit sich alleine. Eine Balletttänzerin trat auf einem schmalen Brett auf, in gut vier Metern Höhe. Puppen, die sich im Verlauf der Bewegungen als Frauen oder Männer herausstellten. Ein Rollstuhlfahrer am Rand der Bühne. Zwei Artistinnen verwickelten ihn in eine rasante Fahrt mit Überschlägen. Die Zuschauer in der ersten Reihe zogen ihre Köpfe ein. Margret dachte an Louise, die nach einem Hinterhalt in der Nähe von Bagdad mit einem Steckschuss und querschnittsgelähmt zurück in ihre Heimatstadt Dallas transportiert worden war. Sie war eine der Mutigsten gewesen, aber sie hatte den Weg zurück in ein Leben im Rollstuhl nicht mehr geschafft. Vielleicht hätte ihr eine solche Vorstellung geholfen.

Plötzlich wieder ein Lichtwechsel und Musik, die in gestrecktem Galopp gespielt wurde. Am Ende stiegen beide erschöpft von den vielen Eindrücken in ein Taxi, das sie zurück ins Hotel brachte. Margret fragte den Fahrer, der ein wenig deutsch sprach:

„Was bedeutet der Name *La Putyka?*"

Der Taxifahrer lachte. „Na was wohl? *Putyka* heißt Kneipe. Dort ist das Leben!"

In dieser Nacht lag Herzog neben Margret wach. Ihn ließ die Frage nicht los, was einmal aus ihm werden sollte. Für ihn gab es drei Möglichkeiten. So weitermachen wie bisher. Da er umsichtig und gewieft war, war die Wahrscheinlichkeit gering, erwischt zu werden. Und selbst wenn, er war nicht vorbestraft und konnte mit einem blauen Auge davonkommen. Allerdings musste er damit rechnen, dass die Banken in ihrem Bemühen, das Bargeld abzuschaffen, nicht nachlassen würden. Irgendwann würden alle mit ihrem Handy oder der Armbanduhr zahlen. Dann war die Zeit der Kunstzieher, aber auch die der Straßenmusikanten und Bettler vorbei. Langfristig also schlechte Aussichten!

Er konnte natürlich auch versuchen, sein Geschäftsfeld auszudehnen. Er dachte an einen Amerikaner, der sich den Titel „Graf" zulegte, um das Vertrauen seiner Kunden zu erschleichen. Mit seinem Namen würde er ganz gut beraten sein. Herzog Konstantin klang elegant!

Der falsche Graf war ein wahrer Gentleman mit Hut und dreiteiligem Anzug. Er war am Anfang nur ein kleiner Taschendieb gewesen, bis er auf den Dreh kam, als Direktor des französischen Post- und Telegrafenministeriums einem Monsieur Poisson den Eiffelturm zu verkaufen. 7000 Tonnen Stahl gegen ein Kuvert mit einem Scheck, der sofort eingelöst wurde. Herzog beunruhigte nur, dass der Graf letztlich im Gefängnis gestorben war.

Viel öfter dachte er allerdings an die beiden kalifornischen Studenten Farmer und Bass, die seine Träume beflügelten. Anfang der achtziger Jahre des letzten Jahrhunderts testeten sie einen Computer, der den Lauf einer Roulettekugel vorhersagen sollte. Das Gerät passte wie eine Einlagesohle in einen Schuh und konnte mit den Zehen bedient werden. Mit einem solchen Wunderding würde er einmal im Monat mit dem Taxi von München nach Bad Wiessee fahren und sein Konto auffüllen. Auch Baden Baden, das Casino in Marienbad oder Baden bei Wien waren Optionen. Er würde sogar ab und zu auf eine falsche Zahl setzen, um nicht aufzufallen. Im Laborversuch lieferte der Computer nicht nur gute, sondern fast perfekte Ergebnisse. Im *Sundance Casino* in Las Vegas, in dem von den beiden ein Feldversuch unternommen wurde, waren dann leider die Störungen durch andere elektrische Geräte so stark, dass der Traum zerplatzte. Zudem verbrannte sich Bass die Fußsohlen, als einer der Computer zu heiß wurde. Die beiden Erfinder gaben auf.

Blieb also für Herzog nur, das Studium abzuschließen und in einen stinknormalen Beruf zu wechseln. Versicherung? Nein. Bank? Nein. Automobilbranche. Schon gar nicht! Vielleicht sollte er es noch ein wenig laufen lassen, ohne dass Margret Wind davon bekam. Über diesem Gedanken schlief er ein.

Am nächsten Morgen beschlossen sie, gemeinsam mit der Straßenbahn zum Kloster zu fahren. Die Sonne strahlte über Prag und der Schnee war geschmolzen. Margret sollte am Eingang warten, denn Herzog wollte zunächst mit Poldi alleine sprechen. Er kam zu spät zum verabredeten Treffpunkt, denn Margret hatte ihn zum Abschied umarmt, als würden sie sich nie mehr wieder sehen.

Mit schnellen Schritten durchquerte er den Garten. Arbeiter luden Möbel aus einem Transporter. Im Kapitelsaal mit seinen unverputzten Ziegelwänden und der geschnitzten Säule in der Mitte wurde gerade gelb gefärbter Sand auf dem Terrakottaboden verteilt. Wahrscheinlich sollten darin die Ausstellungsstücke besonders gut zur Geltung kommen und das Weihnachtsgeschäft anheizen. Um für Besucher Wege freizuhalten, wischelte ein Mann mit einem Handbesen in gebückter Haltung durch den Raum, eine Hand auf dem Rücken, wie ein Eisschnellläufer, der sich in Zeitlupe bewegt. Herzog fragte nach dem Antiquitätenhändler. Der Angestellte deutete Richtung Kreuzgang und begleitete ihn. Dort entdeckten sie den Gesuchten an der Gartenseite sitzend. Der vorherige Abend musste anstrengend gewesen sein, denn der gute Poldi brauchte schon am Vormittag ein kleines Schläfchen. Er hatte eine solide Bräune und diese Art von Gesichtsausdruck, die man bei einem üppigen Leben und nicht allzu vielen Sorgen bekommt.

Herzog nahm sich vor, ihn sanft zu wecken, um ihn nicht unnötig zu erschrecken. Auch zu dieser kalten Jahreszeit trug Cwazek elegante italienische Halbschuhe, dazu einen

Flanellanzug mit blau-weiß gestreiftem Hemd und penibel gebundener Krawatte am Haifischkragen. Mantel und Blazer waren geöffnet und gaben den Bauchansatz frei. In der rechten Hand hielt Poldi beige Glattlederhandschuhe, einen kleinen Tick dunkler als die Farbe seines Kamelhaarmantels.

Das dunkle Blut, das sich Tropfen für Tropfen unter dem Stuhl sammelte, passte nicht zu dem ausgesuchten Farbcocktail seiner Kleidung. Als Herzog nur noch ein paar Meter entfernt war, rutschte Poldi langsam zur Seite, verlor seine Haltung und rollte auf den Boden neben eine kleine Buddhafigur. Luft entwich aus seiner Lunge. Er schien ein letztes Mal über sein unerwartetes Ende zu seufzen. Die Finger verloren ihre Spannung und lagen still und schlaff auf dem Steinboden, als würde er irgendwo in der Karibik am Strand schlafen.

Poldi hatte einen Stich im Rücken. Von dort führte eine Blutspur über den feinen Stoff abwärts. Selbst im Tod sah er noch aus wie eine Theaterleiche. Er hätte ohne weiteres aufstehen, das Jackett zurecht ziehen und Herzog unterhaken können, um ihn ins nächste Café zu einem Achtel Wein abzuschleppen – grinsend über seinen gelungenen Scherz.

Aber er rührte sich nicht und würde sich auch nie mehr rühren. Herzog öffnete seinen neuen Mantel. Er war ihm plötzlich zu eng. Einer der Möbelpacker kam aufgeregt mit einem blutigen Dolch angelaufen, den er zwischen Daumen und Zeigefinger hielt. Er blieb ratlos vor der Leiche stehen, die nun mehr und mehr einen linkischen Gesichtsausdruck annahm, als sei sie noch nicht an ihren jetzigen Zustand gewöhnt. Er musste die Mordwaffe im Sand gefunden haben, denn sie hatte an der Klinge eine gelbe Panade wie bei einem Wiener Schnitzel.

„Herr Magister, da is wos", sprach er die Leiche an.

Mechanisch begann er den Dolch zu säubern. Herzog hätte ihn darauf hinweisen müssen, dass er gerade wichtige Spuren vernichtete. Aber in seiner Schockstarre war er zu nichts fähig.

Dann sah der Mann Herzog von der Seite her an. „So etwas ist mir noch nie passiert, noch nie in meinem Leben", presste er heraus.

Wie auf Styroporkugeln schlitterte Herzog zum Ausgang, eine Wand schob sich zwischen ihn und seine Gedanken. Sein inneres Barometer stand auf Sturm. Luftdruck rasant fallend. Margret hakte ihn unter und führte ihn vorsichtig wie einen Blinden. Sie musste keine Fragen stellen. Wahrscheinlich stand der Mörder noch irgendwo in einer Toreinfahrt oder in dem weitläufigen Klostergarten.

In Herzogs Ohren machte sich ein schmerzhaftes Pfeifen bemerkbar, das ihn von seiner Umgebung abschnitt. Er wollte seine Rückenmuskeln straffen bis in die Hose hinunter, denn ein Gefühl in seinem Bauch sagte ihm, sein Darm würde sich jeden Moment entleeren, ohne ihn um Erlaubnis zu bitten. Der Mörder hatte ihn nun zum dritten Mal überrascht, und er war vom Tod wieder völlig unvorbereitet angesprungen worden. Bis er seinem Freund Fliege gegenüber stand, hatte er keine Erfahrung, weder mit einem plötzlichen noch mit einem langsamen Ableben. Um ein Haar hätte er hier dem Mörder bei der Arbeit zusehen können.

Obwohl sich Poldi in Gefahr befand, war Herzog mit Margret durch einen angenehmen Abend gesegelt. Warum hatte er nicht gestern noch versucht, den Antiquitätenhändler zu erreichen? Wäre Poldi auch dann ermordet worden, wenn er mit Margret eine halbe Stunde früher angekommen wäre? Er war fast um die ganze Welt geflogen, aber in letzter Sekunde waren ihm ein paar Küsse und die Umarmungen seiner Geliebten, bei der er nur dritte Wahl war, wichtiger gewesen. Sie waren nicht früh genug aufgebrochen. Trotzdem waren sie gemütlich mit der Straßenbahn die Moldau entlanggezuckelt.

Margret zog ihren Geliebten in ein Café. Sie hätte viel darum gegeben, wenn Selma da gewesen wäre. Der Blick ihres Buddy war reserviert und gleichgültig zugleich, wie der Blick eines

Menschen, der in die Ferne schaut, über eine weite Ebene hin. Herzog war nicht in der Lage zuzuhören. Er bestellte einen Schnaps. Als sie ihn später darauf ansprach, konnte er sich tatsächlich daran erinnern. Ein Schierlingsbecher, sagte er, hätte nicht schlimmer die Gurgel hinunter brennen können. Er war der Meinung, die Welt bekäme durch Alkohol wieder Konturen. Sie hatte andere Erfahrungen gemacht. Dabei waren Kopfschmerzen am nächsten Tag noch die geringsten Auswirkungen. Damit konnte sie sich aber in diesem Moment nicht beschäftigen. Sie mussten versuchen das Heft in die Hand zu bekommen. Manchmal war es besser aus der Deckung zu kommen und anzugreifen als immer nur den Kopf einzuziehen.

Am Tag nach Flieges Beerdigung hatte Margret die geschiedene Frau des Toten besucht und sich als entfernte amerikanische Verwandte des Polizisten ausgegeben. Der Sohn erzählte ihr bereitwillig, die Familie sei in den Ferien ein paar Mal an einem See gewesen, wo man ein Schiff in einen Hang gebaut habe. Ein Kriegsschiff mit echten Kanonen. Sie erfuhr von ihm, der Vater habe dort jedes Mal mit einem auffälligen Mann mit Hund gesprochen. Sie ließ den Jungen eine Zeichnung des Mannes anfertigen und belohnte seinen Eifer mit zehn Euro. Den Schein stopfte er achtlos in seine Hosentasche. Es sollte sich herausstellen, der Sohn des Polizisten war nicht nur zehn Euro, sondern Gold wert.

Margret fragte die Frau, ob sie nach dem Tod ihres Mannes zu jemandem Kontakt gesucht hatte. Und siehe da, eine der Personen war ihr Buddy gewesen.

„Wo haben Sie ihn getroffen?"

„Ist das für die amerikanischen Verwandtschaft meines verstorbenen Mannes von Wichtigkeit?" fragte Alina spitz zurück.

Margret dachte an den Ausdruck ihrer Großmutter, dass jemand Haare auf den Zähnen habe. Sie fragte nicht weiter, war aber sicher, der Lippenstift am Weinglas in Herzogs Wohnung war von Alina, der sie eine gewisse Attraktivität nicht absprechen konnte.

Ihre Nachforschungen hatten ergeben, es konnte sich bei dem See nur um den Gardasee handeln. Oberhalb des Ortes Gardone hatte der italienische Dichter d'Annunzio tatsächlich ein Kriegsschiff in den Hang betonieren lassen. Sie druckte sich einen genauen Lageplan aus, denn ihr Gefühl sagte ihr: Dort sind wir richtig! Dort müssen wir hin!

Herzog trank den Schnaps in kleinen Schlucken und wartete auf die Wirkung.

„Hätte ich nicht einmal rechtzeitig kommen können? Nur einmal!"

Er schlug mit der flachen Hand auf den Tisch. Der Ober sah zu ihnen hinüber. Am liebsten hätte er seine Wut an Margret ausgelassen, dabei bewunderte er sie für ihren Mut. Diese Frau kam nach Prag und mischte sich in ein tödliches Abenteuer.

„Wir müssen nach Italien … und zwar noch heute. Komm!"

„Wieso Italien?"

Margret erzählte ihm von ihrem Besuch bei Flieges Frau. Je länger der Bericht dauerte, desto mehr überkam Herzog ein Unwohlsein. Gott sei Dank war sein Telefon ausgeschaltet. Ein Anruf von Alina hätte ihm gerade noch gefehlt.

„Ich habe es heute Morgen glatt vergessen", sagte Margret leichthin. „Es wäre mehr als fair gewesen, wenn du mir von ihrer …" sie suchte nach dem richtigen Wort, „ihrer Kontaktaufnahme erzählt hättest."

Herzog verschluckte sich und prustete den Schnaps über den Tisch. Sein Gesicht war krebsrot geworden. Die Gäste am Nachbartisch wandten sich ab.

„Muss ich mir Sorgen machen, Buddy?", fragte Margret.

„Nein, nein. Es geht … es geht um eine Lebensversicherung."

„Lass mich raten. Ihr Mann hatte eine Lebensversicherung abgeschlossen. Die wird aber nur ausbezahlt, wenn …"

„Richtig, wenn er eines natürlichen Todes gestorben ist oder ermordet wurde."

„Geld. Das alte Motiv. Und sie hat dich gebeten, nach Hué zu fliegen ..."

„Fliege war mein ..."

„Lass mich ausreden. Und da du nicht zur Polizei gegangen bist, hatte sie dich in der Hand."

„Das weiß sie nicht, das weißt nur du und sonst niemand, ich schwöre!"

„Wenn sie ihren Mann auf die Seite gebracht hat, können wir uns die Reise nach Italien sparen."

„Das glaube ich nicht."

„Du kannst dir nicht vorstellen, wie viele Frauen ihre Männer umgebracht haben, aus Geldgier, aus Hass, aus Eifersucht, sogar aus Liebe!" Sie legte ihm beruhigend die Hand auf den Arm. „Aber sie war es nicht."

„Woher weißt du das?"

„Sie war in der fraglichen Zeit mit dem Jungen bei ihrer Mutter."

„Hast du das überprüft?" Er konnte es nicht glauben.

„Der Junge, oder, wie sie sagt, das Kind, hat es mir erzählt. Viele Morde passieren im Familienkreis, wahrscheinlich weil es gute Gründe gibt." Sie beugte sich ganz nah an Herzogs Ohr. „Ich könnte dich auch umbringen ... jetzt gleich, auf der Stelle."

Herzog sah sie entsetzt an.

„Das ist nicht dein Ernst!"

„Doch, aber hier sind mir zu viele Zeugen. Außerdem ..."

„Ja?" Herzog dachte, hoffentlich hat sie keine weiteren Scherze dieser Art auf Lager.

Margret überlegte. „Nichts. Lass uns gehen, Buddy. Ich habe das Gefühl, die Zeit drängt. Wir müssen an den Gardasee. We have to face the danger!"

Dabei lachte sie.

Sehnsucht nach Whiskey

Herzog hatte oft gerätselt, warum sie ausgerechnet ihn Buddy nannte. Vielleicht war Europa, war er, ihre Tauchstation. Er hatte ein paar Mal das Gespräch auf New York gebracht, aber sie war ausgewichen. Er wusste weder, wie lange sie schon in München wohnte, noch wann sie nach Amerika zurückkehren wollte. Vielleicht hatten ihre Eltern in der Lower East Side in Manhattan gar kein Wäschegeschäft.

Nun aber war es genau umgekehrt. Er war auf sie angewiesen.

Von Prag nach Gardone waren es über achthundert Kilometer. Margret redete die ganze Fahrt über. Die Reise belebte sie. Mitten in einer Baustelle zwischen Budweis und Linz brach die Sonne durch den tief hängenden Himmel. Die Fahrbahn glänzte wie ein Aal, der sich durch die Landschaft schlängelt. Kurz nach Wels bog die Autobahn für eine kurze Zeit nach Süden ab. Sie fuhren direkt auf die frisch verschneiten Berge zu. Wäre der Anlass der Fahrt ein anderer gewesen, zum Beispiel eine Hochzeitsreise, Herzog hätte einen Jodler versucht. So aber konnte er sich nicht einmal über die Kuppeln des Salzburger Doms freuen, die irgendwann auftauchten. Er hatte das Gefühl, Fliege, Eldorado und der Antiquitätenhändler in seinem Kamelhaarmantel saßen auf der Rückbank und sahen ihm grinsend über die Schulter.

Amerikanerinnen liebten Salzburg, auch wenn sie auf der Autobahn nur eine Tangente an die Stadt legten und einmal einen kurzen Blick von einer Anhöhe auf die Geburtsstadt Mozarts werfen konnten. Bei denjenigen, die es genießen, in Europa mit über hundert Kilometern pro Stunde fahren zu können ohne verhaftet zu werden, ein äußerst kurzer Blick. Margret sprach die beiden Worte „Wolfgang“ und „Amadeus“ aus, als würde es sich bei dem Komponisten um einen Zauberkünstler handeln, der noch heute mit magischen Kräften die Menschen unsterblich machen konnte.

„Hörst du es?“, fragte Margret.

Er hörte nur den Motor, der in einer hohen Drehzahl lief und das Rauschen, verursacht durch das offene Schiebedach.

Margret brüllte „Jedermann!“, als würde sie auf der Bühne des Domplatzes stehen.

„Wenn ich richtig informiert bin, ist das der Ruf, mit dem der Tod dem Lebemann mächtig einheizt. Ich kann nicht darüber lachen. Und tu mir einen Gefallen, fahr ein bisschen langsamer. Ich habe Angst um mein Leben.“

„Endlich kommt Schwung in die ganze Sache! Ich habe mich von der Verwandtschaft fortgestohlen mit der Lüge, Venedig, Paris und Rom würden auf mich warten. Und nun? Nun wartet eine crime story am Gardasee. Fantastisch! Wenn wir ein paar Stunden Ruhe haben, muss ich dir etwas erzählen, Buddy.“

Margret drückte das Gas durch, zog den Audi auf die linke Fahrbahn und überholte einige Lastwagen, deren Fahrer ihr ganzes Leben auf der Westautobahn, wie man in Österreich diese Verbindung nannte, verbrachten.

„Weißt du, dass zu Beginn der Autoära, also ganz zu Beginn, etwa um 1900, ein Medizinalrat Doktor …, den Namen habe ich vergessen, das Autofahren als eine Form der Trunkenheit beschrieb? Jungfrauen sollten deshalb nicht Auto fahren, denn die damit einhergehende Erschütterung würde sinnliche Enthemmungen verursachen.“

„Aber …“

„Ich weiß, ich weiß, ich bin keine Jungfrau mehr, Gott sei Dank, aber es macht einfach Spaß, so schnell zu fahren. Ich habe keine Lust öttl, öttl, öttl nach Bella Italia zu zuckeln.“

Ohne weitere Widerrede ergab er sich ihrem Geschwindigkeitsrausch und fragte sich, in welchem Wörterbuch wohl der Ausdruck „öttl, öttl, öttl“ stand. Er hatte den Eindruck, mit jedem Kilometer, den sie dem Gardasee näherkamen, würden sie sich auf das Auge eines Taifuns zubewegen. Bisher stand Herzog allerdings einem Unsichtbaren gegenüber, der sicher auch in einem Taifun noch einen Schritt schneller war als er.

Was waren wohl Poldis letzte Gedanken gewesen? Kannte er seinen Angreifer? Hatte er ihn vielleicht sogar freundlich begrüßt, bevor er von ihm ins Jenseits befördert wurde? Der Stich im Rücken deutete eher darauf hin, dass er gemeuchelt worden war. Sie würden nie den Grund kennen, warum er nach Jerusalem gefahren und dann plötzlich abgereist war. Wenn, ja wenn in Gardone nicht etwas Entscheidendes passierte.

Poldis Tod hatte ihn mehr mitgenommen als die Ermordung Flieges oder Eldorados, obwohl er ihn weniger gut kannte. Polizei und Verbrechen gehören zusammen. Da rechnete man anscheinend unbewusst mit dem Schlimmsten. Aber bei einem Antiquitätenhändler, der in der Wiener Innenstadt eine elegante Galerie betrieb und drauf und dran war, Prag zu erobern, dessen Sorgen vor allem der Farbkombination seiner Kleidung galten und der beim „Küss die Hand, gnä Frau!" durchaus auch den Ausschnitt der Dame im Blick hatte? Bei Eldorado war es der völlig verwahrloste Zustand gewesen. Haut und Knochen gehörten mehr zu einer Leiche als zu einem blühenden jungen Menschen, der er einmal gewesen war. Herzogs Gedanken begannen zu kreisen. Von Fliege zu Eldorado, von Eldorado zu Poldi, von Poldi zu Fliege, manchmal so schnell, dass ihm davon schwindlig wurde. Manchmal aber auch langsam wie in Zeitlupe.

Irgendwann in der Nähe von Innsbruck begannen die Kreise mehr und mehr auszufransen und er schlief ein. Wie in einem Fortsetzungsroman folgte ein Alptraum dem anderen. Ein großes Fischmaul kam immer wieder auf ihn zugeschossen und er konnte im Traum nicht unterscheiden, ob diese Fratze ihn verschlingen wollte oder auslachte.

Margret fuhr in die verschneite Mautstelle an der Brennerautobahn ein. Er wachte auf und sagte noch im Halbschlaf:

„Jetzt fehlt nur noch Emma."

„Buddy, who the fuck is Emma?" In ihrer Stimme lag eine gefährliche Schwingung.

„Emma hieß eigentlich Emmerich Lustig, aber alle nannten ihn Emma. Ein Klassenkamerad, der wie eine Klette an Fliege und Eldorado hing, obwohl sie ihn missachteten. Je mehr sie auf ihm herumtrampelten, desto unterwürfiger wurde er und bot sich ihnen an."

„Was ist aus ihm geworden?"

„Er verschwand am Ende der elften Klasse. Nein, am Ende der zehnten, denn Fliege saß noch neben mir."

„Einfach so?"

„Irgendetwas muss passiert sein, aber ich war damals mit meinen Noten beschäftigt. Mein Onkel hat immer gesagt, du machst das Abitur, und wenn ich dich hinprügeln muss."

„Hat er oft zugeschlagen?"

„Ich war im Internat, da hatte er wenig Gelegenheit dazu."

„Wann hast du Emma das letzte Mal gesehen?"

„Auf Eldorados Hochzeit. Da haben sie ihn rausgeschmissen."

„Denkst du, er ist in die Sache verwickelt? Rache ist ein starkes Motiv."

„Emma war ein Waschlappen. Vielleicht ein wenig hinterhältig, aber ein Feigling."

„Menschen können sich ändern."

Er sah Margret von der Seite an. Das schwache Licht des Kassenhäuschens machte ihr Gesicht noch durchsichtiger. Er wusste, ihrer Meinung nach war er für eine solche Art von Abenteuer nicht geeignet. Er war in ihren Augen ein Tollpatsch, aber er hatte auch seine Qualitäten. Sie lagen allerdings auf völlig anderen Gebieten. Für sie war er ein schrulliger Europäer, der beim ersten abendlichen Treffen einen riesigen Blumenstrauß mitgebracht hatte und in seinen Strauß so verliebt gewesen war, dass er ihn im Lokal den ganzen Abend bewunderte.

Er hatte ihr damals erzählt, er hätte seine Stelle bei einer Versicherung gekündigt, weil er in Dresden ein Haus geerbt hatte. Etwas Besseres war ihm auf ihre unerwartete Frage nach seinem Beruf nicht eingefallen. Vielleicht war auch ein wenig Imponiergehabe dabei gewesen. Er konnte ihr schlecht erzählen, er hätte sie beim ersten Zusammentreffen fast um ihren Geldbeutel erleichtert, obwohl er sich nicht mehr sicher war, ob sie darüber wirklich wütend gewesen wäre.

Sie hatte ihn gefragt: „Wie kann jemand seinen Job in einer Versicherung kündigen und einfach in den Tag hinein leben, nur weil er ein Haus geerbt hat?"

Darauf gab er natürlich keine Antwort. Zumindest in diesem Punkt war er ehrlich. Offiziell war er immer noch an der Universität eingeschrieben. Nachdem für sein Psychologiestudium die Regelstudienzeit abgelaufen war, wechselte er zu Betriebswirtschaftslehre. Einen Hörsaal oder Seminarraum hatte er allerdings schon lange nicht mehr von innen gesehen. Irgendwann würde diese Zeit zu Ende gehen und ihn unweigerlich vor eine Entscheidung stellen.

Bald darauf baumelte sein Kopf im Schlaf wieder hin und her. Margret drosselte die Geschwindigkeit. Sie wollte ihren Buddy nicht wieder wecken. Ein paar Stunden Schlaf würden ihm gut tun. Bei dem, was vor ihnen lag, war es für ihn besser ausgeschlafen zu sein. Sie konnte mit Schlafdefizit gut zurechtkommen. Wenig Schlaf hatte ihre Ausbildung begleitet. Zuerst bei der Armee und dann bei *Red Rocks.* Sie dachte an den Abend, an dem ihr Vater mit Blut besudelt nach Hause gekommen war. Ihre Mutter schickte sie aus der Küche. Sie war zu diesem Zeitpunkt gerade neun Jahre alt geworden. Sie lauschte dem Gespräch vom Gang aus und versuchte im Schlüsselloch etwas zu sehen.

Ihr Vater hustete: „I have to face the danger!"

Er stöhnte, denn seine Frau reinigte eine Wunde am Kopf, die schon verschorft war. Die Mutter schien mit dem Satz ihres Mannes nicht einverstanden zu sein, denn Margret hörte ein knappes „Nein". In ihrer Erinnerung hatte die Mutter eine spröde Stimme.

„Dann können wir das Geschäft schließen", flüsterte ihr Vater, als müsste er unter allen Umständen vermeiden, dass Margret seine Worte hören konnte, „unsere Eltern haben nicht zuhause alles aufgegeben, sind aus dem Pfälzer Wald weggegangen und haben diese verdammte Sprache gelernt, damit wir uns hier zwischen den Hochhäusern verkriechen. Diese Dreckskerle sollen wissen, wenn sie wiederkommen, stehe ich in der Tür und es gibt Prügel, für jeden Cent, den sie aus der Kasse haben wollen."

Sein Stöhnen war damals in ein zorniges Fluchen übergegangen und sie war vor Schreck ins Treppenhaus gelaufen. Am nächsten Morgen ging der Vater wie immer um acht Uhr aus dem Haus. Mit seinem Kopfverband sah er aus wie ein stolzer indischer Maharadscha. In der rechten Hand hielt er einen Stock, der seit dieser Zeit griffbereit in einem Regal hinter der Kasse lag. Erst Jahre später kam ihrer Erinnerung nach eine Pistole hinzu. Trotzdem war mit dem Überfall nicht nur auf ihre Familie, sondern auch auf das „Land der Träume" ein Schatten gefallen.

Seit jenem Abend sah sie sich in ihren Machtfantasien als Polizistin. Sie stolzierte mit einem Gummiknüppel, einer Dienstwaffe und einem Pfefferspray vor dem Geschäft der Eltern auf und ab. Ihre imposante Erscheinung und ihr grimmiges Gesicht gaben den Kunden im gesamten Viertel ein sicheres Gefühl. Die Polizeiuniform glich Siegfrieds Drachenhaut aus den Erzählungen der Großmutter und machte sie um zwei Kopf größer. Mit vierzehn hing in ihrem Zimmer im achtundzwanzigsten Stockwerk eines Mietshauses der Lower Eastside ein Poster der *Green Berets*. Jeden Morgen, wenn sie aufwachte, leuchtete über ihrem Bett das Motto der Kampftruppe: DE OPPRESSO LIBER, *Freiheit den Unterdrückten*. Dass sie nach der Highschool mit achtzehn bei der Armee landete, war Zufall. Die Army suchte Frauen und bei der New Yorker Polizei war keine Stelle frei.

Im Dienst hatte sie nie eine Verwundung davongetragen, auch nicht bei den verschiedenen Einsätzen. Trotzdem gab es Verletzungen. Als sie ihren Buddy an einem verregneten Tag kennenlernte, konnte sie zum ersten Mal seit langer Zeit wieder die Nähe eines Menschen ertragen. Eigentlich war er ihr bei der Bäckerei zu nahe gekommen. Viel zu nahe! Bis zu diesem Zeitpunkt musste jemand, der in ihre Sicherheitszone vordrang, sie körperlich bedrängte, mit blanker Aggression rechnen. Aber als sie sich damals umdrehte, sein unsicheres Lächeln sah und das Gesicht, das ein paar Jahre jünger wirkte als ihres, war es ihr gelungen sich zu beherrschen, und je öfter sie sich umdrehte, desto ruhiger wurde sie. Sie war ihm dafür dankbar.

Sie hatten nie darüber gesprochen, aber aus Bemerkungen, die er gelegentlich machte, schloss sie, dass er der Polizei keine Achtung entgegenbrachte. Dies galt sicher auch für die Armee. Es war besser sich bedeckt zu halten. Sie sah ihren Beifahrer von der Seite an. Sollte sie ihm die beiden Scheren des weißen Skorpions zeigen, den sie in seiner Wohnung gefunden hatte? Sie hatte ein paar Mal darüber nachgedacht, aber immer wieder gezögert. Irgendwann würde eine Gelegenheit kommen.

Herzog versuchte sich im Sicherheitsgurt zu drehen und eine bequeme Lage zu finden. Die Autobahn war geräumt und wenn sie zügig fuhren, kein Stau oder eine der vielen Lkw-Blockaden sie aufhielt, würden sie gegen zehn Uhr am Gardasee ankommen. Irgendwann ließ Margret den Wagen auf einem Parkplatz auslaufen. Er schreckte aus seinen Alpträumen auf.

Sie nahm ihn in die Arme. „Ich brauche ein wenig Abwechslung."

Nach kurzer Zeit waren die Scheiben von innen völlig beschlagen. Die Fernfahrer, die in der Nähe eine Zigarette rauchten, pfiffen hinter ihnen her, als sie den Parkplatz wieder verließen, und riefen sich Witze zu. Diese spezielle Pause erfrischte Margret geradezu. Sie stellte auf der Weiterfahrt Überlegungen an:

„Bei keinem der drei Morde ist bisher jemand anderer gefährdet oder verletzt worden. Ich weiche also ab jetzt nicht mehr von deiner Seite."

In Gardone würden sie als erstes den Ort und dann das Grabmal des Dichters D'Annunzio besuchen, das Schiff genau inspizieren. Sie würden die Augen offen halten nach dem Mann, den Flieges Sohn gezeichnet hatte. Margret war sicher, er würde sich in irgendeiner Form bemerkbar machen.

„Keine Angst, wir brauchen uns nicht zu verstecken, denn du musst dem Mann bekannt sein, da wette ich. Wir gehen kein Risiko ein und werden einsame Stellen meiden."

Sie sprach wie Sherlock Holmes und Watson zusammen.

Er war nicht begeistert und zählte mehrere Fälle auf, wo jemand in der Menge erschossen, erstochen, gevierteilt oder gefedert worden war. Die drei Morde hatten ihn aus dem Gleis geworfen, und – er sagte das in äußerst melodramatischem Ton – er würde nie wieder in die alten Bahnen zurückfinden.

„Manchmal, wenn ein unsichtbarer Ring mein Hirn schnürt, sehe ich mich aufgebahrt und niemand, nicht einmal du, steht an meinem Sarg, um mir das letzte Geleit zu geben."

Damit hatte er Margret verletzt. Sie war eine Weile still und konzentrierte sich auf die Geschwindigkeit. Sie kamen eine Stunde früher als geplant am Gardasee an. Im *Grand Hotel Gardone* buchten sie ein Zimmer mit Blick auf den See. An der Rezeption lachte ihnen von einem vergilbten Schwarzweißfoto Winston Churchill entgegen, der etliche Jahre vor ihnen in diesen ehrwürdigen Hallen Zigarre rauchend den milden Winter verbracht hatte. Man musste in der Zwischenzeit gut gelüftet haben, denn von dem Nobelpreisträger und Ritter des Hosenbandordens war nichts mehr zu riechen.

In der Pianobar bekamen sie, trotz der fortgeschrittenen Stunde, noch eine Kleinigkeit zu essen. Ein Ober in schwarzer Weste mit Monogramm und weißer Schürze brachte in weinrotes Leder gebundene Speisekarten. Er nahm die Bestellung auf, ohne etwas auf einem Block zu notieren. Margret achtete darauf, dass Herzog alles aufaß. Sie selbst schien einen gesunden Appetit zu haben. Ein Pianist in Smoking spielte „Somewhere over the rainbow".

Somewhere over the rainbow
Bluebirds fly
And the dreams that you dream of
Once in a lullaby …

Es hätte romantisch sein können, und er musste zugeben, er hatte sich solche Abende mit Margret in der Vergangenheit durchaus gewünscht. Um den Flügel standen Barhocker. Die anwesenden Gäste konnten also ihren *Bloody Mary* oder *Mojito* auf dem Instrument abstellen und für diejenigen, denen von noch kräftigeren Mischungen schwindlig wurde, gab es zur Stütze eine Art Reling.

Sofort nach dem Essen gingen sie aufs Zimmer. Während er versuchte nachzudenken, blätterte Margret in einer Broschüre über Gardone, die vom Hotel gestellt wurde. Irgendwann löschte sie das Licht, und er merkte, wie sie sich an ihn schmiegte und einen Arm um ihn legte, als befürchtete sie, er könnte während des Schlafs verloren gehen.

Zum Frühstück genoss Margret den frischen Kaffee mit aufgeschäumter Milch und warme Hörnchen. Der Ort rüstete sich gerade für einen Corso mit Autos, die man aus einer Zeit herübergerettet hatte, als noch richtige Männer am Steuer saßen. Die Durchfahrt war nicht gesperrt, trotzdem gab es kein Durchkommen. Offene Lancias und Bugattis rangierten vor und zurück, Fahrer in Ledermänteln, altmodischen nerzbesetzten Staubbrillen und Lederkappen gaben sich gegenseitig Auskunft über die richtige Reihenfolge der Aufstellung, die keiner genau kannte, polierten ihre Autos, wenn die Kälte den Lack matt werden ließ, stritten mit ihren Frauen, wiesen Kinder zurecht und hätten sich sicher gegenseitig zum Duell gefordert, wenn einer den anderen mit seinem Fahrzeug gerammt oder auch nur gestreift hätte. Immer wieder mussten Autos, begleitet von lauten Diskussionen, angeschleppt oder geschoben werden, weil sie nicht ansprangen. Aus Lautsprechern schepperten dramatische Durchsagen in italienischer Sprache und Charlestonmusik.

Herzog, der nicht einmal einen Führerschein besaß, bestaunte die Cabriolets und die Kurbeln, mit denen die Motoren angeworfen werden konnten. So etwas hatte er noch nie gesehen. Und er beobachtete die Besitzer dieser Nobelkarossen. Eine leichte und ergiebige Beute. Herzog war allerdings sicher, dass hier Konkurrenz unterwegs war, die ihm nicht kampflos das Feld überlassen würde. Margret zog ihn die Straße in den alten Ort hinauf. Je höher sie kamen, desto ruhiger wurde es. Ab und zu knatterte ein Auto vorbei, das Qualmwolken zurückließ.

Sie verbrachten den Tag damit, Gardone nach dem Unbekannten abzusuchen. Margret ging erstaunlich zielstrebig vor. Sie schien ein Koordinatensystem im Kopf zu haben, wie ein Soldat, der den Befehl hatte, mit einem Kollegen eine verdächtige Gegend zu durchkämmen. Am Abend besuchten sie die wenigen Lokale, die in der Nachsaison geöffnet waren. Immer wenn Herzog aufgeben wollte, behauptete sie, etwas gefunden zu haben, das sie weiterbringen könnte.

„Morgen", sagte sie vor dem Einschlafen zufrieden, „nehmen wir uns das verrückte Schiff vor." Dann nahm sie Herzog in den Arm, drückte ihn und ließ wieder ihre Hände wandern. „Buddy, es wäre schön, wenn du zu deiner alten Form zurückfinden würdest."

Zum Frühstück las ihm Margret einen Satz aus dem Führer vor, den sie an der Rezeption gekauft hatte: „Ich lege dir den Gardasee ans Herz, das ist der Platz, zu dem das Schicksal mich treibt.“

„Du siehst also, Buddy, hier sind wir goldrichtig. Auf in den Kampf!“

Sie trennte eine Karte von Gardone aus dem roten Heftchen und sie machten sich auf den Weg.

Margret sah den Mann, nach dem sie suchten, zuerst. Er stand vor einem Café. Neben ihm saß ein mächtiger Neufundländer, genau wir auf der Zeichnung von Flieges Sohn. Diese Hunde galten gemeinhin als freundlich, aber Margret wusste, dass man sich vor ihrem ausgeprägten Beschützerinstinkt in Acht nehmen musste.

Der Mann trug eine weiße Cordhose, dazu ein Tweed-Jackett. Er war schlank und etwa in Herzogs Alter. Mit der Rose im Knopfloch hätte er ohne weiteres einem englischen Adelsfilm der dreißiger Jahre des letzten Jahrhunderts entstiegen sein können, um seinen Bewunderinnen Autogramme zu geben. Herzog versuchte eine Verbindung zwischen sich und dem Mann herzustellen. Es gelang ihm nicht.

„Ich habe es gewusst!“, flüsterte Margret. Er spürte ihre Aufregung. „Hast du ihn schon einmal gesehen?“

„Ich … ich glaube schon.“

„Glaubst du es nur oder weißt du es? Schau genau hin.“

„Es ist mehr ein Gefühl, eine Ahnung. Ich erkläre es dir später.“

„Meinst du, wir haben den Mörder vor uns?“

Herzog versuchte einen Scherz: „Natürlich! Er sieht aus, als hätte er ein Maschinengewehr in der Brusttasche.“

„Buddy, wenn man geschickt ist, reicht zum Töten eine Hand.“ Sie sah auf ihre rechte Hand, drehte sie kurz und schloss sie zu einer Faust. Sie blickte wieder zu dem Mann hinüber. „Er scheint uns zu kennen.“

„Aber woher?“

„Ich weiß es nicht. Noch nicht.“

Der Mann verhielt sich tatsächlich eigenartig. Als er sicher sein konnte, dass sie ihn entdeckt hatten, ging er zusammen mit dem Hund über die Straße in einen gepflasterten Weg, vorbei an einem Kassenhäuschen auf die ehemalige Villa des Dichters D'Annunzio zu. Er hinkte fast unmerklich. Sein linker Fuß zeichnete eine kleine Schleife auf den Weg. Es war weniger ein Gebrechen als ein leichtes Tänzeln, das gut zu seiner Eleganz passte. Dies wäre eine ausgezeichnete Art, dachte Herzog, in einem Film den Teufel darzustellen.

Geschickt hielt der Unbekannte die beiden auf Abstand. Sie folgten ihm, lösten Eintrittskarten und mussten sich ganz eng an die Wand drücken, als ein gusseisernes Flügeltor automatisch geöffnet wurde und eine dunkelblaue Limousine mit weißem Verdeck das Grundstück verließ.

Immer, wenn sie glaubten, sie hätten ihn endgültig verloren, leuchtete irgendwo seine weiße Hose. Als er auf dem Bug des Schiffes stand, das mit einer Galionsfigur aus Bronze hoch über ihnen aus dem steilen Hang des Berges ragte, eingerahmt von Steintreppen und Zypressen, sah er plötzlich nicht mehr aus wie ein Filmstar, sondern wie ein unnahbarer und durchaus unnachgiebiger Herrscher. Durch ein Fernglas blickte er zu ihnen herab.

Was wollte er von ihnen? Wollte er sie in die Krypta D'Annunzios unter den elf Särgen locken? Wollte er sich vervielfältigen, um hinter jeder Säule gleichzeitig aufzutauchen? Oder, falls er sich bedroht fühlte, sie an einen Ort locken, wo sie ungestört reden konnten? Warum aber sollte er ihnen vertrauen? Sie konnten genauso gut für ihn die Mörder von Fliege, Eldorado und Poldi sein.

Sie kamen ihm nicht näher. Wie Hänsel und Gretel liefen sie Hand in Hand durch diese Anlage, in der alles ein wenig zu groß und vieles zu geschmacklos geraten war. Jenseits der Mauer ratterte der Autocorso die Via Panoramica hinauf. Hupen übertönten die unsynchronisierten Getriebe und

Fehlzündungen. Herzog wollte sich nicht länger an der Nase herumführen lassen. Sein neuer Mantel schützte ihn nur ungenügend gegen die feuchte Kälte, die vom See herauf kam. Er schrieb auf die Rückseite seiner Eintrittskarte „Ein Fernglas macht noch keinen Adler", spießte sie auf den kahlen Ast eines Busches und verzog sich mit Margret Richtung Ausgang.

Plötzlich stand der Mann ganz in der Nähe unter einem Torbogen mit der Aufschrift „ROSAM CAPE SPINAM CAVE". Eine vage Erinnerung an den Lateinunterricht sagte Herzog, dass es sich um eine Rose und deren Dornen handeln musste. Der Unbekannte wandte ihnen den Rücken zu und sah auf den kalten See hinab. Er hatte die Hände in den Taschen seines Jacketts. Jeden Augenblick konnte er sich umdrehen, mit hochmütigem Gesicht. Was half es, sich in eine Nische zu drücken, wenn er wusste, dass sie an ihm vorbeigehen mussten? Was half es, die vielen Treppen wieder hinaufzulaufen, ihm den Rücken zuzudrehen? Wahrscheinlich hätte er nur laut gelacht, bevor er die Waffe gezogen hätte.

Herzog sah überdeutlich den Stich in Poldis Rücken wieder vor sich, den Schnitt durch Eldorados Auge, den schiefen Kopf des Zollfahnders. Er sah sich selbst mit blutendem Oberschenkel die Treppe hinaufhetzen wie ein Tier, jedes Mal wieder herumgerissen von neuen Einschüssen in den Armen und im Rücken. Schließlich, wenn sein Mörder ganz dicht hinter ihm stehen würde, das Gefühl von kaltem Metall im Genick, ein Schuss und die endgültige Stille danach.

„Cesare!"

Eine Frauenstimme kam von weit her an Herzog Ohr. Als der Mann sich auf diesen Zuruf hin umdrehte, war er ein gewöhnlicher Besucher, der mit seiner Familie lachend Verstecken spielte.

„Ich möchte zurück ins Hotel", sagte Herzog mit dünner Stimme.

„Aber warum, Buddy? Wir sind so nahe dran."

„Ich möchte zurück ins Hotel. Sofort!"

Im Zimmer streichelte Margret den Rücken ihres verstörten Liebhabers und sah verstohlen auf ihr Telefon. Sie wartete auf eine Nachricht von *Red Rocks.* Sie hatte die Zeichnung von Flieges Sohn an die Informationsabteilung ihrer Firma geschickt. Da keine privaten Auskünfte erlaubt waren, hatte sie den Mann als möglichen Partner bezeichnet, der ein Trainingsgelände zur Verfügung stellen könnte.

Selma hatte sie immer wieder aufgefordert, sich auf ihr Gefühl zu verlassen. Und ihr Gefühl sagte ihr: Hier sind wir richtig. Aber sie wusste nicht, in welcher Beziehung. Der Junge hatte den Mann bis in seine Eleganz hinein gut getroffen, und es gab eine gesicherte Verbindung zwischen dem Gardasee, dem Polizisten in München und Eldorado in Hué. Wie aber passte das alles zu dem Toten in Prag? Seinem Aussehen nach hätte der Unbekannte ein Kunde des Antiquitätenhändlers sein können.

Das Verhalten ihres Buddys war eigenartig. Warum schrieb er eine Botschaft auf seine Eintrittskarte? War er tatsächlich unsicher, den Mann zu kennen, oder wollte er keine Auskunft geben? Warum geriet er bei einem beliebigen Besucher so in Panik, dass er zurück ins Hotel wollte und damit alles verdarb? Margret kannte solche Reaktionen durchaus, nicht nur von sich selbst, sondern auch von Kolleginnen, die nach der Explosion einer Mine durchdrehten und damit sich und alle anderen in Gefahr brachten. Hier aber war keine Mine hochgegangen und kein Schuss gefallen. Sie waren erwartet worden. Sie konnte dafür keinen Grund angeben, aber sie würde ihn herausfinden, auch wenn sie alleine losziehen musste.

Warum hatte sie plötzlich ein starkes Verlangen nach Whiskey? Sie fixierte die Minibar. Vielleicht aber waren ein Spaziergang am Wasser und eine anschließende Tasse Kaffee sowohl für sie als auch für ihren Buddy besser.

Affen und Buddhas

Auf der Uferpromenade, die sich an das *Grand Hotel* anschloss, war die Siegerehrung des Autocorsos vorüber. Herren mit Urkunden in Lederetuis und goldenen Plaketten stolzierten durch die Menge. Eine Combo, bestehend aus Akkordeon, Gitarre, Kontrabass und Schlagzeug, spielte auf einer kleinen Bühne. Damen in Jaguarfellen spreizten sich im Tangoschritt oder hüpften, auch wenn sie schon in die Jahre gekommen waren, mit Fellstiefeln im Rhythmus des Charleston. Margret bat ihren Buddy auf eine rührend altmodische Weise um einen Tanz und schwebte mit ihm die Promenade entlang. Schon nach den ersten Takten rückten die letzten Tage mehr und mehr in den Hintergrund. Er hörte nur noch das Klatschen der Umstehenden und hatte das Verlangen, sie auf den Arm zu nehmen, sich solange zu drehen, bis sie sich in die Luft schraubten wie ein Propeller.

„Ma que bella signorina!"

Er musste dem Herrn, der seinen Mantel elegant über dem Arm trug und ihr dieses Kompliment mit einem Augenzwinkern machte, recht geben. Was für eine schöne junge Dame! Und Mut hatte sie, diese Frau aus New York, mehr Mut als er selbst. Er tanzte ein paar Runden nur auf Zehenspitzen.

„Buddy, mir wird schwindlig!"

Er verlangsamte die Drehungen und ging in eine Gegendrehung über, damit sie beide das Gleichgewicht wieder fanden.

Ein Boot rauschte, weißen Schaum hinter sich lassend, über den See. Es hatte die schnittige Form der Rivaboote mit offenem Steuerstand, einen Zieranker auf Deck und wurde gesteuert von dem Mann in der weißen Cordhose. Die Autofahrer winkten ihm zu. Manche legten die Hände wie Trichter an den Mund und schienen dem Kapitän etwas Witziges zuzurufen, denn alle klatschten in die Hände. Herzog kam gehörig aus dem Takt, sein Gehirn arbeitete fieberhaft, kam aber wieder zu keinem Ergebnis. Trotzdem war er inzwischen sicher, den

Mann zu kennen. Das Boot beschleunigte, der Bug hob sich aus dem Wasser, es drehte eine enge Schleife, schoss auf einen venezianischen Turm zu, und in dem Moment, als Herzog meinte, der Motor müsste gedrosselt werden, um beizudrehen, bäumte es sich noch einmal auf und verschwand hinter dem Turm, als könnte es das Ufer hinauf schießen, direkt auf das andere Schiff zu, das gigantisch in den Berg betoniert war. Herzog wartete auf einen Knall, aber der blieb aus. Als er sich umdrehte, hatte sich die Autogesellschaft bereits wieder der Musik zugewandt und bejubelte ein Buffet, das von sechs Kellnern in Fantasieuniformen aufgetragen wurde.

Sie wurden zum Essen eingeladen. Eigentlich nicht sie beide, sondern Margret, denn sie war für die Herren, die alte Automobile und junge Damen liebten, der Mittelpunkt. Herzog war die unvermeidliche Zugabe, die man gerne losgeworden wäre oder irgendwo in einer Ecke abgestellt hätte. Margrets Glas wurde trotz ihrer Proteste ein ums andere Mal in der Hoffnung gefüllt, sie möge die Aufwartungen und Gockeleien honorieren. Beim letzten Tanz übergab sie, angespornt von den umstehenden Bewunderern, ihre Schuhe dem See. Herzog hatte Mühe, die Herren davon abzuhalten, im eiskalten Wasser Kavalier zu spielen. Die Wassertemperatur war für Schwimmübungen und labile Herzen mit Schrittmachern nicht geeignet. Zum Abschied unter bunten Lampions gab es viele Küsse und Einladungen nach Turin, Mailand, Vicenza und sogar Sizilien. Ein Unterwäschefabrikant aus Bologna bot einen langfristigen Liefervertrag für New York an und wurde zugeschüttet mit dem Lachen seiner angeheiterten Compadres.

Den Weg zurück zum Hotel hielt Herzog Margret fest untergehakt und war froh, als er mit ihr den Lift erreicht hatte, während sie hinter vorgehaltener Hand ihren Schluckauf bekämpfte. Im Zimmer lehnte sie sich an eine Wand und atmete tief durch. Dann verschwand sie lange Zeit im Bad. Er machte sich Sorgen, denn in einem solchen Zustand hatte er sie noch nicht erlebt. Als sie zurückkam, hatte sich ihr Gesichtsausdruck verändert. Ihr Haar war nass und klebte auf der Stirn. Sie musste den Kopf unter den Wasserhahn gehalten haben, um nüchtern zu werden. Sie setzte sich aufs Bett und klopfte mit der Hand auf den Platz neben sich. Als er nicht gleich reagierte, klopfte sie energischer und gab sich einen Ruck.

„Ich muss dir etwas beichten, Buddy. Nein, beichten ist nicht das richtige Wort dafür, denn eigentlich ist es eine frohe Botschaft."

Sie versuchte nachzudenken, machte aber eher den Eindruck eines Menschen, der von einer Minute auf die andere gegen eine überwältigende Mattigkeit kämpfen muss.

„Ich werde heiraten." Obwohl er sich nicht gerührt hatte, sagte sie: „Nein! Hör mir zu. Ich werde heiraten." Ihre Stimme wurde fester. Sie schien sich selbst Mut zuzusprechen.

„Und zwar meinen Seitensprung. Er sagt, er liebt mich, verstehst du? *Er liebt mich!*"

Er starrte auf den Fußboden. Im Bad lief noch der Wasserhahn. Er ging, um ihn abzudrehen, und hörte sich plötzlich schreien. Er warf ihr vor, ihre drei Männer auszunützen, sich über sie lustig zu machen, sie als Spielzeug zu betrachten und sie gegeneinander auszuspielen. Als sich seine Stimme überschlug, hielt sie ihm mit einer Kraft, die er nicht in ihr vermutet hätte, den Mund zu. Er rang nach Luft.

„Mein lieber Buddy", flüsterte sie mit einer scharfen Stimme, „nur du weißt alles. Die anderen beiden wissen rein gar nichts. Sie ahnen nicht einmal etwas von deiner Existenz! Sie können sich also nicht ausgenützt vorkommen. In der ganzen Zeit, in der wir uns getroffen und geliebt haben, habe ich dich kein einziges Mal belogen. Im Gegensatz zu dir." Ihre hellgrünen Augen wurden um einige Schattierungen dunkler. „Du hast nämlich nie in einer Versicherung gearbeitet und auch kein Haus geerbt, weder in Dresden noch sonst wo. Und sicher weißt du nicht mehr, wie eine Universität von innen aussieht. Hätte ich mir nicht den Glauben an alles wahrhaft Gute in einem jeden Menschen erhalten, ich würde den Verdacht nicht los, dass du ein kleiner mieser Gauner bist. Fuck off!"

Das saß. Es war, als hätte Margret ihn mit dem Stock ihres Vaters verprügelt. Wahrscheinlich war sie der Meinung, er sei, genauso wie die drei Toten, in diese undurchschaubare Sache verstrickt. Er war für sie ein prickelndes Abenteuer, und wenn dieses Abenteuer abgeschlossen war, würde sie in den Ehestand treten und ab und zu mit einer leisen Wehmut im Herzen an Vergangenes denken.

„Wir werden auf einem Schloss heiraten. Am liebsten hätte ich dich dabei, aber ich fürchte, wir würden uns verraten. Das wäre für den Beginn einer Ehe unpassend. Ich denke", sie machte eine kleine Pause, weil ihr Schluckauf zurückkam, „später würde es nichts ausmachen. Ist dir jemals aufgefallen, dass es kein einziges Foto von uns beiden gibt?"

Bisher hatte er noch nicht darüber nachgedacht, aber jetzt war auch nicht der richtige Augenblick, denn Denken war im Moment für ihn eine schwindelerregende Angelegenheit.

„Er liebt mich", flüsterte sie noch einmal und zog dabei das Wort „liebt" unerträglich in die Länge.

Dieser letzte Satz schien sie völlig erschöpft zu haben. Langsam sank sie zur Seite und kurz darauf war sie eingeschlafen. Herzog legte sich hellwach auf die andere Seite des Bettes, verscheuchte kitschige Bilder eines glücklich tanzenden Paares auf der Strandpromenade und versuchte mühsam, zu einem Urteil zu kommen.

Es war ihre erste gemeinsame Reise und würde zugleich die letzte sein. Wollte sie noch einmal Freiheit genießen? Noch einmal ein paar unbeschwerte Tage mit dem dritten Mann verbringen, bevor sie sich in geordnete Verhältnisse einpasste? Aber der Anlass der Reise ließ keine unbeschwerten Tage zu. Zumindest nicht für ihn.

Obwohl ihn die Frage nichts anging, stellte er sie ein ums andere Mal: Warum heiratete sie ausgerechnet ihren Seitensprung und nicht ihren Partner? Weil der nicht gesagt hatte „Ich liebe dich"? Lösten diese drei Worte romantische Flausen bei ihr aus und setzten ihren Realitätssinn außer Kraft? Wie konnte eine intelligente Frau auf einen so verdammt dämlichen Satz hereinfallen? Hätte sie ihn geheiratet, wenn *er* zu ihr gesagt hätte: „Ich liebe dich!"? Hatte sie nur von einem ihrer drei Männer auf diesen abgegriffenen Spruch gewartet? Warum heiratete sie überhaupt und, dieser Gedanke kam auf ihn zu wie auf leisen Sohlen, was würde er am Tag ihrer Hochzeit machen?

Er wartete noch eine Weile, bis die Geräusche auf der Straße leiser wurden. Als ein Moped über die Strandpromenade knatterte, schreckte er auf. Margrets Atem ging regelmäßig. Ihr Gesicht hatte den verzückten Ausdruck eines Menschen, der lange gewartet hat und nun endlich etwas losgeworden ist. Als er sich aufrichtete, drehte sie sich auf den Rücken und tastete nach ihm. Er legte sich wieder zurück.

Heute Nachmittag, als er das Boot gesehen und den Unbekannten mit seiner weißen Cordhose darauf erkannt hatte, war es nur ein vager Plan gewesen. Nun nahm er feste Formen an. Vielleicht konnte er Margret am Frühstückstisch ein paar Überraschungen servieren und Alina die ersehnte Botschaft überbringen. Er würde vorsichtig, zugleich aber auch hartnäckig sein und würde die Einfahrt finden, in der das Motorboot verschwunden sein musste. Es musste eine Einfahrt in den Berg geben und eine Verbindung zwischen dem Ufer und dem Anwesen, das sie heute Morgen besucht hatten.

Er würde die Sache zu Ende bringen. Zu einem guten Ende für ihn! Heute Nacht und zwar *pronto,* wie die Italiener sagten. Bei seiner Rückkehr sollte Margret in ihm zum Abschied einen Helden sehen! Seine Gedanken wanderten von

Margret zu Le Thuy. Er ärgerte sich noch nachträglich über seine Zurückhaltung.

Auf Socken schlich er aus dem Zimmer. Erst am Gang zog er die Schuhe an. Er nahm die Treppe. Die Hotelhalle war bis auf den Nachtportier leer, nur aus der Bar kam noch das Lachen von Männern, die zu viel getrunken hatten, trotzdem aber versuchten geistreich zu sein. Er trat in die frische Nachtluft hinaus und schaltete sein Handy ein. Auf der schmalen Straße an der Rückseite des Hotels begegneten ihm weder Fußgänger noch Autos. Der angestrahlte Venezianische Turm war etwa einen halben Kilometer entfernt. Er bog in eine Gasse ein, die direkt zum Wasser und einem schmalen Sandstrand führte. Kurz bevor er an den See kam, klingelte sein Telefon.

„Hier Alina. Wo bist du denn, verdammt noch mal! Seit Tagen versuche ich, dich zu erreichen …"

„Ich bin fast am Ziel."

„So, und wo ist das? In einem Kaffeehaus in Prag? Bei einer Torte mit Schlagrahm?"

„Kannst du auch vernünftig mit mir reden?"

„Hast du eigentlich eine Vorstellung, in welcher Lage ich mich befinde? Der Versicherungsvertreter sitzt mir seit Tagen im Nacken", brüllte sie ins Telefon.

„Ich glaube, ein, zwei Valium würden dir gut tun."

„Fick dich ins Knie!" Sie legte auf.

Es schien zwei Alinas zu geben. Die Sanfte, die einen umschmeichelte, und eine vulgär Aggressive, der man lieber aus dem Weg ging. Herzog schaltete sein Handy wieder aus. Morgen würde sie ihre Informationen bekommen.

Es gab tatsächlich eine Einfahrt hinter dem Turm, die nur vom Wasser aus erreichbar war. Nun war sie durch ein Gittertor verschlossen, das er in der Dunkelheit schlecht erkennen konnte. Er scheute die Kälte, der November lud nicht zum Baden ein. Mit einem Sprung vom Ufer hing er an den Verstrebungen, rutschte ab und landete mit den Schuhen im Wasser. Er zog sich nach oben, stemmte die Beine gegen die Sprossen, klemmte einen Fuß in die Kette, die beide Flügel zusammenhielt, konnte sich aufrichten, erreichte das obere Ende, quetschte sich durch den Spalt zwischen Mauer und Metall und ließ sich auf der anderen Seite vorsichtig auf einen Vorsprung hinab. Er sah durch das Gitter die Sterne über dem See, und als er sich umdrehte, erschrak er beim Anblick des schaukelnden Bootes, das noch vor Kurzem am Ufer entlanggefahren war. In unregelmäßigen Abständen platschten Tropfen von der Decke ins Wasser. Als er sich anstrengte, konnte er einen Steg erkennen, der ins Innere des Uferhangs führte.

Er erreichte eine Halle, die so groß war wie ein halbes Fußballfeld, eine Art fernöstlicher Tempel, der vollgestopft war mit Altarteilen, Schreinen, affenähnlichen Wesen, vielarmigen Göttern und fetten Buddhas. Er konnte nicht erkennen, wo das fahle Licht herkam, aber es gab den Figuren eine Lebendigkeit, die zusammen mit dem Platschen des Wassers und dem Hall seiner Schritte unheimlich war. Drachen rissen Mäuler und Nüstern auf, Schlangen wanden sich um farbige Säulen, Fratzen mit goldenen Kronen und leeren Augen stierten ihn an. Er zuckte zusammen, wenn er irgendwo anstieß und versuchte jede Berührung zu vermeiden. Eine Geisterbahn hätte nicht perfekter ausgestattet sein können.

Doch dies war kein Tempel so wie in Bangkok. Es musste so etwas wie ein Antiquitätenlager sein. Manche Teile standen auf Holzpaletten und waren mit Plastikplanen abgedeckt, um sie vor Nässe zu schützen. Wo kamen die Figuren und Altarteile her? Warum wurden sie hier gelagert? Auch anderswo, das wusste Herzog, wurden Kunstwerke in Museumskellern verstaut. Vielleicht gab es sogar im Museum *Fünf Kontinente* in München ähnliche Verliese, vollgestopft mit Vasen aus China, aztekischen Kalenderrädern, afrikanischen Holzskulpturen und fernöstlichem Kunsthandwerk.

Er ließ den Steg nicht aus den Augen, um sich nicht zu verlaufen. Er hatte keine Lust, eine Nacht mit asiatischen Gottheiten zu verbringen, im Inneren eines unheimlichen Berges herumzuirren und am nächsten Morgen völlig unterkühlt von italienischen Carabinieri aufgegriffen zu werden. Also zurück zu Margret? Auf keinen Fall!

Unter einer Plane sah er im Licht seines Handys etwas Weißes schimmern. Er erkannte eine Zollbescheinigung und traute seinen Augen nicht. Sie war in der ihm bekannten Handschrift von Fliege unterzeichnet. Ein Schriftvergleich mit den Einträgen im schwarzen Notizbuch, das er aus der Manteltasche zog, bestätigte ihn. Das Möbelstück kam aus Vietnam und der Empfänger saß in Wien. Es handelte sich um Poldi. Nun wusste er Bescheid. Es ging nicht um Rauschgift oder Frauen. Es ging um Asiatika – und zwar, wenn er sich umsah, in großem Stil. Er war also mit seinen Vermutungen nicht ganz falsch gelegen. In seinem Kopf entstanden Verbindungen zwischen München, Hué, Wien und Prag, die sich …

Der Schlag traf ihn von hinten.

Er spürte einen Schmerz unterhalb der Ohren. Der Schädel flog ihm davon, halb über den See, machte einen Bogen, kam zurück und krachte wieder an seine Stelle auf der Wirbelsäule. Sein Körper wurde weich wie Knetmasse. Dann hörte er nur noch ein Geräusch, einem Gurgeln ähnlich, und es wurde schwarz um ihn herum.

Als er wieder zu sich kam, fühlte sich sein Kopf an, als wäre er flüssig. Im Gegensatz dazu spürte er in seinem Körper jeden Knochen und jedes Gelenk seines Skeletts brannte. Er wusste, er würde sich irgendwann rühren müssen, aber er brachte nicht den Mut auf sich in Bewegung zu setzen. Er lag auf dem Boden, sein Mantel klebte nass an seinem Körper, seine Füße waren Eisklumpen, seine Lippen trocken, seine Hände auf dem Rücken gefesselt. In seiner Nase hing der scharfe Geruch einer Zigarre. Vielleicht war er schon im Jenseits und bei Sir Winston Churchill zu Gast.

Eine Stimme sagte: „Schau an, der Herzog. Nicht ganz so vornehm wie sonst. Ich freue mich, dass du zu dir kommst. Ich hatte schon Angst, wir hätten dich zu stark erwischt. Warte, ich helfe dir. Mit gefesselten Händen ist es schwer aufzustehen." Ein grelles Licht wurde auf ihn gerichtet.

Herzog kannte diese Stimme, ein leichtes Näseln. Sie kam von weit her, wie aus einem Schrank. Seine Erinnerung setzte ein. Der Mann in der weißen Cordhose war niemand anderer als Emma, Emmerich Lustig. Und das „E." in Poldis Brief bedeutete ebenfalls Emma.

Da er am Boden lag, sah Herzog als erstes das Tänzeln des linken Fußes. Wie ein alter Freund half ihm der ehemalige Schulkamerad vorsichtig auf die Beine, führte ihn zu einem Stuhl vor einem Schreibtisch und setzte ihn behutsam nieder. Die militärisch kurzen Haare hatten Emma verändert, sein Milchgesicht war verschwunden. Emmas Haltung erinnerte in nichts mehr an den Gedemütigten, der sich alles gefallen ließ. Er war erwachsen geworden.

„Vorsicht, du musst noch ganz benommen sein. Ehrlich gesagt schätze ich diese Methoden nicht. Ich hasse Kabelbinder. Ich persönlich ziehe die gute alte Handschelle vor. Sie ist genauso sicher, trotzdem komfortabler für denjenigen, der sie trägt. Ich meine, tragen muss." Er kicherte. „But times are changing, leider."

Emma nahm hinter dem Schreibtisch Platz, auf dem sich ein Glaszylinder mit einem Skorpion befand, richtete eine Lampe direkt in Herzogs Augen, holte eine Flasche aus einer Schublade, goss ein Glas ein und schob es ihm hinüber. Nur ab und zu, wenn Emma sich bewegte, konnte Herzog die Umrisse seines Kopfes sehen.

„Trink, das wird dir guttun. Es ist dieselbe Marke, die wir in deiner Wohnung gefunden haben. Nach einem solchen

Schlag freut man sich auf Vertrautes. Oh, entschuldige, du kannst ja die Hände gar nicht benützen."

Er erhob sich, kam zu Herzog und flößte ihm den Whiskey ein. Herzog begann wieder einigermaßen klar zu sehen.

„Mein Gott, wie du zitterst. Keine Sorge, das wird gleich besser. Noch ein kleiner Schluck? Gut so."

Emma füllte das Glas ein weiteres Mal und setzte sich wieder. Es ging Herzog nicht besser, aber er spürte, die Fessel der linken Hand war etwas lockerer als die andere. Die Lampe blendete.

„Ich möchte dir danken, dass du dich hier herbemüht hast. Nachdem du uns so oft entwischt bist, muss ich ehrlicherweise gestehen, ich war etwas ratlos. Heute Vormittag bin ich geradezu erschrocken, als du mit deiner Begleiterin aufgetaucht bist. Mit einer solchen, ich möchte sagen, kampferprobten Lady haben wir nicht gerechnet."

Der Schreck verstärkte Herzogs Kopfschmerzen. Emma hatte also mit seinen Leuten auch Margret überwacht. Nein, nicht überwacht, sondern auf eine miese Art und Weise ausspioniert. Was aber sollte das Wort „kampferprobt"? Im Moment hatte sie der Alkohol eher umgenietet.

„Ich sehe, deine Reaktionen kommen zurück. Das freut mich. Kannst du dich überhaupt an mich erinnern?"

Herzog war auf der Hut. „An was muss ich mich denn erinnern?"

„An die gute alte Emma, euren Schulkamerad, euren Putzlumpen, Fußabstreifer, Mülleimer und Misthaufen. Das kleine Arschloch, das sich alles gefallen lassen musste." Emma lachte.

„In der Schule hatte ich keinen Mülleimer nötig." Herzog zuckte mit den Schultern.

„Du vielleicht nicht, aber Fliege und Eldorado."

Die Stimme seines Gegenübers kam noch immer aus weiter Ferne. Emma blies eine Rauchwolke in den Lichtkegel, dann lockerte er seinen Schal und legte die Zigarre ab. Der Rauch brannte in Herzogs Augen. Er hätte sie gerne geschlossen, bis dieser Spuk vorüber war. Seine Halsmuskeln fühlten sich an wie Eisenbahnschienen. Emma schien es sich gemütlich zu machen. Kein gutes Zeichen.

Der Sprung

Herzog versuchte in seinem Kopf zu sortieren, in welcher Beziehung sein Gegenüber zu den drei Ermordeten stand. Hatte Emma auch, nachdem er die Schule verlassen hatte, noch Kontakt zu den Dreien? War es leichter, die Möbelstücke über Italien nach Wien zu bringen als über Deutschland? Anscheinend war es Eldorados Aufgabe gewesen, in Hué asiatische Antiquitäten aufzutreiben, Fliege hatte die notwendigen Papiere besorgt, hier in Gardone befand sich das Zwischenlager, und Poldi hatte, wie er sagte, an Geldscheißer in Wien verkauft. Aber wieso Emma? Wie war aus dem Underdog ein Boss geworden? Oder war er nach wie vor nur ein Handlanger?

„Ich muss zugeben, wir haben in letzter Zeit des Öfteren unsere Meinung über dich geändert. Jeder normale Mensch wäre sofort nach der Entdeckung Flieges zur Polizei gegangen“, meinte Emma. „Als du aber Besuch von Alina bekommen hast und anschließend nach Hué fliegen wolltest, hatten wir es plötzlich mit jemandem zu tun, der zur falschen Zeit am falschen Ort war, oder, dieser Meinung neigte ich zu, du warst ein Beteiligter, der bisher meiner Aufmerksamkeit entgangen war. Nicht ganz abwegig, oder?“

Emma wollte von seinem Gefangenen offensichtlich Komplimente serviert bekommen. Herzog musste sich eingestehen, dass sein Gegenüber gut informiert war. Er wusste von dem zweiten freien Platz in der Maschine nach Bangkok und von seinem Aufenthalt im *Mandarin Oriental,* ganz sicher vom Hoteldetektiv. Mit Stolz in der Stimme teilte er Herzog mit, dort oft übernachtet zu haben.

„Hast du im *Author's Wing* die Rattanmöbel gesehen? Ein Geschenk von mir.“

Was hatte der Angestellte, dessen Name ihm nun nicht einfiel, zu Herzog gesagt? Ein Gast habe die Möbel liefern müssen, weil er die Rechnung nicht bezahlen konnte. Wenn man sich seine eigene Geschichte zurechtbog, konnte man natürlich auch ein Geschenk daraus machen. Die Leere in seinem Kopf füllte sich mit Wut. Plötzlich hatte er einen lichten Moment.

„Ich soll dir Grüße von deinem Partner aus Hué überbringen. Ich war der Letzte, mit dem er gesprochen hat. Er hat nicht gut ausgesehen."

Emma drehte den Kopf zur Tür. „Hörst du das? Grüße vom Schluckspecht."

Aus dem Nebenzimmer kam keine Antwort. Die Frage konnte genauso gut ein Trick sein.

„Ich sehe, in deinem Hirn arbeitet es. Wahrscheinlich denkst du darüber nach, wie es dem kleinen Scheißer gelungen ist, Oberwasser zu bekommen."

„Mach mir endlich die Fesseln los und lass mich gehen."

Am Ende der Zehnten war Emma plötzlich aus der Schule verschwunden gewesen. Fliege und Eldorado hatten ihr Ziel erreicht. Sie hatten ihn verprügelt, während des Unterrichts in einen Schrank gesperrt, ihm in die Schuhe gepisst, einen Kanonenschlag unter seiner Bank gezündet und Zigaretten auf seinem Unterarm ausgedrückt – schon damals Eldorados Spezialität, um sich jemanden gefügig zu machen. Trotzdem war Emma an ihnen wie eine Klette geklebt und hatte um ihre Freundschaft und Anerkennung gebuhlt.

Ausschlaggebend war eine Geschichte gewesen, die sich wie ein Lauffeuer in der ganzen Stadt verbreitet hatte: Eines Abends kamen Fliege, Eldorado und Poldi bei Emma vorbei. Eldorado hatte damals bereits ein Moped. Sie saßen zu dritt darauf. Es musste Anfang Juli gewesen sein, denn in Österreich waren bereits Ferien und Poldi war zu Besuch aus Wien. Sie wussten, wenn der Mercedes von Emmas Vater nicht vor der Tür stand oder die Garagentür offen stand, waren seine Eltern unterwegs oder noch im Möbelgeschäft am Oberen Stadtplatz. Die drei machten sich im Wohnzimmer breit. Für Fliege und Poldi musste Emma eine Flasche Wein aus dem Keller holen. Eldorado trank damals noch nicht. Irgendwann waren sie mit ihm in die Garage gegangen und hatten das Tor geschlossen. Er sollte sich nackt ausziehen. Natürlich weigerte er sich. Da rissen sie ihm die Kleider vom Leib. Er wehrte sich, so gut er konnte, aber gegen drei waren seine Chancen gleich Null.

Er musste sich mit ausgebreiteten Armen auf einen Stuhl stellen. Eldorado legte unter ein Stuhlbein ein Stück Holz, so dass er immer Angst haben musste, der Stuhl würde umkippen. Fliege steckte Emmas Kopf in eine Schlinge, die er an der Garagendecke befestigte, und Poldi holte ein Messer aus der Jacke. In diesem Moment hörten sie den Mercedes von Emmas Vater. Die drei verschwanden durch den Garten. Als das Garagentor aufging, stand Emma in Todesangst auf dem Stuhl. Splitternackt.

Seine Eltern meldeten ihn von der Schule ab, aber nicht, um ihn zu schützen. Sein Vater wollte keinen Skandal, wegen des Geschäfts. Er sagte: Ich schäme mich für dich. Was soll ich meinen Kunden erzählen, wenn das herauskommt? Dabei hatten Fliege und Eldorado jedem die Geschichte haarklein erzählt, der sie hören wollte. Nicht die Täter wurden bestraft, sondern das Opfer.

Herzog dachte: Genau so hätte Onkel Eugen gehandelt. Darum hat er mich ins Internat gesteckt und damit die Verantwortung abgegeben. Plötzlich kamen ihm seine Eltern in den Sinn. Welchen Beruf hatte eigentlich sein Vater gehabt und wie hätte der reagiert? Hätte ihn seine Mutter in den Arm genommen? Über seine Familie wusste er so gut wie nichts. Daran änderte auch ein Hochzeitsfoto seiner Eltern nichts, das im Lauf der Jahre ausgeblichen war und geknickte Ränder hatte.

Allerdings war die Geschichte noch nicht zu Ende. Am nächsten Tag kamen die drei wieder. Poldi hatte sich beim Sprung über den Zaun den Fuß verknackst. Emma musste also zur Strafe, so nannten sie es, vom Fenster des ersten Stocks in den Garten springen. Er hockte auf dem Fensterbrett und krallte sich verzweifelt am Rahmen fest. Eldorado hielt ihm ein Feuerzeug ans Hemd. Er sprang. Das Ergebnis war ein komplizierter Bruch, der operiert werden musste. Seither hatte er sein leichtes Hinken.

Emma weigerte sich, die Garage jemals wieder zu betreten, obwohl ihn sein Vater mehrmals dazu zwingen wollte.

„Jeden Tag habe ich mir vorgenommen, das werden sie büßen. Wenn ich morgens die Narben an meinem Knöchel sah und jede Nacht, wenn ich schweißgebadet nach einem Alptraum aufwachte. Ich habe alles frisch gehalten, alles!", meinte er stolz.

Emma schoss seinen Hass förmlich über den Tisch.

„Du weißt nichts. Absolut nichts! Einer wie du kann sich nicht vorstellen, wie man sich fühlt, wenn einem schon am Morgen vor dem Unterricht zum Kotzen ist. Ihr in eurem behüteten Internat hattet überhaupt keine Ahnung, wie es außerhalb der Schule zuging."

Herzog hätte gerne widersprochen, denn er erinnerte sich der nächtlichen Schlägereien und der Hackordnung unter den Zöglingen.

Margret wachte auf. Ihre Zunge füllte den gesamten Mund aus. Sie roch ihre eigene Alkoholfahne und ekelte sich. Im ersten Moment wusste sie nicht, wo sie sich befand, dann kam die Erinnerung zurück. Der Feind hatte wieder zugeschlagen, schlimmer als jemals zuvor. Beim ersten Glas war sie sich der Gefahr noch bewusst gewesen, das zweite Glas schmeckte nach mehr, das dritte schon nach Abenteuer und jedes weitere war nicht mehr genug.

Selma hatte sie einmal gefragt: „Was machst du, wenn du betrunken bist?"

„Ich erinnere mich nicht."

„Unsinn! Natürlich weißt du es. Jeder windige Alkoholiker behauptet am nächsten Morgen, er könne sich an nichts erinnern. Raus mit der Sprache."

„Ich rede Mist."
„Gib mir ein Beispiel."
„Mir fällt keines ein."
Die Therapeutin hatte ihr damals eine Aufgabe mit nach Hause gegeben. Nun hätte sie gleich zwei Beispiele nennen können. Sie hatte weder einen Partner noch einen Lover. Sie hatte nur ihren Buddy, der ihr nun wie eine Rettungsboje vorkam. Und sie war dabei, diese Boje zu versenken. Am Abend hätte sie alles richtigstellen wollen, aber wie so oft war unter dem Einfluss ihres Feindes das Gegenteil eingetreten. Sie hatte wieder einmal Mist geredet, diesmal sogar verdammten Mist. Vielleicht wollte sie von ihrem Konstantin – sie nannte ihn zum ersten Mal bei seinem Vornamen – hören, dass er sie liebte. Die Welt, in der sie sich eine Zeit lang aufgehoben gefühlt hatte, entfernte sich wieder. Sie hatte sich nicht im Griff.

Emma war von seinem Vater nach Brisbane zu einem Geschäftspartner, einem Möbelgroßhändler, geschickt worden. Auf der anderen Seite der Welt lernte er im Vorort Fortitude Valley, in dem sich die *Chinatown Mall* befand und selbst die blauen Straßenschilder auf Englisch und Chinesisch beschriftet waren, den Handel mit Asiatika kennen.

„Schon während der ersten Geschäftsreise von Joe, dem Freund meines Vaters, machte mich seine Frau zum Manne, wie man so trefflich sagt. Nancy hatte Augen, in denen Paradiesträume lagen. Es war göttlich. Aber warum sollte ich das Heiligste, das mir im Leben jemals passiert ist, vor dir ausbreiten? Vor einem Unsympathen, für den der Geschlechtsakt wahrscheinlich nur ein stupides Rein und Raus ist."

Dass Herzog seinem Schulkameraden immer wieder einmal geholfen hatte, schien keinen bleibenden Eindruck hinterlassen zu haben. Was hätte es in der jetzigen Situation für einen Sinn gehabt, darauf zu verweisen? Wahrscheinlich waren alle, die nicht weggeschickt wurden und in der vertrauten Umgebung bleiben durften, Emmas Feinde.

Unglücklicherweise war Joe eines Abends zu früh nach Hause gekommen. Noch in derselben Nacht hatte Emma seine Sachen packen und verschwinden müssen. Dank Nancys Fürsorge, die es liebte, ihn gut mit dem Geld ihres Gatten zu versorgen, konnte er sich selbstständig zu machen. Wenn man ganze Ladungen von Asiatika nach Australien verschiffen konnte, musste ein Geschäft in Europa mit heimwehkranken Vietnamesen, Thailändern und Indonesiern auch möglich sein. Er begann zu reisen und hielt sich viel in Myanmar auf. Dort gab es die billigsten Angebote. Man musste die Ware nur über die Grenze bringen. Er entwickelte einen genauen Plan, und in diesem waren Fliege, Eldorado und Poldi vorgesehen.

„Ich war zu dieser Zeit abwechselnd in Rangun oder im Norden Thailands in Chiang Rai, um die Transportwege zu sondieren," fuhr Emma fort. „Es war nur möglich, nachts über die Grenze zu gehen. Bist du schon einmal in völliger Finsternis mit einem Buddha auf dem Rücken barfuß durch den Urwald?"

Dann hatte Emma Kontakt zu Eldorado aufgenommen. Er besuchte ihn in seinem Copyshop in Hué.

„Er hat mich zuerst gar nicht erkannt, aber die drei Typen, die ich dabei hatte, haben ihm schnell die Augen geöffnet. Sie haben ihn richtig in die Mangel genommen. Dabei hat er sich in die Hosen gemacht. Wenigstens das haben sie in der verfluchten Schulzeit nie bei mir erreicht. Ich habe ihn einen Vertrag unterschreiben lassen, zusätzlich mit den Namen Fliege und Poldi."

Damit war Emma zu dem Zollfahnder nach München gefahren. Auch der unterschrieb.

„Nachdem das erste Geschäft abgewickelt war, hatte ich ihn in der Hand. Wenn man Familie hat und für ein Kind aufkommen muss, ist eine Nebentätigkeit geradezu willkommen.

Ich kann mich nicht erinnern, dass sich unser Ordnungshüter lange gegen das Angebot gesträubt hätte. Es war zum gegenseitigen Vorteil."

So nannte man das: Angebot und gegenseitigen Vorteil, nicht Erpressung und Betrug! Man musste nur die richtigen Worte finden. Herzogs Hände blieben weiterhin kalt und steif, seine Füße steckten in einem Eisfach. Seine linke Wade begann sich schmerzhaft zusammenzuziehen. Er streckte das Bein, so gut er konnte.

Mit dem Antiquitätenhändler in Wien sei es nicht so einfach gewesen. Der wollte die Gendarmerie holen. Emma schickte Fliege zu ihm und eine Woche später war die Sache klar. Poldi wollte einfach nicht glauben, dass von nun an Emma der Boss war. Emma wusste natürlich, sie würden versuchen, ihn über den Tisch zu ziehen. Deshalb ließ er jeden zehntausend auf ein Konto einzahlen. Wenn sie das Geld irgendwann wieder haben wollten, musste pünktlich und korrekt abgerechnet werden.

„Das hat sich jetzt erledigt. Die dreißigtausend sind ein angenehmer Zugewinn." Emma lachte zufrieden.

Beinahe hätte Herzog mit dem schmerzenden Bein nach seinem Gegenüber getreten. Er musste versuchen, seine Hände warm zu bekommen, musste sie so unauffällig wie möglich aneinanderreiben, ohne dabei die Schultern zu bewegen, denn dies hätte ihn verraten. Warme Hände waren seine einzige Chance.

„Aber warum Gardone? Warum ausgerechnet hier?"

„Mein Vater hatte ein Foto einer Villa im Geschäft hängen. D'Annunzio stand davor, in einem weißen Anzug, einen Hund neben sich. Ich habe schon als Kind für ihn geschwärmt. Ich wollte immer so werden wie er. Ein Dichter und Draufgänger!" Emma brüllte: *„Trionfo della morte!"*

Herzog verstand den Satz nicht. Es konnte ein Zitat des Dichters sein, aber auch Nonsense. Ein Dichter war Emma jedenfalls nicht geworden. In der Türe zum Nebenzimmer stand plötzlich der schwarze Neufundländer mit hängendem Kopf und triefenden Lefzen, als hätte Emma ihn mit diesem Satz gerufen. Er trottete langsam auf den Gefangenen zu und schleckte an seinen nassen Schuhen. Emma hatte also vorhin mit seinem Hund gesprochen wie mit einem Kumpan. Er war zwar nicht an den Stuhl gefesselt, aber wahrscheinlich hätte er nicht einmal aufstehen können. Auf Befehl seines Herrn würde sich dieses gemütliche Tier in eine Bestie verwandeln. Mit den Vorderpfoten auf seinen Schultern, den Zähnen an seinem Kehlkopf würde Herzog schon sterben, bevor er zu Tode gebissen wurde.

Er wünschte sich einen 42er Colt, den er in Sekundenbruchteilen ziehen konnte wie bei einem Showdown. Ein Fangschuss für den Hund und den Rest des Magazins aus der Hüfte für diesen eleganten Paranoiker. Aber seine einzige Waffe lag vor ihm auf dem Schreibtisch. Emma strich zum wiederholten Mal zufrieden ein paar Seiten des schwarzen Notizbuchs glatt. Herzog hatte das Heft in der Innentasche des Mantels mitgenommen, obwohl es in der Obhut von Margret viel besser aufgehoben gewesen wäre.

„Danach haben wir gesucht“, sagte Emma und fügte hinzu, „der Zollfahnder war die Buchhalterseele des Trios. Wie ich sehe, hat er alles genau notiert. Jeden Betrug an mir. Irgendwann haben sie gedacht, sie könnten mit mir umgehen wie früher.“

„Und deshalb hast du Fliege so zurichten lassen?“

„Wenn ich recht informiert bin, ist mein Geschäftspartner mit einer Schlinge um den Hals gestorben. Eine Ironie des Schicksals. Auch ich hatte in der Garage eine Schlinge um den Hals. Er ist als Selbstmörder unter die Erde gekommen.“

Die Angst zog Herzogs Körper zusammen. Er saß einem Verrückten gegenüber. Die Schlinge für Fliege, das Motorrad für Eldorado, weil sie damals mit dem Moped gekommen waren, und das Messer für Poldi. Die ausgeklügelte Rache eines Besessenen.

„Um noch einmal auf Eldorado zurückzukommen. Wäre dieser bedauerliche Unfall ein paar Jahre früher passiert, er hätte uns viel Ärger erspart."

„Es war kein Unfall!"

„Bei den meisten Menschen", antwortete Emma mit spöttischer Leichtigkeit, „beruht das Erkennungsvermögen auf der Wahrnehmung undeutlicher, halbbeobachteter Einzelheiten, die zusammen ein Zerrbild ergeben, das mehr aussagt über den Beobachter als über den Beobachteten." Es war unglaublich, er konnte diesen Satz herunterschnurren, ohne sich ein einziges Mal zu unterbrechen.

„Was wäre passiert, wenn das Auto in diesem Moment nicht gekommen wäre?"

„Siehst du, man drückt einen Wunsch aus. Das ist alles. Es geschieht in Hörweite eines Mannes, dessen Sache es ist, solche Wünsche zu hören und zur Kenntnis zu nehmen, daraufhin eine Entscheidung zu treffen und einen Plan auszuführen, ohne jemals von den Mitteln zu sprechen. Alles nur Geschäfte im normalen Bereich."

Eine Zeit lang war offensichtlich alles gut gelaufen. Aber dann hatte Poldi aus Wien versucht, über Eldorado ein Nebengeschäft aufzubauen. Es verschwanden nicht nur wertvolle Stücke, sondern auch Geld. Eldorado war das Klima in Fernost nicht bekömmlich. Wie Herzog gesehen hatte, löste es bei ihm einen unwiderstehlichen Drang nach Selbstvernichtung aus.

„Eldorado war das, was man gemeinhin „Aussatz" nennt. Bei unserem letzten Treffen hätte er mich im Suff fast erwürgt. Da wusste ich, die Zeit der Abrechnung ist gekommen. Hast du herausgefunden, was dieser noble, verbrauchte Windbeutel aus Wien in Jerusalem wollte? Er wollte ein Fünf-Sterne-Hotel im asiatischen Lifestyle ausstatten, auf eigene Faust. Hundertzwanzig Zimmer! Ich hätte ihn nicht für so dumm gehalten."

Herzog wünschte, Margret würde aufwachen und zusammen mit einer ganzen kampferprobten Armee hier einfallen. Er lauschte nach draußen, aber auch aus dem Nebenzimmer war kein Geräusch zu hören.

„Alle drei mussten wissen, dass aus ihrem ehemaligen Sklaven ein ...", er suchte nach einem treffenden Wort, „ein ganz Großer geworden war. Ja, ein ganz Großer", es klang, als müsste er sich selbst immer wieder davon überzeugen. „Es ist mein Kapital, das in diesem Unternehmen steckt. Ich gehe davon aus, du verstehst mich."

Herzog verstand ihn nicht. Jemand wie er, der sich aus Geld nicht das Geringste machte, konnte einem Menschen, der aus Habgier über Leichen ging, kein Verständnis entgegenbringen. Auch die jahrelange Sehnsucht nach Rache und dieses übersteigerte Geltungsbedürfnis waren ihm fremd. Hätte er nicht auf Flieges Anruf reagiert, er würde jetzt einen wunderbaren Abend mit Margret verbringen. Vielleicht würde er in einem Anfall von Romantik diese drei lächerlichen Worte in ihr Ohr flüstern und sie würde ihm einen Heiratsantrag machen. So aber fühlte er sich dem Tor zum Himmlischen Frieden näher als noch vor Tagen. Zu dem Zeitpunkt, als Fliege ihn angerufen und zu einem Spaziergang eingeladen hatte, ahnte der Zollfahnder wahrscheinlich nichts von seinem Tod und davon, dass sich die Mörder schon auf dem Weg zu seiner Wohnung befanden.

„Es wäre einfacher auf der Welt, wenn jeder wüsste, was er zu tun, vor allem aber, was er zu lassen hat!" Emma lehnte sich zurück.

So war es. Die einen handelten mit geschnitzten burmesischen Affen, andere mit dem pulverisierten Horn des Nashorns, wieder andere mit Plutonium oder Frauen, die ganz Schlauen mit Papieren, deren Wert an einem Tag in astronomische Höhen schoss, am anderen gegen Null tendieren konnte, die Zukunftsgläubigen zockten mit Bitcoins und Le Thuy in Hué handelte mit Fernreisen. Man durfte nur sein Hoheitsgebiet nicht verlassen, sonst konnte es ans Leben gehen. Es gab keine guten oder schlechten Menschen. Es gab nur gute oder schlechte Geschäfte. Im Vergleich dazu war er, der Kunstzieher Herzog, ein lumpiger Kleingewerbetreibender.

„Ihr habt euch in den letzten Tagen so oft gesehen. Sag doch wenigstens Guten Abend!", rief Emma ins Nebenzimmer.

Der Hund stierte unter dem Tisch hervor. Was sollte das heißen?

„Erkennst du ihn wieder?"

Der kleine Mann aus Hué, mit dem Eldorado so aufgeregt gestikuliert hatte, lehnte mit unbeweglichem Gesicht am Türrahmen. An seiner linken Hand baumelte ein Buddha von der Art wie bei den drei Toten. Nun hatte Herzog sowohl den Mörder als auch den Auftraggeber direkt vor sich. Emma drehte sich ein wenig zur Seite und Herzog sah ihn wie in einem Spiegel: Obwohl er ihn plötzlich deutlich wahrnehmen konnte, blieb er ein Phantom, unangreifbar im Raum. Er zog aus der Jackentasche die Eintrittskarte mit Herzogs Schrift.

„Du hast recht: Ein Fernglas macht noch keinen Adler. Aber man sieht die Welt um einiges schärfer – wie durch ein Zielfernrohr."

Dann sagte er unvermittelt und herablassend: „Asiatika! Diese adeligen Dummköpfe unten an der Uferpromenade, die heute um deine Partnerin buhlten, reißen uns die Drachen aus den Händen. Sie sind bereit jeden Preis zu zahlen, genauso wie für ihre lächerlichen Autos. "

Seiner Meinung nach war das Wunschgebilde Europa gerade im Begriff auseinanderzufallen. In solchen Zeiten hätten die Menschen eine Sehnsucht nach Märchen, nach altem Glanz, nach der glorreichen Zeit, als der Kontinent noch Kolonien besaß und die Kriege weit weg in Afrika oder Asien stattfanden. Da sie aber diese Zeit nicht selbst erlebt hätten, sähen sie weder die Soldaten, die den Reichtum schützen mussten, noch die farbigen Diener, die im Elend dahinvegetierten, und auch nicht die Hunde, die den Abstand zwischen Herr und Knecht garantierten. Sie wollten den Glamour, die Turbane, das Gold, die Leinenanzüge der weißen Herren und die blumigen Kleider der Damen. All das würde sich, Emma war überzeugt davon, in den Schätzen spiegeln, die er dem Verfall entreiße und die unten in der Halle gelagert seien.

Leise sagte er: „Ich weiß sehr wohl, was sie gerufen haben, als ich mit dem Boot vorbeirauschte: Piccolo brutto puzzolente! Kleiner dreckiger Stinker. Weil ich ihnen das Geld aus der Tasche ziehe und mich hier eingenistet habe. Unrechtmäßig, wie sie meinen.“ Er lachte. „ Ja, ja, die Herren in ihren Kamelhaarmänteln und die Damen in ihren feinen Jaguarjäckchen, der Seidenunterwäsche und den Brustimplantaten. Sie beneiden mich um dieses gesegnete Stückchen Erde, auf dem ihr Dichter begraben liegt.“

Emma wandte sich dem Untergebenen zu. Der Hund wedelte mit dem Schwanz, ließ Herzog aber nicht aus den Augen.

„Du kannst gehen, Radshiv, und nimm den Hund mit, er stinkt. Halt die Augen offen!“, rief er ihm nach.

Das Lächeln auf Emmas Gesicht war verschwunden. Der Herr schickte den Knecht hinaus. Der Knecht konnte außerdem den Hund mitnehmen, denn von Herzog ging keine Gefahr mehr aus. Er wollte die Niederlage seines ehemaligen Klassenkameraden ganz alleine für sich haben. Er wollte seinen Triumph genießen.

Gefährliche Schüsse

Wenn Emma mit Herzog fertig war, würde Radshiv ihn auf den See hinausfahren, vom Neufundländer stoisch, mit heraushängender Zunge bewacht. Damit musste er auf jeden Fall rechnen, denn er war in etwas hineingestolpert, das ihn zwar nichts anging, das ihn aber zu einem Mitwisser machte, den man entsorgen musste. Nach Verschwinden der Uferbeleuchtung würde der Motor gedrosselt werden, und schon jetzt konnte Herzog das Platschen des Wassers hören. Radshiv hätte den Befehl, ihn mit Hilfe des zubeißenden Hundes über Bord gehen zu lassen, in Mantel, Schuhen, Hemd und Pullover. Herzog sah die Buddhafigur vor sich, die Radshiv ihm vor seinem Tod um den Hals hängen würde.

Irgendwann nach Tagen oder Wochen würde er angeschwemmt werden, sein Körper aufgebläht, mit unförmigem Kopf und herausquellenden Augen. Eine Wasserleiche, die man schnell entsorgte, um den Gestank an der Uferpromenade loszuwerden und die Gäste des *Grand Hotel* nicht unnötig zu beunruhigen. Ein Toter, wie er jeden Tag auf der ganzen Welt vorkam.

Wenn Herzog Glück hatte, gäbe es vielleicht von Margrets Seite eine Todesanzeige: „Plötzlich und unerwartet verstarb …“ Wahrscheinlich würde sie weder die Todesursache noch ihren Namen hinzufügen, denn sie war ja dann eine verheiratete Frau, vielleicht die Gattin eines Chirurgen oder Immobilienmaklers. Herzogs Kopfschmerzen wurden wieder stärker, aber seine linke Hand fühlte sich nicht mehr so taub an.

Emma sagte unvermittelt: „Nun zu dir. Du bist in keiner beneidenswerten Lage. Du siehst erbärmlich aus. Schlimmer noch, wie ein nasser Waschlappen! Wie einer, der keine Tricks mehr auf Lager hat.“ Emma lachte über seinen eigenen Witz. Er badete in seiner Überlegenheit. Herzog beschloss, die Karten offen auf den Tisch zu legen, um Zeit zu gewinnen. Emma hörte hinter der Lampe zu.

„Sieh an“, sagte er, als Herzog fertig war, „Alina hatte das, was wir gesucht haben.“

Er nahm das schwarze Notizbuch in die Hand. „Immer wenn es Schwierigkeiten gab, kam der Zollfahnder mit ihr angereist und sie sollte es richten. Hat sie dir auch eine Nacht versprochen und dir einen geblasen, damit du nach ihrer Pfeife tanzt?"

Obwohl Herzog Alina abgewiesen hatte, verspürte er plötzlich ein ungutes Ziehen in der Lendengegend. Warum hatte sie ihn nicht gleich an den Gardasee geschickt, wenn sie wusste, wer hinter all den Geschäften steckte?

„Kein Wunder", fuhr Emma fort, „dass sie sich von Fliege hat scheiden lassen. Er hat sie regelmäßig zur Hure gemacht." Mit Stolz fügte er an: „Zumindest bei mir!"

„Und du hast es dankend angenommen."

„Gehörst du zu den Weltverbesserern?"

„Ich habe Alina nicht ausgenutzt."

„Sie hat dich nach Hué geschickt, weil sie wissen wollte, ob ihr Mann an dem Etablissement – um es einmal vornehm auszudrücken – beteiligt war, das Eldorado unter dem Deckmantel eines Copyshops betrieb. Natürlich war er das, aber dort ist kein Geld mehr zu holen."

„Und du hast an allen Geschäften mitverdient."

Emmas Gesicht schoss plötzlich hinter der Lampe hervor.

„Ich will dir mal eines sagen. Ich wusste immer, irgendwann bin ich mit den dreien fertig oder ich werde wieder die kleine Emma, auf die man spucken kann. Du wirst es nicht glauben, aber am Ende haben sie mich sogar gelangweilt, mit ihren Ausreden, ihren Feigheiten und ihren miesen Betrügereien, diese Arschlöcher."

„Jetzt bist du nach all den Jahren zufrieden."

„Exakt!"

Dieses Wort sollte scharf und zackig klingen, aber es klang dünn. So dünn, als würde nach all diesen Jahren, die Emma auf die finale, endgültige Rache hingelebt hatte, etwas wegbrechen, das seinem Leben ein Ziel gegeben hatte.

„Jeder Mord ist schlecht fürs Geschäft. Er kann noch so raffiniert eingefädelt und ausgeführt werden, unangenehme Nachforschungen und Schmiergelder, die den Zugewinn des eingesetzten Kapitals mindern, sind unvermeidlich."

Nun hatte Herzog sein Geständnis. In seiner Lage war es allerdings nicht viel wert. Er beugte sich leicht zur Seite. Die linke Hand war fast warm. Er hatte eine Chance. Langsam nahm das Gesicht ihm gegenüber einen fanatischen Ausdruck an.

Durch die Tür auf der rechten Seite war Herzog offensichtlich ohnmächtig hereingeschleift worden. Er hätte nicht die Kraft gehabt, wieder über das Gittertor an das Seeufer zu kommen. Durch die linke Tür war Radshiv verschwunden. Der einzige Ausweg führte über Emma und die Tür hinter seinem Rücken.

„Ich bin der festen Überzeugung, der Mensch hält sein Leben durch die Zeit zusammen. Kannst du mir sagen, was passiert, wenn diese Zeit für ihn abgelaufen ist? Wenn ein verkürztes Leben zu Ende ist? Was geht in ihm vor, wenn er den Tod schon in sich trägt? Möchte er noch einen der seltenen schönen Momente mit hinübernehmen? Denkt er über seine Schuld nach oder herrscht im Gehirn eines solchen Individuums völlige Leere? Muss man sich den Tod vorstellen wie eine Landschaft mit einem Haus, in das man hineingehen kann und wo ein Bett steht, in dem man schlafen kann? Oder ist der Tod ein Ort der völligen Finsternis? Du musst es doch wissen!"

Es war nicht zu glauben, der Ton war aggressiv, aber Emma hatte feuchte Augen. Er machte eine kurze Pause, als erwartete er eine Antwort, aber Herzog war weder willens noch in der Lage, mit ihm über sein Ende zu philosophieren. Im ersten Semester an der Universität hatte er eine Vorlesung über Aggressionen besucht. Selbst wenn noch ein Rest von Erinnerung daran in seinem Gedächtnis vorhanden gewesen wäre, es hätte ihm in seiner jetzigen Situation nichts geholfen.

„Warum bist du eigentlich ohne deine Verstärkung gekommen? Das macht die endgültige Erledigung des Falls komplizierter … aber nicht unlösbar. Nicht für Radshiv." Mit kalter Verachtung hängte er an: „Du hast lange genug studiert und ein angenehmes Leben geführt!"

Herzog konnte mit dem Wort „Verstärkung" nichts anfangen, aber er hörte sich plötzlich sagen: „Wir greifen grundsätzlich getrennt an. Ich komme von vorne und sie …"

Eine Türe quietschte kaum vernehmbar in den Angeln. Für einen kurzen Augenblick trieb durch den Nebenraum und zur Türe herein ein Fetzen Musik.

Jetzt erst bemerkte Herzog, das Büro hatte runde Fenster wie Bullaugen. Er befand sich also im Bauch des Schiffes, das man in den Hang betoniert hatte und auf dessen Deck Emma zu sehen gewesen war. Die wenigen Takte eines Walzers trugen Herzog hinaus, über das Grabmal des Dichters hinweg zu den verschiedenen Aussichtspunkten, die er nur aus der Ferne gesehen hatte. Er atmete mit einem Mal Winterluft, spürte den Nachtwind, nicht auf seiner erstarrten Haut, sondern in seinem Inneren. Er flog über die steilen Hänge des Westufers hinüber zu den Schluchten des Alto Adige, schwebte in der kurzen Melodie auf und ab, hatte einmal Margret im Arm und dann wieder die Prinzessin aus Fernost. Er tanzte in Gedanken glücklich, frei und leicht. Glücklich, weil ihm niemand die Fähigkeit nehmen konnte, mit seinen Träumen zu verschmelzen, frei, weil selbst dieser Verrückte nicht in sein Innerstes vordringen konnte, und leicht, leicht, leicht …

Er spürte eine scharfe Flüssigkeit in seinem Gesicht. Sie rann über Stirn, Augen, Nase und die zusammengepressten Lippen. Emma hatte ihm den restlichen Whiskey ins Gesicht geschüttet.

„Ich habe dich etwas gefragt und … ich lasse mir auch von dir keine Lügen auftischen!"

Herzogs Gesicht brannte, aber mehr noch brannte die Narbe über der rechten Augenbraue. Seine Narbe aus dem Internat. Er kann sich nicht mehr an den Namen erinnern, aber der Junge steht wie damals wieder vor ihm. Er hält einen Stein in der Hand und grinst. Er ist größer als Herzog und dieser zieht den Kopf ein, um den Schlag zu parieren. Er spürt keinen Schmerz. Blut läuft ihm in die Augen. Er schlägt blindlings auf den Größeren ein, liegt plötzlich auf ihm und lässt ihn erst los, als mehrere versuchen, ihn zu halten. Doch er macht sich frei, stürzt sich erneut auf den Feind, reißt ihm im Laufen die Beine weg, hört weder das Schreien der anderen noch das Weinen des Angreifers. Seine Fäuste sind wie ein Trommelfeuer. Nun fühlt er nach all den Jahren seine Wut so deutlich, dass er den Schweiß riechen kann, den der Körper eines Menschen in einem Moment der absoluten Panik absondert.

Es gibt Dinge, die einem bleiben, wenn man sie oft genug geübt hat. Dabei spielt es keine Rolle, ob das schon Jahre oder gar Jahrzehnte zurückliegt. Reflexartig gelang es Herzog, die linke Hand wie in seiner Kindheit einzurollen. Mit einem kurzen Ruck befreite er sich aus der Fessel. Wieder einmal erwies es sich als hilfreich, dass er beidhändig arbeiten konnte.

Er sprang auf, griff nach der Schreibtischlampe und drückte sie mit der Glühbirne nach vorne in Emmas Gesicht. Er sah den Blitz, sah die weit aufgerissenen, erstaunten Augen, sah die Hände, die zu spät versuchten, den Kopf zu schützen, und hörte einen hellen Ton wie von einem Tischtennisball, als das Gesicht in den Aschenbecher mit der Zigarre fiel. Ein Gesicht, das im Moment des Zusammentreffens mit der unbeschreiblichen Hitze und den elektrischen Wellen in sich schrumpfte, verbrannt um Nase und Augen herum, faltig an den Rändern. Der Horngeruch der Augenbrauen vertrieb den Duft der teuren Zigarre. Dann war es dunkel, aber dieser Augenblick des Sieges zog sich in die Dunkelheit hinein, als würde er eine Ewigkeit dauern.

Herzog tastete zur Tür, die sich hinter dem Schreibtisch befand, stolperte eine Treppe hinauf und stand schwankend auf dem Deck des Schiffes, das aus dem Berg herausragte, quer zu den Zypressen. Die einbetonierte Eitelkeit eines Dichters, der den Krieg mit einem Abenteuer verwechselt hatte. Er lief zum Heck, sprang über die Reling auf den Hang hinunter, hastete die Parkwege entlang dem Ausgang zu, schlitterte auf dem Pflasterweg abwärts, überschlug sich, verwickelte sich in seinen Mantel, blieb für Sekunden benommen liegen, nahm die Außenmauer schemenhaft wahr und wusste, nur am Kassenhäuschen hatte er eine Chance, dieses Grundstück zu verlassen und damit sein Leben zu retten.

Als er in der Dunkelheit den Torbogen erkennen konnte, hörte er den Hund. Das Tier bellte nicht, es gab im Laufen Laute von sich, ähnlich einem tiefen Husten. Ein Signal für denjenigen, auf dessen Befehl es die Spur verfolgte. Radshiv hatte seine Flucht bemerkt. Der Geruch von Herzogs nassen Schuhen war eingebrannt in den Jagdinstinkt des Neufundländers. Er hatte die Belohnung vor Augen, wenn das Opfer gestellt war, vielleicht sogar ein Stück vom Opfer selbst.

Herzog sah nach vorne und hörte nach hinten. Er würde das Tor hinaufklettern, auch wenn sich das Tier in seinen Rücken verbissen hatte. Aber der schwere Hund war nicht schnell genug. Schon saß Herzog rittlings auf den Eisenpfählen, ohne einen Schmerz zu fühlen, während der Hund mit enttäuschtem Kläffen versuchte, seine Schuhe zu erreichen. Er zögerte einen Moment, auf der Seite der Freiheit auf die Straße zu springen. Das Verlangen, den Sieg ein paar Sekunden auszukosten, rettete ihm das Leben.

Das Tor öffnete sich lautlos. Er bewegte sich mit einem der beiden Flügel auf die Mauer zu. Wäre er abgesprungen, der Hund hätte ihn nach wenigen Metern erreicht. Nun war er zwar gefangen, aber er konnte versuchen, mit losen Steinen aus der Mauer das Tier zu vertreiben. Beim ersten Treffer jaulte der Hund auf, zog den Schwanz ein und wich ein paar Meter zurück.

Herzog hatte schon fast verloren gehabt. Zur letzten Runde war er allerdings aus seiner Ecke gekommen und konnte ansatzlos zurückgeschlagen. Er dachte an Margrets Aussage: „Buddy, das Schicksal nimmt einen nur in die Mangel, wenn man wie ein angeschlagener Boxer in der eigenen Ecke bleibt, die Fäuste hängen lässt und angstvoll auf den unvermeidlichen Punch wartet." Am liebsten hätte er gesungen, aber er keuchte noch immer und fühlte seinen Puls an den Schläfen. Nun würde er tatsächlich zum Frühstück ein paar Überraschungen auftischen können.

Leider hatte er noch nicht vollständig gewonnen. Radshiv würde ihn aufspüren, so wie er Fliege, Eldorado und Poldi aufgespürt hatte, und er würde versuchen mit ihm abzurechnen. Er war als derjenige zu seinem Herrn an den Gardasee zurückgekommen, dem es nicht gelungen war, das schwarze Notizbuch zu erobern. Drei Tote, aber kein endgültiges Ergebnis, keine Zahlen, die jeden einzelnen Betrug beweisen konnten. Herzog hatte in den Augen des kleinen Mannes die Verachtung, aber auch den Hass gesehen. Ein Amateur wie er hatte alles verdorben. Selbst wenn er am Anfang noch so viele Fehler gemacht hatte, letztlich war er bis in die Zentrale vorgedrungen.

In der Eile hatte er im Büro das „kleine Schwarze" auf dem Schreibtisch liegen gelassen, trotzdem verfügte er über genügend Beweise und ein Geständnis. Wenn nur der Hund nicht gewesen wäre, der mitten in der Auffahrt hechelte.

Zuerst sah er nur den Strahl, der sich in der Dunkelheit verlor. Dann wanderte ein heller Punkt, kleiner als eine Handfläche, die Mauer entlang. Kurz darauf hörte er Schritte und einen gedämpften Knall. Aus dem hellen Punkt spritzten Steine. Er legte sich flach auf die breite Mauer und duckte sich, so gut er konnte. Als der Punkt seinem Körper näher kam, schob er sich auf dem Bauch rückwärts, bis ihm ein Baum Deckung bot.

Wenn sein Verfolger statt eines Zielfernrohres ein Gunlight auf dem Gewehr befestigt hatte, war er verloren. Zwei Schüsse schlugen direkt neben seiner Hand ein. Er dachte, nur nicht die Hände, mit verkrüppelten Händen bin ich geliefert. Aber es war jetzt überflüssig an seine Hände zu denken, der nächste Schuss würde ihn erledigen. Unter ihm bellte der Hund und verriet dem Schützen, wohin er zielen musste. Der Seiltanz war vorüber!

Natürlich hätte Margret bei einer Beichte ihrem Buddy gegenüber nicht alles richtiggestellt. Sie konnte ihm nicht erzählen, dass sie für *Red Rocks Security Consulting* unterwegs war. Sie wollte es nicht, weil sie Angst hatte ihn zu verlieren. Sie kannte das von anderen Kolleginnen. Es war absurd, aber ein erfundener Partner war in dieser Lage ein bequemer Ausweg. Warum sie dazu noch zusätzlich in aufschneiderischer Weise einen Lover erfunden hatte, wusste sie selbst nicht.

Sie drehte sich auf die andere Seite des Bettes und tastete nach einem ihr vertrauten Arm. Ihr Buddy war verschwunden. Sie machte Licht und sprang aus dem Bett. Unter der Badezimmertür sah sie einen hellen Streifen, aber schon als sie die Tür aufstieß, wusste sie, dass niemand in diesem Raum war. Sie kniete vor der Kloschüssel nieder und erbrach sich. Sie würgte alles aus ihrem Magen, solange, bis nur noch bitterer Schleim kam. Darin hatte sie Übung. Mit der Hand wischte sie den Speichel von ihrem Kinn und spülte den Mund mit kaltem Wasser aus.

Sie fühlte sich erleichtert und setzte sich aufs Bett. Ab jetzt handelte sie mechanisch. Sie kramte aus dem Koffer ihren kugelsicheren Kapuzenpullover von *Caballero,* den auch die amerikanische Armee verwendete. Er ließ ihr genügend Bewegungsfreiheit. Dann holte sie aus einer versteckten Seitentasche einen Schultergurt mit ihrem Kampfmesser aus schwarzem Carbonstahl und ihre P 239. Ohne Hast zog sie sich an und prüfte den Sitz der Waffen. Sie war froh um das zweite Paar Schuhe, das sie eingepackt hatte. Dann verließ sie den Raum und sperrte ab.

Im Auto legte sie den Zimmerschlüssel unter den Fahrersitz und startete den Motor. Sie war nun zugleich in ihrem Körper und außerhalb von ihm.

Bevor sie losfuhr, sah sie auf ihr Telefon. Endlich war eine Meldung da. Die begann mit drei „D" und einem Ausrufezeichen. Das „D" stand für *dangerous,* und drei „D" bedeuteten einen äußerst gefährlichen Gegner. Sie las die Meldung noch einmal aufmerksam durch. Davon konnte nicht nur ihr, sondern auch das Leben ihres Buddys abhängen.

Die Zeichnung von Flieges Sohn war wirklich ein Volltreffer gewesen. Der Mann hieß Emmerich Lustig und war nicht der Gentleman, als der er auftrat. Er war vorbestraft wegen Unterschlagung, ein Steuerverfahren wartete auf ihn und es wurde gegen ihn ermittelt in Zusammenhang mit dem Tod eines Münchner Zollfahnders. Damit konnte nur Fliege gemeint sein, den man eigentlich als Selbstmörder beerdigt hatte.

Die Meldung endete mit dem Hinweis: ABSOLUTELY NO PARTNER!

Es handelte sich tatsächlich um Emma, den ihr Buddy auf der Fahrt zum Gardasee erwähnt hatte. Margrets Sorgen waren also berechtigt. Sie dachte an das Motto, das jeder Besucherin entgegenleuchtete, wenn sie die deutsche Version der Homepage von *Red Rocks* aufrief: „Verliererinnen sagen: Es ist möglich, aber es ist zu schwierig. Siegerinnen sagen: Es mag zu schwierig sein, aber es ist möglich!"

Sie wusste inzwischen, dass das Leben mit solchen Sprüchen nicht zu bewältigen war, aber manchmal konnte man daraus eine gewisse Motivation schöpfen.

Als sie sich der Villa des Dichters näherte, schaltete sie das Licht aus und ging vom Gas. Sie war sicher, dort musste sie ihren Buddy suchen.

Um kein Ziel mehr für Radshiv abzugeben, kroch Herzog auf der Mauer noch weiter rückwärts. Vielleicht konnte er unbemerkt auf einen der zahlreichen Bäume klettern, um sich vor dem Hund in Sicherheit zu bringen. Während er mit dem Gesicht an den feuchten Steinen entlang rutschte, fiel ihm wieder der verregnete Tag ein, an dem er Margret kennengelernt hatte. Es war an seinem Geburtstag gewesen. Ein unverhofftes wunderbares Geschenk.

Ganz in der Nähe hörte er ein Auto.

Es gab einen dumpfen Schlag, als Margret den Hund überfuhr. Sie bremste und setzte zurück, um sicher zu gehen, dass von dieser Seite keine Gefahr mehr drohte. Der Hund jaulte noch einmal auf, dann war es still. Kurz darauf sah sie einen Lichtpunkt und ein Schuss zerriss das Fenster der Fahrertür. Sie spürte einen Schlag an der Schulter, aber das Geschoss prallte an ihrem kugelsicheren Pullover ab. Sie dankte Miguel Caballero für seine zwar teure, aber ausgezeichnete Ware. Sie fuhr noch ein Stück die Einfahrt hinauf und als der Wagen zum Stehen kam, ließ sie sich durch die offene Beifahrertür auf die Straße rollen. Der nächste Schuss schlug durch das Dach. Da sie keinen Helm trug, wäre sie verloren gewesen. Ein weiterer Schuss hinterließ ein Loch in der Motorhaube. Sie registrierte, dass ein Gewehr mit Schalldämpferlauf verwendet wurde.

Margret robbte Richtung Mauer. Wenn der Schütze im Auto nachsehen wollte, ob er sie getroffen hatte, musste er ihr auf diesem Weg entgegenkommen. Sie nahm sich vor, so wenig Spuren wie möglich zu hinterlassen. Nach all ihren Abmahnungen würde sie dieser Einsatz unter Garantie den Job kosten. Sie war gerade dabei, für ihren Buddy einen Privatkrieg auszutragen, und Privatkriege waren bei *Red Rocks Security Consulting* nicht nur verpönt, sondern strengstens verboten.

Sie blieb einen Moment liegen. Es war dunkel und still. Warten gehörte zu ihren Stärken. Ihr Kopf war nun völlig frei. Das Gehirn arbeitete ruhig und konzentriert, als würde sie ein Kreuzworträtsel lösen. Sie würde ihren Buddy finden und wenn man ihn in einem der pompösen Särge des Mausoleums versteckt hatte. Es gab noch eine Menge zu bereden.

Das Licht tanzte wieder über dem Autodach. Es kam von der Mauer am Eingang und zitterte etwas. Der Gegner schien unsicher oder ratlos zu sein. Schlecht für ihn. Margret kletterte auf die Mauer und lief gebückt vorwärts, in der rechten Hand das Messer. Als sie die schmale Gestalt sah, blieb sie stehen. Das war nicht Emma. Demnach gab es mehr als einen Gegner.

Das Jaulen des Hundes war Herzog durch und durch gegangen. Trotzdem war er erleichtert. Er ließ sich von der Mauer fallen. Als er auf dem Boden aufkam, spürte er ein Stechen im Ellenbogen und vernahm ein leises Knacken, wie wenn man ein Stück Holz über dem Knie zerbricht. In der Auffahrt passierte etwas, das er sich nicht erklären konnte. Er versuchte mit einem Arm und den Beinen von der Stelle zu kommen. Der verletzte Ellenbogen blieb an einer Wurzel hängen. Er biss in seine Hand, um nicht vor Schmerz aufzuschreien. Obwohl er vor nicht allzu langer Zeit noch gefroren hatte, brannte nun sein Köper vor Anstrengung. Vielleicht würde er einen Gips bekommen und ein paar Tage im Krankenhaus verbringen müssen. Beinahe hätte er lachen müssen: Einen Gips, auf dem sich die Braut Margret verewigen konnte. Er hielt die Luft an. Der Schmerz ließ nach. Dann überfiel ihn ein Schreck. Wenn das Gelenk steif blieb, war es mit dem beidhändigen Arbeiten vorbei.

Die Schüsse schienen nicht mehr ihm zu gelten. Nach ein paar Metern blieb er erschöpft liegen. Jede Bewegung am Ende der Mauer musste einem aufmerksamen Beobachter, der sich gegenüber postiert hatte, auffallen und ihn verraten. Nachdem er es fast bis zum Ausgang geschafft hatte, durfte er kein Risiko mehr eingehen. Er kam sich vor wie eine tote Seele, die durch ein Wunder noch einmal zum Leben erweckt wurde, die nun aber keinen Ausweg in die Freiheit fand. Er bildete sich ein, sein Mobiltelefon hätte ihn in dieser Situation retten können. Herzog suchte es im Mantel, aber es war nicht mehr da.

Noch einmal hörte er gedämpft einen Schuss und dann einen Ton, als würde die Kugel auf einen Gong auftreffen.

Margret bückte sich, hob einen Stein auf und warf ihn auf das Gittertor. Sofort reagierte der Lichtstrahl und die dazugehörige Person bewegte sich auf der Mauer von ihr weg Richtung Ausgang. Margret folgte ihr. Sie war sich des Risikos bewusst. Wenn es zwei oder vielleicht sogar mehrere Gegner gab, saß sie plötzlich in der Falle. Auf ihren Buddy konnte sie nicht zählen. Wenn sie den Rücken frei haben wollte, musste sie schnell handeln. Sie steckte das Messer zurück in den Schultergurt und holte die Pistole aus dem Hosenbund. Ein Schuss war ihre Lebensversicherung, zugleich aber auch das letzte Mittel. Nachdem sie auf die Mauer gestiegen war, ergriff sie einen losen Brocken und rannte los.

Noch bevor der Gegner sich ganz zu ihr umdrehen konnte, warf sie ihm den Brocken mit aller Kraft in die Seite. Das Licht richtete sich in den Himmel. Für einen kurzen Augenblick sah sie das schmerzverzerrte Gesicht eines Mannes, der versuchte das Gleichgewicht zu halten. Dann war sie bei ihm und trat zu. Der Schütze stürzte von der Mauer, ohne einen Laut von sich zu geben. Wie eine Puppe segelte er durch die Luft und kam mit dem Kopf auf dem Pflaster auf. In seiner Nähe lag der tote Hund.

Margret holte tief Luft. Der erste Schritt war getan. Gerade wollte sie die Pistole zurück in den Gürtel stecken, da bemerkte sie eine Bewegung an der gegenüberliegenden Mauer. Sie ließ sich sofort fallen.

Es war nicht zu glauben, ihr Buddy steckte den Kopf durch die Büsche, als ginge es um ein Versteckspiel. In diesem Augenblick hätte sie weinen können, aber wieder einmal war es nicht die richtige Zeit.

Als Herzog so weit aus seiner Deckung gekommen war, dass er um die Ecke schauen konnte, sah er Margrets zerschossenes Auto. Sein Magen zog sich zusammen. Er sah sie bereits blutüberströmt im Inneren sitzen. Er hatte sich mühsam befreit und nun war er doch am Ende. Wenn er wirklich davonkam, gab es eine Reihe Gräber zu pflegen. Fliege, Eldorado, die Theaterleiche Poldi und nun Margret, die versucht hatte, ihm zu helfen und dafür mit ihrem Leben bezahlte, kurz vor ihrer Hochzeit.

Aus dem Jenseits hörte er ihre Stimme.

„Du siehst nicht gut aus, Buddy."

Das mochte stimmen, aber was spielte das jetzt noch für eine Rolle. Die Tränen liefen ihm über das Gesicht.

„Hör auf zu weinen und sag mir lieber, wo Emma ist."

Herzog kannte diese Stimme. Das Wort „Emma" brachte ihn in die Realität zurück.

„Ich habe ihm seine eigene Schreibtischlampe ins Gesicht gedrückt."

„Dann können wir gehen."

„Einen Moment."

„Gibt es hier noch jemanden, mit dem wir uns befassen müssen?"

Herzog schüttelte den Kopf und deutete auf seinen Arm. Als Margret ihn untersuchen wollte, zuckte er zurück. Er versuchte ein Stöhnen zu unterdrücken. Sie fasste ihn mit beiden Armen unter. Zusammen konnten sie die Entfernung zum Auto schaffen. Er hielt sich mit dem gesunden Arm an ihr fest und nach den ersten Schritten fühlte er sich besser. Noch verfügte er über Reserven. Bei jedem Schritt drückte er Margret so fest er konnte, als hätte sie ihn zu ihrem Bräutigam auserkoren. Dabei fühlte er etwas Hartes an ihrer Schulter. Sie hievte ihn auf den Beifahrersitz. Nach dem Anlassen drehte sich der Motor kurz. Er gab ein Geräusch von sich, als wären lose Schrauben im Getriebe, dann war es still. Weitere Versuche waren erfolglos. Radshivs Schuss hatte sein Ziel erreicht.

„Wir müssen den Wagen rückwärts aus der Einfahrt rollen lassen."

Tropfen liefen über die Windschutzscheibe. Regen ist gut, dachte Margret, er vernichtet Spuren. Sie achtete darauf, sowohl die Leiche des Mannes als auch den toten Hund in möglichst großem Abstand zu umfahren. Herzog sah Margret von der Seite her an und musste an die Bemerkung Emmas denken. Sie wirkte mitgenommen, aber irgendetwas Gefährliches konnte er wirklich nicht an ihr erkennen. Die Straße war zu eng, um das Auto in die richtige Richtung zu bringen. Sie rollten langsam rückwärts. So würden sie bis zum Hotel an die Uferpromenade hinunterkommen.

„Wie kann man nur so unvorsichtig sein?", fragte Margret und drehte sich im Sitz um. „Was hätte ich gemacht, wenn dir etwas zugestoßen wäre?"

Dann hättest du ohne mich heiraten müssen, dachte Herzog, sagte aber vorsichtshalber nichts.

„Buddy, du musst mit deinem Ellenbogen in die Werkstatt und das Auto muss zum Arzt", sie stockte, „nein, natürlich umgekehrt! Wir bleiben eine Woche hier. Was hältst du davon?"

Selbst wenn Margret einen Monat vorgeschlagen hätte, Herzog wäre freudig darauf eingegangen.

Dank des Autors

Keine Geschichte wäre ohne Unterstützung möglich und vollständig.

Bei einem Aufenthalt im Goldenen Dreieck im Norden Thailands an der Grenze zu Myanmar sprach mich in Chiang Rai ein Mann an, der mich in ein Lager mit burmesischen Antiquitäten führte, so groß wie ein halbes Fußballfeld. Er gab den Anstoß zu dieser Geschichte, die mich seither nicht mehr losgelassen hat.

Dank an Truong-dinh Ngo für seine Informationen über die alte Kaiserstadt Hué, Camille Huyen für die Einladung zum *Hué Festival,* den Schweizer Komponisten Walter Giger für die Einführung in die Lyrik Han Mac Tus, Abdulkarim Sadi für die Innenansicht eines besetzten Landes, Mag. Markus Stefan Bugnyár für die freundliche Aufnahme im *Österreichischen Hospiz* in Jerusalem, Pauline Nunu vom *Jerusalem Hotel,* Herbert Woyke für seine Farbenlehre und wie schon so oft Dank an Ivan Binar in Prag.

Außerdem danke ich Andreas Grüneisen, Rolf Liedl, Katharina Wimmer und ganz besonders Herbert Dandl und Peter Strutynski, die die Entstehung der verschiedenen Fassungen kritisch begleitet haben.

Das Motto zu dem Roman ist dem Gedichtband „Die verlorenen Schriften von Jim Morrison – Wildnis“, Schirmer/Mosel, 1989, entnommen.

Literatur aus dem lichtung verlag

Wolfang Sréter: Milenas Erben
Roman, 2018, Klappenbroschur, 168 S., 14,90 Euro,
ISBN 978-3-941306-74-5

Ein schwarz umrandeter Brief ist der Auslöser dieser grenzüberschreitenden Roadstory: Die Nachricht, in Tschechien sei eine Tante Milena verstorben, versetzt die Angehörigen in Deutschland in Aufregung. Sie machen sich auf den Weg nach Karlovy Vary, dem einstigen Karlsbad, weil sie hoffen, ein Hotel zu erben.

Wolfgang Sréters Roman berührt nicht zuletzt durch den eigenen Ton, den das Buch hat: Moll ist die Tonart. Der Autor ist ein Meister im Beschreiben und Verdichten von Situationen ... Es ist ein dicht geschriebener Roman, der trotzdem von Poesie getragen wird.

Edith Rabenstein, Passauer Neue Presse

Literatur aus dem lichtung verlag

Jaromir Konecny: Du wächst für den Galgen
Ein Roman in Geschichten
2019, Broschurausgabe, 128 S., 13,90 Euro,
ISBN 978-3-941306-92-9

Himbeerlimonade und Pfefferminzlikör, Orangen und Bohneneintopf: Jaromir Konecny wuchs im sozialistischen Tschechien auf, zwischen katholischer Mutter und kommunistischem Vater. Am heimischen Küchentisch wurden so manche Gefechte ausgetragen. Mit viel Witz erinnert sich der Poetry Slammer in schön-traurigen Geschichten an eine vergangene Zeit.

Der lakonische Humor gilt eigentlich als Erfindung der Spartaner, aber es gibt viele tschechische Autoren, die die pointiert-knappe Form des Witzes ebenso beherrschen ... elegant-charmante Geschichten über die Mittelklasse des einstigen tschechischen Proletariats.

Christian Muggenthaler, Landshuter Zeitung

Ulrike Anna Bleier: Bushaltestelle
Roman, Broschurausgabe, 224 S.,
17,90 Euro, ISBN 978-3-941306-76-9

Elkes Leben beginnt mit einem Desaster. Für Theresa, ihre Mutter, ist die Geburt traumatisch, sie kann die Tochter nicht annehmen und ignoriert sie fortan. Als Elkes Bruder geboren wird, konzentriert sich die Fürsorge der Mutter ganz auf ihn. Elke leidet still unter ihrer Bedeutungslosigkeit und verschwindet eines Tages. Den inneren Dialog mit der Mutter setzt sie Zeit ihres Lebens fort.

Literatur aus dem lichtung verlag

Marianne Ach: Der Atem deines Landes
Klappenbroschur, 136 S., 13,90 Euro,
ISBN 978-3-941306-39-4
Auszeichnung „Bayerns Beste Independent Bücher 2021"

Von einer deutsch-griechischen Liebe erzählt Marianne Ach in diesem Roman. Ein heftiger Sturm wühlt das Innenleben des Griechen Spiros auf: Er denkt zurück an seine Zeit in Deutschland und an seine verstorbene Frau Irene, mit der er in Griechenland eine Wohnanlage für Feriengäste aufgebaut hat. Ein Teil seiner Frau ist Spiros immer rätselhaft und fremd geblieben. Nun spürt er dieser Beziehung noch einmal nach.

Bernhard Setzwein: Das gelbe Tagwerk
Alltagsflusen und Sternenstaub 2010–2019
Broschurausgabe, 304 S., 21,90 Euro,
ISBN 978-3-941306-97-4

Mit den literarischen Notizen, die er für „Das gelbe Tagwerk" gesammelt hat, gibt Bernhard Setzwein Einblicke in die Gedankenwelt eines Schriftstellers. Seine Aufzeichnungen sind eine funkelnde, abwechslungsreiche Sammlung besonderer Momente, herausgegriffen aus dem Alltag.

Die tagebuchartigen Aufzeichnungen aus den vergangenen zehn Jahren sind ein famoser Spaziergang durch die Welt eines Autors, der scharf beobachtet, gern kommentiert und zudem ein leidenschaftlicher Leser ist.
Sabine Reithmaier, Süddeutsche Zeitung